AF565409

Was für ein Tag! An diesem merkwürdigen Mittwoch passiert alles zugleich: Mit ihrem grünen Kinderfahrrad fährt Greta auf die Kreuzung zu. Sechstausend Kilometer entfernt öffnet Victor Faber die traurigste E-Mail. Eine Wespe fliegt über die A3, Eva Winter findet in ihrer neuen Wohnung ein vergessenes Tier, und mitten in Rom geht die Liebe mit Gin Tonic zu Ende.
Das Leben tut ja gerne so, als würde es nur Zufälle aneinanderreihen. Doch was wir Glück oder Unglück nennen, während wir älter und nachdenklicher werden, ist Anfang, Mitte oder Ende einer Erzählung vom Lieben und Sterben; sie überschneidet sich mit vielen anderen, von Bochum bis Boston, von heute bis in die Zukunft.

»Dieser Roman bietet genug Tiefgang für Philosophen, genug fantastische Sätze für Literaten und genug Eigenleben, um ihn so schnell nicht mehr aus der Hand zu legen.« *Aachener Zeitung*

Volker Jarck, geboren 1974, mag schöne Sätze in guten Büchern. Er hat im Buchhandel gejobbt, in Bochum Literatur studiert und Theater gespielt. In Frankfurt am Main und Berlin hat er bei großen Buchverlagen als Lektor und Programmleiter gearbeitet. Begeisterungsfähig bei Sport, Serien und Spaghetti-Eis, lebt Volker Jarck mit seiner Frau, einer Drehbuchautorin, in seiner norddeutschen Heimatstadt.

Weitere Informationen finden Sie unter www.fischerverlage.de

VOLKER JARCK

Sieben Richtige

oder

Die Geschichte von Charlie Faber

Roman

FISCHER Taschenbuch

Aus Verantwortung für die Umwelt hat sich der S. Fischer Verlag zu einer nachhaltigen Buchproduktion verpflichtet. Der bewusste Umgang mit unseren Ressourcen, der Schutz unseres Klimas und der Natur gehören zu unseren obersten Unternehmenszielen.

Gemeinsam mit unseren Partnern und Lieferanten setzen wir uns für eine klimaneutrale Buchproduktion ein, die den Erwerb von Klimazertifikaten zur Kompensation des CO_2-Ausstoßes einschließt.

Weitere Informationen finden Sie unter:
www.klimaneutralerverlag.de

Erschienen bei FISCHER Taschenbuch
Frankfurt am Main, September 2021

Satz: Fotosatz Amann, Memmingen
Druck und Bindung: GGP Media GmbH, Pößneck
Printed in Germany
ISBN 978-3-596-00158-3

Für Sonja

»Sieben Richtige«

ERZÄHLT DIE GESCHICHTEN VON

Eva Winter

Victor Faber
Marie Faber-Schiemann
Nick Faber [IHR SOHN]

FABERS NACHBARN:
Kathy Ziemer
Roland Ziemer
Greta Ziemer [IHRE TOCHTER]

Linda
Tim
Lucia

... UND AUSSERDEM KOMMEN DARIN VOR:

Ricardo und Gabriela Santos
Adam Wójcik, Hans-Peter Hess [KOLLEGEN VON MARIE]
Ursula Faber [VICTORS MUTTER]
Andrea und Richard Wenzel [MARIES SCHWESTER UND SCHWAGER]
Harald Winter [EVAS VATER]
Helena von Campen [EVAS BESTE FREUNDIN]
Sammy Flandergan [SINGER-SONGWRITER]
Schluffi und die Wespe
Charlie Faber

UND NOCH EIN PAAR ANDERE

Die Zehntelsekunde,

bevor die Schaukel zurückschwingt: Das ist der letzte Moment ohne Zweifel. Der Moment, in dem wir wissen, dass wir fliegen können, wenn uns irgendwer nur fest genug anschubst. Fliegen bis in den leuchtenden Himmel und nie wieder landen müssen. Die Beine nach vorne gestreckt, die Nase im Wind und grinsend über alle Milchzähne.

Wenn es dann rauschend abwärtsgeht, fühlen wir: Das war schön, aber schöner wird es nicht, denn irgendwann hört es wohl auf.

Bald schon verlieren wir an Höhe, weil irgendwer keine Zeit oder Lust mehr hat, uns mit seiner großen warmen Hand noch mal neuen Schwung zu geben, und werden langsamer und langsamer. Schließlich sitzen wir da, umklammern die kühlen Kettenglieder, rammen die Schuhspitzen in die Erdkuhle unterm Schaukelgerüst und wirbeln ein bisschen Staub auf. Wir könnten jetzt selber schaukeln, aus eigener Kraft, könnten rückwärts Anlauf nehmen, uns abstoßen und keuchend höher hinauskommen, immer noch ein bisschen höher und höher, ganz allein. Aber das ist nicht dasselbe.

Irgendwer ruft nach uns, wir haben die Zeit vergessen und müssen jetzt gehen, es wird schon dunkel. Das mit dem Fliegen hat nicht geklappt, dabei waren wir so kurz davor.

Beim nächsten Mal, beim nächsten Mal ganz ohne Zweifel.

EINS

Der Mittwoch

Nothing fucks you harder than time.

SER DAVOS SEAWORTH, *GAME OF THRONES*

Die Heldin

11. JULI 2018

ABENDS GEGEN HALB ACHT – BOCHUM

»Kannst du nicht schneller, Papa? Guck mal, wie schnell *ich* fahr!«

Roland Ziemer versucht, gleichzeitig seine Tochter neben ihm auf dem Bürgersteig und den Verkehr auf der Knappenstraße im Blick zu behalten. Zum Glück radelt sie für ihr Alter nicht nur schnell, sondern auch schon verdammt sicher. »Ja, ich seh's, Greta, aber nicht noch schneller, okay?«

Sie wirft ihre dunkelbraunen Haare zurück und drosselt etwas das Tempo.

»Du, Papa?«

»Ja?«

»Warum wolltest du denn gar kein Eis bei Oma?!«

»Der Opa hatte heute so viele Bratwürste auf dem Grill, danach hatte ich gar keinen Hunger mehr.«

Die Wahrheit ist, dass Ludwig Ziemer neben vielen Bratwürsten auch einige halbe Liter mit seinem Sohn verzehrt hat, die sich mit Eis schlecht vertragen hätten, während Greta hinten auf dem Rasen mit ihrer Oma begeistert Mölkky spielte.

Mit der ganzen Kraft ihrer knapp vierjährigen Beine tritt sie jetzt in die Pedale.

Immer wenn kein Regen in Sicht oder Gretas Mama beim Volleyball ist, schwingen Roland Ziemer und seine Tochter sich auf ihre Sättel. Gewissenhaft hat Greta den orange gepunkteten Helm festgezurrt und die Klingeln getestet, mit ihren kurzen Fingern den Reifendruck überprüft, wie sie es bei Herrn Faber von nebenan beobachtet hat, und dann geht es los, über die weniger befahrenen Wege bis zum Königsbüscher Wäldchen und weiter an den Kemnader See: erst den Spechten zuhören, die keinen Feierabend kennen, dann eine große Pommes teilen. Sie können so schnell radeln, dass die Sonne niemals untergeht, sie sind die Giganten der Feldwege, Helden auf Rädern, und manchmal, wenn es nach den Pommes noch was Süßes gibt, dann wird es ein perfekter Tag gewesen sein.

Bei der letzten Tour hat Greta gefragt, »ist dir schon *wieder* was ins Auge geflogen, Papa?«, als Roland sich hinterm Hustadtring etwas aus dem Gesicht wischte.

Ich bin live dabei, sackte es ihm vom Kopf bis ins Herz, wenn sie die Welt entdeckt. Und sie hat keinen Funken Angst, kein bisschen.

»Hey, nicht so schnell, Greta!«, ruft Roland, als sie am Köttingsholz vorbeifahren, »sonst wird Schluffi noch schlecht.«

Schluffi Schluffinski, Gretas treuer Beifahrer auf dem Gepäckträger ihres grünen Flitzers, ist ein reichlich in die Jahre gekommener Plüschhase mit trüben, liebenswerten Augen: Schluffi, weil er in der Hüfte immer leicht wegknickt, wenn sie ihn irgendwo hinsetzt, und Schluffinski, weil doch jeder einen ganzen Namen braucht, wie Gretas Papa gesagt hat. Schluffi ist immer dabei, seitdem sie in diesem Frühjahr das erste Mal ohne Stützräder von der Schadowstraße bis zu Oma und Opa gefahren ist.

Bochum liegt dumpf und schwitzend da, als wäre es nach dem heißen Julitag zu faul zum Duschen. Die ganze Stadt ist ein Hinterhofgrill. Aus einem Garten hört man Flaschenklirren. Andreas Bourani friert den Moment ein, pfeifend kommt ihnen ein Student im kragenlosen Leinenhemd entgegen, und ein Mann mit tiefer Stimme ruft: »Was steht hier für Zeug rum?!«, bevor die Haustür hinter ihm zufällt.

»Da vorne anhalten wie immer, okay? Greta?«

Seine Tochter und Schluffi sind Roland Ziemer ein Stück voraus, weil er sich mit dem rechten Flipflop in der Pedale verhakt hat und absteigen muss.

»Warte bitte, Schatz! Hey!«

»Jaha! Was machst du denn?«

Greta bremst ab, sieht sich nach ihrem Vater um und rollt langsam auf die Kreuzung Prinz-Regent-Straße zu.

Roland beugt sich nach unten, um die Flipflops auszuziehen, wobei er aufstoßen muss und Wurst mit Pils sich zurückmeldet. Beruhigt stellt er fest, dass seine Tochter abgestiegen ist und am Vorfahrt-gewähren-Schild auf ihn wartet, wie er es ihr beigebracht hat, jeden Morgen vor der Kita an der großen Kreuzung, noch etwas wackelig beim Anfahren und aufgeregt; ihr Selbstvertrauen ist vor allem Papavertrauen, er ist Gas, Bremse und Rückspiegel für sie, seine Frau bringt ihr lieber das Pfeifen auf zwei Fingern bei.

»Mama fährt ja immer Roller«, hat Greta kürzlich festgestellt, »die weiß gar nicht, wie schwer Treten ist!«

Greta beobachtet ihren Vater dabei, wie er seine Sommersandalen auf den Gepäckträger klemmt.

Und dann hört sie das Geräusch.

Es ist so brummend und schrill zugleich, dass Greta es in ihrem Bauch spürt, ehe sie ahnen kann, woher es kommt. Sie lauscht und schaut in den Himmel, lugt an dem gelben Eckhaus nach rechts in die Prinz-Regent-Straße, doch in dem Moment, als ihr Papa von hinten ihren Namen ruft, weiß sie: Das ist kein Flugzeug, das Geräusch kommt von links. Und es kommt schnell. Es kommt schneller, als irgendjemand hören, sehen oder weglaufen kann. Es dröhnt, es tut weh.

Erschrocken weicht Greta zurück, weil ein schwarzes und gleich dahinter ein weißes und ein knallrotes Donnern auf sie zufliegen, schreiend schließt sie die Augen und will zu ihrem Papa, der seine Gazelle auf die Straße geschubst hat und barfuß losgerannt ist. »Aaah!«, schreit es und »Nein!«, dann kracht das schwarze Dröhnen in Höhe der Bushaltestelle rechts auf den Gehweg.

Greta kann sich nicht bewegen, sie springt nicht zur Seite. Sie hat die Augen noch geschlossen, als das laute Etwas sie und ihr Fahrrad gegen die Hauswand schleudert. Und dann an den Betonpollern vorbeischrammend zum Stehen kommt.

Die anderen Geschosse aber heulen vorbei, rauschen weiter, Seite an Seite, in Richtung Königsallee – laut, uneinholbar, unaufhaltsam. Lassen Greta hinter sich, das Vorfahrtsschild und den beim Aufprall erstarrten Roland Ziemer, der in diesem Moment nichts denken kann, der sich nur ducken will und zur Seite springen, viel, viel zu spät, wie Greta hätte zur Seite springen sollen, entkommen, sich retten, nur weg da. Die Superheldin muss doch fliegen können.

Roland zittert. Er muss jetzt da hingehen, wo seine Tochter liegt, zwanzig unendliche Meter entfernt, er muss sich das anschauen, er will nicht wissen, was passiert ist, seine Beine knicken weg.

Ein bisschen Straßenbelag mit weißen Markierungen, drei Schilder und ein paar Häuser, eine Reihe von knorrigen Sträuchern hinter einem Zaun, daran ein Zirkusplakat, rot, orange und blau: eine stinknormale Kreuzung. Ein Ort des Unglücks.

Im Schatten des gelben Altbaus klammert sich Schluffi Schluffinski an Gretas Gepäckträger. Er sieht nicht zerknautschter aus als sonst, aber hinterm linken Ohr hat er frisches Blut.

Der Zirkus kommt Anfang Oktober.

Warten

AUCH GEGEN HALB ACHT – KÖLN

Noch zwei Stunden Tageslicht, aber vom Lkw keine Spur.

Eva Winter steht am geschlossenen Fenster, die Nase an der kühlen Scheibe, und behält die Birkenallee vor ihrer kleinen Terrasse im Blick.

Ein Junge im zu großen Eishockeytrikot schlurft an dem Halteverbotsschild Ecke Kirchweg vorbei, das sie hat aufstellen lassen. Mit Daumen und Mittelfinger zieht er ein Kaugummi aus dem Mund und klebt es sorgfältig in das ›g‹ von ›Umzug‹.

»Ist nicht viel los in den Ferien«, hat der Chef des Bochumer Umzugsunternehmens gesagt, »aber kann natürlich immer was sein. Kollege startet nach'm Berufsverkehr. Fahrense mal vor, machen sich mal keine Sorgen, wir sind in Köln, bevor's dunkel wird.«

Direkt gegenüber ihrer neuen Wohnung ist eine Postfiliale, wie praktisch, findet Eva, da kann ich Briefe noch abends rübertragen ohne Jacke, aber ihr fällt niemand ein, dem sie auf Papier schreiben wollte oder müsste, und warum sie warten sollte bis kurz vor Ladenschluss, weiß sie auch nicht.

Seufzend knibbelt sie mit dem Daumennagel einen Aufkleber vom Lichtschalter, den ihre Vormieterin versehentlich oder absichtlich nicht entfernt hat: *Barney Robin Marshall Lily* steht da noch, der Rest klebt schon an ihrer Fingerkuppe.

Der Fahrer hat nicht angerufen, er würde sich nur melden, wenn's später wird, hieß es.

»Was genau«, hat Eva gefragt, »meinen Sie mit ›später‹?«

»Später als dunkel.«

Eva beschließt, schon mal das bisschen auszuladen, was sie im Auto hertransportiert hat, weil sie es nicht den Umzugsleuten anvertrauen wollte: das Notebook, das goldgerahmte Foto, die Kaffeemaschine mit der Glaskanne, das kleine weiche Kissen, auf dem steht *Ich war's nicht, ich hab geschlafen!*.

Sie greift sich den Schlüssel, der noch wie ein fremdes Stück Metall an dem Anhänger mit der knubbeligen Plastikschildkröte hängt. Er scheint noch nicht zu ihr und ihrem Leben zu gehören. Vorhin war sie fast überrascht, dass sich damit eine Tür öffnen ließ, hinter der sie von nun an wohnen würde. Irgendwas beginnt hier an diesem Abend des 11. Juli, nachdem keine hundert Kilometer und keinen halben Tag entfernt etwas anderes zu Ende gegangen ist.

Eva war überrascht, wie viele Unterschriften man leisten, wie oft man als Blutsverwandter dokumentieren muss, dass gar kein Blut mehr durch den Körper des Angehörigen gepumpt wird. Ausfüllen, ankreuzen, abhaken. Der Tod ihres Vaters war ein letzter aufwendiger Verwaltungsakt für die Tochter des Verwaltungsbeamten. Denn selbst wer zu Lebzeiten alles geregelt hat, endet als Beitragszahler; überall muss man final abgemeldet werden.

Dass man sich um ›schonende Abwicklung‹ bemühen werde, hatte die Heimleiterin gesagt, niemand wolle ja ein ›endloses Ende‹, sie habe da so ihre Lebens- und, nun ja, Todeserfahrung, nur noch die letzten Sachen und die letzten Papiere, und mit dem Foto solle Eva aufpassen, das rutscht immer aus dem schönen und verzogenen Rahmen.

Harald und Luise Winter haben gern gelacht miteinander, solange sie zusammen waren, aber nur ein einziges Mal in eine Kamera. Das war an dem Tag, als Eva den neuen Selbstauslöser testen wollte. Sie improvisierte eine Anekdote aus der Uni, die ihren Eltern gefallen musste, und zählte im Kopf die Sekunden runter. Sie erwischte die beiden in maximaler Fröhlichkeit, schöner Moment. Sie stand zwischen ihnen, einen Kopf größer, hatte sie untergehakt und die Augen weit geöffnet. Das Foto von der kleinen Familie bekam den Ehrenplatz auf der Kommode im Schlafzimmer, später dann auf dem Fernsehschränkchen im Altenheim.

»Sind Sie denn jetzt ganz weg, oder …?«, hat Evas Bochumer Vermieterin anstandshalber gefragt und sich mit dem Übergabeprotokoll Luft zugefächelt. Die runzlige Dame hatte ihre Schlüssel und ihr Blatt Papier, sie wollte nach Hause, murmelte etwas vom Rasen, den sie noch wässern müsse. Eva sagte: »Nee, also, ja – ich bin erst mal ganz weg, glaub ich.«

»Na ja, Sie können machen, was Sie wollen, Sie haben ja niem… – Sie sind ja selbständig.«

»Genau«, antwortete Eva und ergänzte im Kopf: Single und Vollwaise. Ist das eigentlich ein Familienstand? Egal, ich kann alles machen, wie ich will. Yey.

Vor zehn Jahren, als Luise Winters Bauchspeicheldrüse endgültig nicht mehr konnte, da hat Eva mit ihrem Vater gemeinsam den Sarg ausgesucht, die Blumen und den Rahmen für die Anzeige. Zehnmal dachte sie: Das würde Mama mögen, und kein einziges Mal: Eines Tages stehe ich hier allein.

Am Abend nach Luises Beisetzung brachte Eva ihren Vater heim, und er steuerte direkt aufs Schlafzimmer zu; dort nahm Harald Winter das Foto zur Hand und ließ sich aufs Bett sinken, das er nun für sich allein haben würde.

»Sollen wir nicht noch was trinken, Papa?«, fragte Eva vorsichtig.

Ihr Vater schüttelte den Kopf. »Ihre Locken hast du, Evi, und ihre Macken auch. Mein großes Mädchen.«

Eva hatte studiert, wo sie aufgewachsen war, und war geblieben, wo sie studiert hatte. Die WG und dann die eigene Wohnung, in der sie lange blieb, trotz allem – mehr Freiheit brauchte sie nicht, für mehr Freiheit hatte sie einen eigenen Kopf. Immer hätte sie woanders hingehen können, und immer wohnte sie genau deswegen ein Ortsgespräch entfernt von den beiden Menschen, die ihr Ursprung und ihr Zuhause waren.

Evas Aktionsradius fühlte sich immer klein und deutsch an, und so war er gut und schmerzfrei. Es gab in Bochum genug Kneipen, um nicht zweimal mit demselben Mann trinken zu müssen, genug Auslauf und Wolken am Himmel, ein paar U-Bahnen, ein Kino mit Untertiteln, so viele Buchhändler wie Tätowierer, zweimal im Jahr einen schönen Regenbogen. Sie hatte ihren Kiosk, Hautarzt und Friseur, sie hatte das Reisebüro hinterm Bergbau-Museum, von hier aus kam sie an jeden Ort der Welt, der für eine begrenzte Zeit begrenzte Aufregung versprach.

Einmal hatte sie einen Freund gehabt, für Monate, mit dem spazierte sie durch Prag, schnorchelte mit einem anderen vor Lanzarote, dann kurierte sie ganz allein eine Bronchitis auf Kreta aus oder schrieb in wenigen Wochen ein halbes Manuskript in Andalusien, wo eine wilde Katze so lange vor ihrem Apartment campierte, bis Eva für sie eine Nebenrolle erfand in der Geschichte über Rocket und das Meer.

Viele Jahre lang war Eva mittwochs oder freitags bei allen Flügen und Unterkünften von der netten Frau Reschke beraten worden, aber als die in die Babypause ging, buchte Eva sonntagabends online oder fuhr mit dem Auto an die Nordsee und grüßte danach jeden mit ›Moin‹ oder sogar ›Moin, moin‹. Ihre Eltern waren dankbar, dass der erste Weg nach jeder Reise ihre Tochter immer zu ihnen führte. Sie grüßten zurück mit ›Moin‹ oder ›Buongiorno‹ oder ›Kalimera‹ und drückten Eva die Tüte mit Milch, Bier und Schokolade in die Hand, mit Liebe und gut gekühlt.

Im Jahr 2018 ist Eva Winter nun zum Menschen ohne Eltern geworden. Und hat nach so viel Leben die Stadt verlassen, die für immer in ihrem Personalausweis stehen wird. Sie kann machen, was sie will. Sie ist niemandes Kind mehr, sie könnte sogar mutig sein, wenn sie wollte. Eva hat beschlossen, dass es ihr gutgehen wird.

»Also«, knarzte Evas Vermieterin zum Abschied, »Kaution kommt. Kann aber 'n bisschen dauern.« Und verschwand. Ein Nachmieter würde sich finden, es findet sich immer jemand, der nach uns das Licht wieder einschaltet.

Die neuen Kölner Nachbarn haben ihre Autos so viel präziser in die Parkbuchten unter den alten Birken manövriert, dass Evas Wagen hier nicht nur wegen des BO-Kennzeichens auffällt. Sie betrachtet ihren linken Hinterreifen und den deutlichen Abstand zum Fahrbahnrand – egal. Beim Öffnen des Kofferraums fällt ihr ein, dass sie die Ginger-Ale-Kiste noch zum Pfandautomaten bringen wollte, aber so hat sie jetzt zusammen mit dem Kissen wenigstens eine Sitzgelegenheit in der leeren Wohnung, bis endlich die Leute mit den Möbeln eintreffen.

Warten ist ja keine Kunst, findet Eva. Eher Handwerk. Und fingert mit knurrendem Magen aus dem Briefkasten ihres Nachbarn den aktuellen Flyer mit den Sommerangeboten der *Pizzeria Pronto*.

Jetzt ist es Zeit

AUF DER A 3

Ricardo Santos muss anhalten, er muss so unglaublich dringend anhalten.

Eine Fahrtstrecke von siebenundachtzig schlappen Kilometern ist eigentlich ein Witz, eine lächerliche Distanz für einen Profi wie Ricardo, der auf dem Fahrersitz des Lkws jahrelang trainiert hat, seine Blase erst zu entleeren, wenn er ohnehin den Tank wieder auffüllen muss.

Aber an diesem Mittwoch, der so heiß war, dass Ricardo den ganzen Nachmittag über viel trinken musste, hat er schon kurz hinter Wattenscheid das miese Gefühl, dass er nicht wird durchfahren können.

Kurz hinter Hubbelrath ist es dann schließlich so weit: Grummelnd setzt Ricardo Santos dreihundert Meter vor dem Parkplatz Bachtal den Blinker und rollt zu seiner ersten unfreiwilligen Pause in fünfzehn Logistikjahren. Er wird später ankommen als geplant, er muss ja auch noch in Porz die beiden Studenten einsammeln, die beim Ausladen der Möbel helfen sollen, alles Mist heute. Er würde sich jetzt ärgern, wenn seine Tochter ihm nicht neulich mal gesagt hätte, dass er mit den grimmigen, gezackten Falten aussieht wie Opa Enrique damals nach dem zweiten Schlaganfall.

Recht hat sie, denkt Ricardo, nur kurz pinkeln, nicht lange ärgern.

Da kein anderer Wagen auf dem Rastplatz zu sehen ist,

beschließt er, das muffige Toilettenhäuschen zu meiden, und stapft hinter den Mülltonnen entlang ein paar Schritte in Richtung der Büsche, die das Gelände säumen. Dort öffnet er den Reißverschluss seiner grauen Latzhose, lauscht dem Lärm der Autos, die an diesem warmen Feierabend über die Autobahn rauschen, und dem Strahl auf trockenem Gras.

Ricardos Blick wandert die Felder des Bachtals entlang. Über ein sattes Grün segeln geduldig zwei Falken auf der Jagd nach Feldmäusen zum Abendessen, noch weiter oben quert ein Flugzeug die A 44, und – eine Wespe schwirrt durch das Sichtfeld des Lkw-Fahrers. Instinktiv pustet Ricardo das kleine dunkle Tier vorsichtig weg, weil man ja nach Wespen nicht schlagen soll – doch pusten soll man auch nicht. Nachdem sie eine Schleife um seinen Kopf geflogen ist, taucht sie direkt an seinem rechten Ohr erschreckend laut wieder auf, er dreht sich zur Seite, wedelt mit der freien Hand zweimal kurz auf und ab – obwohl man ja nach Wespen nicht schlagen soll.

Im nächsten Augenblick spürt Ricardo Santos den Stich.

Er wirft den Kopf zurück und schreit auf, als das streunende Insekt seine Widerhaken in die Haut schlägt, um Gift zu verspritzen, und denkt noch, das kannst du keinem erzählen – aber immerhin wird das Scheißviech ja nun wohl Ruhe geben, so dass er beenden kann, was er angefangen hat, und endlich weiterfahren, um seine Ladung einigermaßen pünktlich nach Köln zu schaffen.

Fluchend betrachtet Ricardo die rote Einstichstelle fünfzehn Zentimeter unterhalb seines Bauchnabels; sie scheint anzuschwellen, sie brennt. Er hat die Träger seines Overalls noch nicht wieder über die Schulter gestreift, als er plötzlich schwankt und ruckartig mit der linken Hand ins Leere greift, um sich irgendwo festzuhalten. Daraufhin schließt er kurz die Augen und atmet durch die Nase ein. Sein Mund ist trocken wie Asphalt, und als er wieder nach oben schaut, sind die

Falken am Himmel nur noch verwischte Kleckse. Mit dem Schwindelgefühl zischt ein Schmerz unter die Kopfhaut, und Ricardo hatte nie Kopfschmerzen. Blödes Tier, denkt er, jetzt brennt das wie Hölle, und ich weiß schon gar nicht mehr, wann mich das letzte Mal –

Und dann kann er gar nichts mehr denken, weil ihm die Luft wegbleibt. Sein anaphylaktischer Countdown hat begonnen: Jetzt ist es Zeit für die Angst vorm Sterben.

Keuchend presst Ricardo seine Zungenspitze gegen die Zähne, taumelt aus den Büschen, bleibt mit dem Fuß an einer Plastiktüte hängen, hört sein eigenes Röcheln und reißt die Augen auf in der panischen Hoffnung, dass ein Auto anhält – er schnappt, schnappt, schnappt nach Luft.

Niemand bemerkt ihn, niemand hält, alle fahren vorbei.

Noch einmal bäumt er sich auf, dann sinkt er auf die Knie. Während er zur Seite kippt in den Busch, fliegt die Gemeine Wespe in Richtung Neandertal davon. Sie wird Ricardo Santos überleben um zwei Monate und zehn Tage.

Strikeout

IM SELBEN MOMENT IN BOSTON

Es ist zu heiß, und ihm fehlen die Worte.

Nach drei Wochen in der großen fremden Stadt hat sich Victor Faber aus Bochum an das rauschende Klappern der Klimaanlage gewöhnt. Es ist der Soundtrack des Sommers in Boston, und er kann sich sein Leben hier nicht mehr vorstellen ohne die künstlich kühlen Nachmittage, die er in Nicks Apartment am Scrabble-Brett verbringt, allein im Kampf gegen hundert Plastikbuchstaben und die Löcher in seinem Kopf.

Die beiden Joker, blank und verheißungsvoll, sind in diesem Sommer seine liebsten Spielkameraden, wenn sein Sohn mit dem Team unterwegs ist. Wenn gar nichts mehr geht, wenn sein Kopf glüht, weil ihm 5738 Kilometer von zu Hause kein deutsches Wort mehr einfällt, dann ist so ein unbeschriftetes Plättchen die letzte Rettung, Frischluft für den Wortschatz.

Ein L, ein A, ein Z, O, R und K liegen gleichmütig auf dem Bänkchen. Und das Y, natürlich. Er hat sich vorgenommen, alles auswendig zu lernen, was man mit dem doofen Y anstellen kann, wofür gibt es Listen im Netz: Yuan, Pitaya, Oxyd, Ysop, Polymer. Manchmal merkt er sich die Begriffe und manchmal auch, was sie bedeuten.

Er hätte das nie mit den Schülern spielen sollen, warum sind sie damals nicht einfach ins Schauspielhaus gegangen: zwei Stunden *Physiker* mit Musik und tieferer Bedeutung, für jeden ein Spaghetti-Eis auf dem Heimweg, fertig.

In acht Jahren hatte kaum ein Zwölftklässler von ihm wissen wollen, was Sprache und Literatur so besonders macht, sondern nur, was man wissen müsse, um nicht am System zu scheitern. Alle wollten sie be-, nicht verstehen, sei's drum, er nahm es gelassen, schulterte seinen Rucksack und ging rüber in die Turnhalle, wo hochmotivierte Siebtklässler beim Hockey mit Plastikschlägern auf ihre Schienbeine eindroschen.

Aber dann hatte er, als die Sammelbestellung der *Dreigroschenoper* nicht rechtzeitig eingetroffen war, in der Mittagspause drei Scrabble-Schachteln im Erdgeschoss der großen Buchhandlung erstanden und beim neunten Deutsch-Leistungskurs seines Lehrerlebens eine unerklärliche Leidenschaft entfacht fürs Deklinieren und Konjugieren, für das lukrative Ä, Ö und X auf rotem Grund. Erst hatten einige Schüler augenrollend abgewinkt bei diesem »analogen Omma-Spiel«, doch bald schon wurde das dunkelgrüne Stoffsäckchen zu jedermanns Wundertüte, und dann jubelten sie, Linda, Tim und all die anderen, wenn sie zum Q noch das U zogen, und kämpften zähnefletschend um Punkte wie früher um die Disco-Verlängerung am letzten Abend im Landschulheim.

Verblüfft stellte Victor fest, dass ein Dutzend Schüler alles nachzuschlagen begann, was ein Begriff hätte sein können. Sie lebten nur dafür: verbundene Wörter ohne Zusammenhang. Und er applaudierte ihnen mit einem Lachen, als ihre fliegenden Fingerspitzen die 26. Duden-Auflage zerfledderten, elf Mädchen und fünf Jungen, die stritten und strahlten, Doppelstunde um Doppelstunde, und ihr Lehrer Faber nannte es lexikalische Vertiefungsübungen zu Flexion und noch irgendwas, das nach Lehrplanvorgaben klang.

Reclam-Hefte blieben unbeachtet in den abgewetzten Rucksäcken, Werther musste ohne sie sterben, und um den Stress einer mündlichen Prüfung zu simulieren, versuchten sie eine Gedichtanalyse in der Pause eines Tretbootrennens. Hechelnd und dümpelnd, mit Sonne im Gesicht, hörten sie Herrn Faber zu, der Erich Fried vorlas: »Das Leben wäre vielleicht einfacher, wenn ich dich nicht getroffen hätte. Es wäre nur nicht mein Leben.«

Und irgendwer sagte, nach endlosem Schweigen: »Gedichte sind doch irgendwie wie Scrabble, oder? Wenige Buchstaben, aber an der richtigen Stelle.«

Victor hebt den Kopf, manchmal hilft es, den Blick vom Brett zu nehmen und aus dem Fenster zu schauen, bis die Buchstaben einen Sinn ergeben, der im Wörterbuch steht. Er spielt wieder mal gegen seine abschweifenden Gedanken und die amerikanischen Temperaturen. Unten auf der Straße heult sich ein Krankenwagen durch die Fairfield Street, ein UPS-Lieferant blockiert die Fahrbahn.

Ein vibrierendes Ping verrät Victor, dass eine Nachricht eingegangen ist. Während er sich drei neue Steine aus dem Beutel greift, tippt er auf seinem Smartphone das Mail-Symbol an.

Marie hat ihm geschrieben. Marie hat ihm geschrieben mit dem Betreff Nicht so gut.

Typisch Marie: Nie schreibt sie ›schlecht‹ oder spricht von ›beschissenen Neuigkeiten‹, wenn die Neuigkeiten beschissen sind; bei Marie ist alles immer ›weniger positiv‹ oder eben ›nicht so richtig gut‹, weil darin immerhin noch ein ›gut‹ steckt. Als die Ärztin damals am Telefon sagte, sie müsse sich wirklich beeilen, wenn sie sich noch von ihrem Vater verabschieden wolle, da schluckte Marie einmal trocken und sagte zu Victor, der sie fragend ansah: »Er hat sich nicht verbessert, der Zustand.«

Es ist eine lange Mail, und Victors Augen springen nach Lieber Victor nicht in die zweite Zeile, sondern seltsam quer durch den Text, sie entdecken Wörter, deren Zusammenhang er nicht wahrhaben will, weil es Wörter sind, die bisher nicht in Maries E-Mails standen, fremde Wörter wie Zytostatika oder Pertuzumab oder Mortalität. Marie schreibt tatsächlich nicht von ihren Überlebenschancen, sondern von rückläufiger Mortalität. Sie wolle nicht klagen, liest Victor, aber sterben eben auch nicht –

… jedenfalls noch nicht. Und natürlich ist ein fortgeschrittener Tumor in der Brustdrüse nicht so gut, aber weil ja laut Internet und laut Frau Dr. Krominger die Mortalität rückläufig ist, muss niemand verzweifeln, denke ich.

Ich habe mich nun aber gefragt, wie wir es mit der Scheidung machen sollen. Wir hatten uns ja darauf geeinigt, und ich suche schon die ganze Zeit nach Wohnungen, um aus der Pension rauszukommen. Aber wenn du nächsten Sommer nach deinem Sabbatical zurückkommst, geht es mir mit einer normalen Wahrscheinlichkeit schon etwas schlechter. Sollen wir alles früher regeln? Vielleicht möchtest du nachdenken über diese Fragen und etwas entscheiden.

Ich schreibe jetzt auch eine Mail an Nick. Hast du sein Spiel gestern live im Fernsehen angeschaut? Bestimmt. Ich habe schon gelesen, dass sie leider nicht so super waren wie vorgestern, und schaue mir nach meiner Schicht noch die Zusammenfassung auf dem Tablet an. Baseball macht mir mehr Freude als der netdoktor, das habe ich auch der Ärztin gesagt und ihr ein Foto von Nick im Trikot gezeigt. Sie hat mir versprochen, wenn ich eine vorbildliche Patientin bin und überlebe, darf ich ihr irgendwann die Regeln erklären. Du könntest das besser, ich weiß, aber ich bin gern noch eine stolze Sportler-Mama, solange ich da bin.

Ist es immer noch so heiß in Massachusetts? Bochum könnte auch mal wieder Regen vertragen. Du solltest besser frühmorgens laufen gehen, Hitze ist im Alter nicht so gut, dein Kreislauf ist immerhin auch schon 52 ;-)

Bis bald vielleicht,
M.

Victor legt die Spielsteine ab, seine Finger haben sich um ein N, ein A und ein I geschlossen, die kleine rote Abdrücke hinterlassen. Er schaltet das Telefon nicht aus.

Sein Blick verschwimmt über zehn Wörtern, die richtig und unwichtig sind. Marie ist krank, und nun warten auf der grünen Plastikleiste noch K, R Z und O auf die nächste gute Idee von Victor Faber, Lehrer für Deutsch und Sport, Ehemann (getrennt) und Vater, der an diesem 11. Juli schief und ratlos auf dem Stuhl sitzt im Gästezimmer seines Sohnes.

Nach wenigen Sekunden stellen die Synapsen eine Verbindung her zwischen den Zeichen und dem Fremdwortschatz:

Karzinom, überlegt Victor, das wäre ein Bingo. K-A-R-Z-I-N-O hab ich.

Ihm ist eiskalt, und ihm fehlt das M.

Eben nicht

ROM

Abends kurz vor acht sind die alten Steine angenehm warm.

Am Ufer des Tiber, auf einer Mauer mit Geschichte, blinzeln Linda und Tim in die Sonne hinterm Petersdom. Die Luft sirrt über dem Wasser, am Brückengeländer hat auf Höhe des mittleren Bogens eine Schulklasse Aufstellung genommen. Eine Lehrkraft fuchtelt, die Spiegelreflexkamera wie einen Granatwerfer vor der Brust, die Großen sollen nach hinten, die Kleinen gehen nach vorn und wollen nicht klein genannt werden, in zwei Stunden ist die Sonne weg, dann sind Foto und Augenblick im Eimer und die Klassenfahrt für immer, für immer vorbei.

»Der Himmel ist photogeshoppt, oder?« Tim trinkt abwechselnd aus der Wasser- und der Weinflasche.

»Mhm, kann sein.«

»Du bist doch Graphikdesignerin, du müsstest das sehen. Alles tipptopp strahlend blau bearbeitet. Ganz Rom, die komplette Silhouette, eine einzige große Touristengraphik! Oder? Findste nicht? Leuchtet doch voll unnatürlich.«

Linda stützt sich ab, ihre Füße baumeln gegen die Ufermauer, der Stein kratzt an ihren nackten Waden, aber sie muss probieren, wie nah sie mit ihren Espadrilles ans trübe Wasser kommt, ohne dass die Sohlen nass werden.

»Ist noch was drin?«, fragt Linda. Sie sieht die Weinflasche und nicht ihren Freund an.

»Klar.«

»Danke.«

»Prego.«

Mit einem Ächzen lässt Tim sich rückwärts sinken und verschränkt die Arme hinter dem rasierten Kopf.

»Also, ich find's cool in diesem ollen Rom, Lindi. Ich bin heute so entspannt, ich weiß nicht mal, welchen Wochentag wir haben. Hier kommen wir auf jeden Fall noch mal her, mindestens einmal, mindestens.«

»Ja?«

»Si, Signora. Ist doch super. Kann man ja gar nicht alles gucken in vier Tagen. Ist ja viel zu viel, die ganze Geschichte und so.«

Linda hält die fast leere Weinflasche gegen das Licht. »Signorina, nicht Signora.«

Tim lacht. »Oh, Entschuldigung, *Fräulein* Bernikov. Aber«, er dreht den Kopf zu ihr, »wir könnten ja heiraten. Oder? Ich meine, bevor wir das nächste Mal herkommen. Oder, genau, Flitterwochen in Rom, wie cool wär das bitte!« Er schickt noch ein Lachen hinterher und wartet, dass seine Freundin einstimmt, doch sie lacht nicht, sie lacht überhaupt nicht.

»Vielleicht«, sagt Linda und fühlt, wie die Sonne noch jede einzelne Pore auf ihren Oberschenkeln wärmt, »hab ich ja gar keine Lust.«

»Keine Lust, hallo? Rom ist ja wohl die Hammerstadt mit dem, was man alles gucken und machen kann. Und du findest doch das Essen super, hast du jedenfalls gesagt, wieso solltest du keine Lust haben, in ein oder zwei Jahren noch mal herzukommen?«

Auf der Brücke Vittorio Emanuele sagt der Lehrer sehr laut »So!«, und als er die Aufmerksamkeit der Klasse hat, erklärt er, sehr viel leiser, irgendetwas, was mit dem Vatikan zu tun haben muss, denn dorthin weist sein nach hinten gestreckter Arm, während er die Großen und die Kleinen nicht aus den Augen lässt.

Linda sagt: »Irgendwie erinnert der mich an den Faber.«

Die Hand schützend über die Augen gelegt, beobachtet sie den Lehrer beim Erklären, auch wenn nicht zu verstehen ist, was er über die Stadt oder die Päpste weiß und in diesem Moment weitergibt.

»Oder? So von der Optik und wie der vor der Klasse steht?«

»Faber hat nicht so gefuchtelt«, bemerkt Tim.

»Nee, das nicht, aber der hat sich auch immer so verbogen, um auf die Tafel zu zeigen.«

»Mhmm. Aber …«

»Ja?«, sagt Linda.

»Immer wenn du irgendwas doof findest, lenkst du ab, anstatt einfach zu sagen: ›Ich hab keine Lust, nächstes Jahr schon wieder nach Rom zu fahren.‹ Kannst du doch einfach sagen. Warum tust du so, als hättest du mich nicht gehört, muss doch nicht sein!«

»Tim?«

Linda zieht die Beine etwas an und dreht sich zu dem Mann, der seit dem fünfjährigen Abitreffen ihr Freund ist.

»Jaaa?« Er richtet sich langsam wieder auf.

»Ich bin fünfundzwanzig …«

»Weiß ich. Bin ich auch.«

»… und ich hab noch nicht entschieden, ob ich noch mal nach Rom will.«

»Aha.«

»Oder wann. Oder wie oft.«

»Okay. Und mit wem, auch nicht?« Tims Stimme kiekst ein bisschen, er hatte noch einen Schluck Wasser im Mund.

»Ja, keine Ahnung, ich meine …«

Tim sieht sie an und streckt die Hand nach der Weinflasche aus.

»Ist fast leer, kannste austrinken. Tim, ich mein ja nur – wieso soll und … und wie kann ich denn jetzt bitte wissen, was passiert … irgendwann?!«

»Du willst keine Flitterwochen.« Er hat die Weinflasche an den Lippen und trinkt nicht. »Dann halt nicht.«

»Ich weiß noch nicht mal, ob ich überhaupt heiraten will. Wie kommst denn du jetzt überhaupt auf so was?«

»Ich dachte halt, weil's hier schön ist.«

»Ja, aber woanders isses auch schön! Ich plan doch jetzt nicht unsere Urlaube bis 2044, oder was?!«

Tim hat ein Knurren in der Stimme: »Flitterwochen sind ja wohl kein normaler Urlaub.«

»Kannst du mal mit dem Flitter … Heiratsscheiß aufhören, ich hab echt gerade andere Sorgen!«

»Scheiß? Ja, schönen Dank auch! Boah … Hast du deine Tage, oder was?«

»Nee!! Hab ich nicht, du blöder Arsch! Hab ich eben nicht!«

Da ist es 19 Uhr 46.

In die Schulklasse ist Bewegung gekommen, eine zweite Lehrerin ruft immer abwechselnd »Bitte!«, »Leute!« und »Hallo?!«, um die Gruppe zu disziplinieren, ihr Kollege postiert sich derweil mit zwei Meisterschülern, die ebenfalls mit einer Spiegelreflexkamera bewaffnet sind, am Geländer. Sie planen offenbar irgendeine kühne Perspektive auf das Castel Sant'Angelo, legen Fotoapparat und Kinn auf die schmutzig weiße Steinbrüstung und warten auf den richtigen Augenblick, vielleicht einen Vogelschwarm im Hintergrund.

»Leute! Hallo?! Bitte!«

Einer der großen Schüler hat einer kleineren Schülerin die weiß-grün-rote Basecap vom Kopf gerissen, er fuchtelt damit über dem Brückenrand und droht, sie ins Wasser fallen zu lassen.

»Hallo?! Leute! Bitte!«

»Und jetzt bist du schwanger, oder wie?«

Tim hat irgendwo am Boden der Rotweinflasche seine Sprache wiedergefunden, aber seiner Freundin kann er gerade nicht in die Augen schauen.

In Lindas Blick ist ein wildes Funkeln, ihre Wangen glühen, dünne helle Strähnen scheinen vor ihrer Stirn zu zucken.

»Und?«, sagt sie so laut, dass ein Rentnerpaar auf der Promenade synchron erschrickt, »und was, wenn, Tim? Was dann? Hä? Was?! Dann!?«

Weil Tim den Mund geöffnet, aber keine Antwort zu Stande gebracht hat, fügt sie hinzu: »Heute ist übrigens Mittwoch.«

Das Mädchen auf der Brücke schnappt im Sprung nach der bunten Mütze am ausgestreckten Arm ihres Mitschülers, sie rempelt ihren Lehrer an, als sie strauchelnd wieder landet, und dessen große Kamera fällt in den schlammigen Fluss.

»Bitte! Leute! Hallo?!«

Es ist nur ein Tier

KÖLN

Eva Winter hat die Klingel getestet und sehr laut eingestellt, sie ist sich ganz sicher, dass es ausgerechnet in dem Moment läuten wird, wenn sie aufs Klo geht, aber irgendwann hält sie es nicht mehr aus. An der falschen Wand des fensterlosen Badezimmers tastet sie nach dem Lichtschalter, und als sie ihn schließlich gegenüber gefunden hat, stellt sie fest, dass ihre Vormieterin offenbar den Strom komplett abgestellt hat.

Als sie um 19 Uhr 48 die leicht klemmende Klappe des Sicherungskastens öffnet, fällt ihr ein gefaltetes Blatt vor die Füße: Darauf sind die Nummern der Sicherungen und die dazugehörigen Räume in Druckbuchstaben aufgelistet – ›hätte Papa genauso gemacht‹, fällt Eva ein, und sie weiß, sie muss sich an dieses ›hätte‹ gewöhnen, das man benutzt, wenn jemand nicht mehr lebt und nichts mehr tut, der alles für einen getan hat, achtundvierzig Jahre lang. Noch nicht mal gezuckt hat ihr Vater, als sie vom Schreiben erzählte, von den Ideen und Geschichten, die sie zum Leben erwecken und zum Beruf machen wollte, neugierig war er, auf seine sorgfältige und höfliche Art; und dass das Vorlesen damals, Anfang der Siebziger, noch weit verbreitet und ein schönes Ritual gewesen sei, noch dazu bei ihr offensichtlich sehr nachhaltig, das freute ihn ohne Abstriche, und so beruhigte er auch Evas Mutter.

Wenn Eva nach dem schlimmsten Tag ihrer erwachsenen Erinnerung zu ihren Eltern gegangen wäre, wenn sie das, was ihr so unsagbar weh tat, damals hätte teilen wollen, dann hätte sie stillen starken Trost gefunden, das wusste sie ganz sicher. Aber das liegt ein halbes Leben zurück, und ausnahmsweise wollte sie ganz alleine traurig sein, wollte später noch Unmengen von Familienfreude teilen, die sie alles andere vergessen ließe, ganz sicher. Denn Luise Winter wusste nicht, dass sie etwas zu laut geredet hatte, an irgendeinem Weihnachtstag bei offener Küchentür, als sie mit Tante Margot über Evas kleinen Bruder sprach, der 1972 unterwegs gewesen war und es nicht schaffte ans Licht der Welt. Sascha sollte er heißen, und Eva sollte nichts davon wissen. Im Flur biss sie sich auf die Lippen und schlich davon. Und als dieselbe untröstliche Scheiße zwanzig Jahre danach passierte, wollte Eva ihre Mutter nicht an das Vergangene erinnern, wollte weder darüber grübeln noch sprechen, ob das Pech vererbtes Pech war.

Seit letztem Freitag bleibt von ihrer Familie eine Platte aus Granit unter rotem Ahorn.

Mit dem Fingerknöchel drückt Eva alle Schalter hoch – in der Küche springt die Lampe an der Dunstabzugshaube an und beleuchtet die feine Staubschicht auf dem Ceranfeld. Den Zettel nimmt sie mit ins Bad. Auf die Rückseite hat jemand etwas gemalt, entweder mit großer Eile oder nicht so großem Talent: eine Sonne, eine Blume, einen Elefanten im Matsch. Einen schlammigen Elefanten mit zu großem Kopf.

Er hatte keinen feinen Bleistift zur Hand, denkt sie, er hatte nur bunt. Sonst wär der ja nicht braun, der Elefant, sondern grau. Braune Elefanten gibt's nicht.

Erst jetzt bemerkt sie die außergewöhnlich langen, eigenartig gewundenen Zähne des Tiers, und daneben hat der Zeichner geschrieben: *Alles nicht schön, aber alles für dich. Du bist nämlich schön und alles für mich. Dein Großwildjäger*

Die WC-Spülung rauscht beeindruckend leise und kräftig zugleich, Eva setzt sich auf den Badewannenrand und versucht, sich den Mann vorzustellen, der für die Frau, die hier gewohnt und gebadet hat, ein so seltsam proportioniertes Mammut gemalt hat; den Moment, in dem sie es freundlich oder dankbar oder überrascht entgegengenommen hat, und den Moment, sehr viel später, in dem sie beschlossen hat, dass das nur ein Zettel sei, den man umdrehen kann und weiterverwenden, warum nicht zum Beispiel für die Beschriftung der Sicherungen – als wäre die Stromversorgung von nun an wichtiger als diese wilde und schöne Liebeserklärung.

Ein Kloß im Hals: Eva Winter möchte eine Million Augenblicke erleben in der Geschichte dieser anderen Frau und ihres Großwild-Lovers. Sie will ihn vor sich sehen, die Zungenspitze zwischen den Lippen, wie er mit seinen bunten Stiften ein Tier für die Ewigkeit aufs weiße Blatt kritzelt; wie er die Zeichnung vorm Schlafengehen grinsend unter den Kaffeebecher schmuggelt, den seine Freundin sich für den nächsten Morgen bereitgestellt hat neben der Knäckebrotpackung, sie muss ja früh raus, und jede Minute Schlaf ist kostbar; stutzen wird sie und staunen, ja, wahrscheinlich wird sie verwirrt das Kaffeepulver in den Toaster anstatt in den vorbereiteten Filter schütten und wird den Mann mehr lieben als zuvor und ganz bestimmt für immer und sie –

Es ist nur ein Tier – mit dem Handrücken trocknet Eva die tränennasse Wange –, nur ein ausgestorbenes Zottelvieh, von einem Mann, den ich nicht kenne, nur ein beschissener Zufall, also hör auf zu heulen, Eva Winter, und geh was einkaufen oder eine rauchen oder … sag den Nachbarn guten Tag oder … Mach irgendwas!

Sie kann nicht.

Sie kann nicht einkaufen, sie muss ja hier, wo sie ihre nächsten Jahre verbringen wird, auf die Gegenstände ihres Lebens warten: auf die schwere Topfpflanze, die sie ins Wohnzimmer stellen, auf die Energiesparlampen, die sie einschrauben, auf den Badmintonschläger, den sie bis zum Winter im Keller lagern, und auf das Bett, in dem sie immer ausschlafen will und niemals träumen von dem Stofftier, klein, braun und flauschig, das sie geschenkt bekommen hat vor langer Zeit.

»Ich muss dich allein lassen«, hat ihr Freund damals gesagt und eine pathetische Pause gemacht, die Hände hinterm Rücken versteckt, »ich soll mit auf Klassenfahrt, Berlin, für vier Tage. Blöd – aaaber«, er zauberte das knuffig-plüschige Mammut hervor, »der Kollege hier, der passt auf dich auf.«

»Was ist das denn für'n kleiner Hund?«, fragte sie lachend.

»Das ist doch kein Hund, das ist ein Mammut! Ein … Beschützer … ein Wachmammut! Einerseits wahnsinnig gefährlich – hier, guck, die scharfen Zähne –, aber eben auch sehr anschmiegsam.«

»Verstehe. Danke.«

Ihr höfliches Lächeln verriet, dass sie das ein bisschen zu kindlich-romantisch fand.

»Kannste auf deinen Bauch legen, dann bewacht es unseren Kurzen gleich mit. Hab ich mit deiner Frauenärztin geklärt.«

»Haha, alles klar. Und wie heißt es?«

»Es? Ähm, das Wachmammut, das … heißt … Wama! Wach-Mammut: Wama, so heißt es! So, hier: Wama – Eva, Eva – Wama. Euch kann nichts passieren.«

Sie hat nicht gemerkt, wie sie das Blatt mit einer Hand zerknüllt hat.

Jedem kann alles passieren.

Aber das wussten sie ja vor vierundzwanzig Jahren noch nicht. Victor nicht und sie auch nicht.

Eva presst das Papier gegen eine Wandfliese hinter der Badewanne und streicht darüber, um es zu glätten, ein Dutzend Mal.

Es sollte doch

BOCHUM

Die Zahnpasta, verdammt.

Kathy Ziemer hat die Zahnpasta vergessen. Wie soll Greta sich die Zähne putzen, wenn sie als Mutter nicht imstande ist, die Zahnpasta einzupacken. Sie muss irgendwo welche besorgen, es muss hier doch Zahnpasta geben, »verdammt nochmal!«, schreit sie, und dann noch einmal: »Verdammt!«

Sie streicht sich die verschwitzten Haare aus dem Gesicht und wirft die rot-schwarze Sporttasche auf den Linoleumboden. Eine Ärztin zuckt im Vorbeigehen zusammen, und die sommersprossige Krankenschwester auf dem Stuhl neben ihr sagt: »Frau Ziemer, alles in Ordnung? Die Psychologin ist gleich hier.«

Alles ist das Gegenteil von in Ordnung, aber Kathy hat keine Kraft oder Geduld, das zu erklären, das Weinen und Schwitzen hat sie so erschöpft, sie will nur nicht, dass noch mal jemand fragt, ob alles in Ordnung ist, und sagt einfach sehr leise: »Danke.«

»Und Sie versprechen mir, dass Sie nicht wieder ohnmächtig werden, ja?«

Kathy nickt stumm und wehrlos und sucht zum hundertsten Mal in der falschen Hosentasche nach ihrem durchgeweichten Taschentuch.

Nachdem Roland sie angerufen hat, spulte sie ohne nachzudenken die gleiche Routine ab wie letztes Jahr bei den Polypen:

Kind ist krank, Kind muss in die Klinik, Kind braucht Sachen zum Übernachten, wo ist die Sporttasche, das Nachthemd mit dem Schaf, das Einschlafbuch, die frische Wäsche, die grüne Zahnbürste, die … – irgendwo zwischen Kleiderschrank und Bad muss sie registriert haben, dass das hier schlimmer ist als die Polypen, viel schlimmer, und dass jetzt nichts unwichtiger sein könnte als Gretas Zahnpflege.

Von den Bruchstücken, die ihr Mann kurzatmig berichten konnte, hat sie nur die fürchterlichsten verstanden, sie fragte noch, ob Bergmannsheil oder St. Josef, sie würde sofort ins Auto springen oder vielleicht besser ein Taxi, dann hat sie im Hintergrund schon die Krankenwagensirene gehört, Roland würde ihr whatsappen, in welches Krankenhaus sie Greta bringen.

Als er das sagte, war seine Tochter nicht bei Bewusstsein, und die Prinz-Regent-Straße roch nach heißem Gummi.

Nachdem sie sich geschnäuzt hat, dreht Kathy Ziemer sich langsam zu der Schwester: Sie merkt, dass ihre Wut irgendwo hinmuss, und da sitzt sie doch, die Schwester Irgendwer, da sitzt sie und rettet nichts und niemanden:

»Ähm, Entschuldigung, Frau …«, Kathy schaut erst auf die Sommersprossen und entziffert dann an ihrer verschmierten Schminke vorbei den Namen auf dem kleinen Plastikschild, »Schwester Lucia, ja?«

»Soll ich Ihnen noch Wasser bringen, Frau Ziemer?«

»Haben Sie mich gerade gefragt, ob alles in Ordnung ist, Schwester Lucia?«

»Ich wollte –«, setzt die Krankenschwester an, wird aber sofort von Kathy unterbrochen:

»Sie haben aber schon mitgekriegt, dass meine Tochter dadrin ist, oder?« Kathy Ziemer wird lauter. »Sie haben mitgekriegt, dass irgendein … irgendein blöder Wichser meine Tochter Greta über den Haufen gefahren hat?!«

»Entschuldigung –«

»Ihr Chef«, schreit Kathy Ziemer und zeigt auf den Durchgang zum OP, »Ihr Chefarzt hat gesagt, er … er kann … die inneren Verletzungen …«, ihr Schreien wird ein Schluchzen, »er kann … nur versprechen, dass er alles versucht, haben Sie das etwa nicht mitgekriegt?«

»Frau Ziemer –«

»Und Sie wollen, dass ICH Ihnen verspreche, nicht umzukippen?! Geht's noch?«

»Bitte, Frau Zie –«

»Geht's noch??«

Schwester Lucia steht zögernd auf und räuspert sich. Sie will etwas sagen, aber sie bringt kein Wort mehr heraus.

Wenn sie diese Schicht übersteht und die Dinge, die sie nicht ändern kann, dann nur noch den Donnerstag aushalten, und dann hat sie ihren halben freien Freitag, das ist das Ufer, zu dem sie schwimmen muss.

In diesem Moment kommt Roland Ziemer von der Herrentoilette und geht zu seiner Frau, sein Gesicht glüht rot unterm Dreitagebart, Wasser trieft ihm von Schläfen und Wangen, er ist barfuß.

»Schatz? Was ist mit …«

Er fasst Kathy am Arm, sie hält den Kopf gesenkt, die Schultern sind nach vorne gesackt.

»Entschuldigung«, sagt Roland Ziemer zu Schwester Lucia, »die Psychologin, es sollte doch … es sollte doch eine Psychologin … Oder?«

»Gleich. Kommt gleich. Ich muss!«

Damit verschwindet die Krankenschwester hinter einer Tür mit der Aufschrift *Zutritt verboten – Röntgen*.

Seufzend und nicht zu fest legt Roland den Arm um seine Frau, schaut einfach geradeaus und streicht ihr sehr langsam sehr gleichmäßig über den Rücken. Im nächsten Moment atmet er pfeifend aus und starrt plötzlich auf seine Füße – war er jemals ohne Schuhe in einem Krankenhaus, er weiß es nicht, vermutlich nie. Er verflucht jeden Gedanken, der ihn von Kathy und Greta ablenkt.

»Kommt gleich, Schatz«, murmelt er, »Psychologin kommt gleich.«

Es ist 20 Uhr 58. Die Not-OP von Greta Ziemer, dreieinhalb, aus 44801 Bochum hat begonnen.

»Roland …« Kathys Stimme ist nur ein dünnes Wimmern in der klimatisierten Luft des Wartebereichs.

»Ja, Schatz, was denn? Was ist denn?«

»Die Zahnpasta.« Kraftlos deutet sie mit dem Kinn auf die Sporttasche vor ihren Füßen. »Ich hab die Zahnpasta vergessen.«

Elf Minuten später

AUF DER A 3

Marie hat gerade das Mailprogramm und den Browser geschlossen, als ihr Kollege Adam in der Tür steht, Lederhandschuhe und Helm unter die Achseln geklemmt, und so laut niest, als wollte er sein Taschentuch zerstören.

»Musst du mich so erschrecken?«

»Hast du mich nicht gesehen, Schimmi?«

»Kannst du nicht erst prusten und dann reinkommen?«

»Ja, sorry, soll ich noch mal raus, oder …?«

»Was ist denn los, Adam? Unfall?«

»So was Ähnliches.«

Die Motorradpolizisten Marie Faber-Schiemann, die alle nur Schimmi nennen, und Adam Wójcik, den alle nur Adam nennen, erreichen den Rastplatz Bachtal am 11. Juli 2018 um 20 Uhr 07. Da hinten im Gebüsch liegt Ricardo Santos und ist tot. Zwei junge Leute aus Walsum haben auf dem Weg nach Frankfurt hier angehalten, weil sie nicht im Auto kiffen wollten, und bei dieser Gelegenheit den leblosen Mann entdeckt.

»So, junge Herrschaften«, sagt Polizeimeister Wójcik zu ihnen, während er abwechselnd ihre Personalausweise und den Leichnam mustert, »Sie haben sich also hier übergeben? Oder war das schon da?«

Marie atmet tief ein und aus, dann sieht sie auf die Uhr und sagt »So!« wie ihr Kollege.

Der tote Fahrer im Gras ist eine Aufgabe, auf die sie sich konzentrieren kann. Inklusive Papierkram wird dieser Fall von Unglück sie für den Rest ihrer Spätschicht beschäftigen, und Tun ist besser als Warten. Wenn dann schließlich ihr Chef zum Nachtdienst in die Polizeiwache Mettmann kommt, dann wird sie die Tür zu seinem Büro hinter sich schließen müssen, ohne dass es irgendeiner der Kollegen mitbekommt, und ihm auf den Tisch legen, was Dr. Krominger, Fachärztin für Frauenheilkunde, zu ihr gesagt hat: Dass das natürlich nicht gut sei, aber andererseits wisse man eben nicht genau, nur er als Vorgesetzter müsse doch informiert sein, sie wolle hier nicht etwa ein Geheimnis sein und krank über die A 40 fahren, man müsse es ja melden, oder?

Hans-Peter Hess ist ein guter Chef und soll nicht überrascht sein, wenn irgendwann das Schicksal Maries Arbeit schwer, schwer beeinträchtigt, von einem Tag auf den andern: So ein Krebs, Chef, na ja, was solle man da sagen. Ach, aber die Mortalität übrigens, die sei rückläufig, gute Schicht und gute Nacht!

Domino

SPÄTER IN ROM

Die Limettenscheibe dümpelt im vierten Gin Tonic, und der Barkeeper mit dem schiefen Schneidezahn und dem eckigen Englisch heißt Stefano.

Linda Bernikov wäre gerne schneller betrunken und müde, sie möchte in ihr Zimmer im Hostel zurückgehen, möchte verzichten aufs Zähneputzen und Diskutieren, ach, warum muss sie noch einmal schlafen neben dem Mann, den sie nicht mehr lieben will, sie hätte gern ein Rückflugticket in die Menstruation, jetzt und ab hier, mit Gin Tonic im Handgepäck, sonst nichts.

Tim hat es versucht in seiner Tim-Fellner-Art – diskutieren, einen Scherz machen oder zwei, die bittere Tatsache herunterspielen, dass sie beide gemerkt haben, wie blöd die Idee mit der Rom-Reise war, direkt nach dem Umzug – und wie noch viel blöder dieser Umzug in ihre erste gemeinsame Wohnung, die auch ihre letzte sein wird, daran kann es doch keinen Zweifel mehr geben.

Er kann doch nicht wollen, grübelt Linda, dass ich jemand anders bin oder werde, so wie … wie … – er kann doch nicht ein Leben planen, das gar nicht seins ist.

Sie weiß, sie hat sich zu viel versprochen. Und ihm auch. Zu viel versprochen von zusammen einschlafen, aufwachen und frühstücken. Dabei mag sie doch seine Ideen und seine

Beharrlichkeit, sie wollte doch alles schön finden, was er in diesen drei zusammen gemieteten Zimmern sah, noch bevor sie neu gestrichen waren. Linda wollte sich selbst ein bisschen weniger feige finden und erwachsener benehmen, und jetzt weiß sie nicht mehr, warum. Jetzt will sie nur noch ohne Ziel und Plan die Limette im Gin Tonic sein, will nur diesen Augenblick hier besser machen und darüber hinaus nichts perfekt.

Stefano blinzelt herüber, er hat ihr Glas schon mindestens ebenso oft gecheckt wie den Ausschnitt ihrer blauen Bluse.

Sie wird ihm sagen müssen, klipp und klar, Tim, ich will ins Bett und nur schlafen, ich bin nicht die, die du suchst, und morgen fliegen wir zurück, wir regeln den Rest, wie Erwachsene machen wir das. Ich suche mir was Neues, so schnell wie möglich, eine Wohnung, meine ich.

Und er wird fragen, wie er denn ihre gemeinsame Wohnung wohl allein zahlen solle und –

Und wenn du schwanger bist?

Der Mann, mit dem sie seit letztem Jahr sehr gern geschlafen hat, wird fragen: Und wenn du schwanger bist, Linda?

Sie steckt den Zeigefinger ins Glas, um die Limette nach unten zu drücken. Und wenn ich schwanger bin, dann weiß ich nicht, dann weiß ich überhaupt nicht.

Die schmale Fruchtscheibe schwimmt sprudelnd wieder nach oben.

Dann will ich nicht allein sein und auch keinen Ring am Finger, dann will ich das nicht durchstehen und vermasseln auch nicht. Ich will bitte nicht, dass in meinem okayen Leben von jetzt auf gleich alles, alles anders wird.

Der Barmann summt etwas und spült Weingläser, die schon sauber sind. Linda schaltet ihr Handy ein, das das Datum anzeigt, und rechnet neun Monate vor. Für das Gespräch mit ihren Eltern denkt sie sich verschiedene Eröffnungssätze aus, in denen jeweils das Wort ›Geld‹ vorkommt. Plötzlich würde Linda gern ihre Oma stolz machen, solange die noch lebt und hofft. Die Taufe, das Sparbuch, die Einschulung. Sie fühlt Übelkeit, ein Brennen.

Eine Gitarre rupft Lindas Gedanken auseinander. Stefano hat offenbar eine Playlist für allein reisende Touristinnen in seiner heimeligen Bar in der Via della Pace, und jetzt singt Frank Turner gerade, sie solle nicht entscheiden, was sie finden will, bevor sie sich auf die Suche macht.

Tim to say good-bye.

Linda verschluckt sich bei dem Gedanken, wie sie jetzt zu Hause über dieses schlechte Wortspiel lachen würde.

Ich hab definitiv zu viel getrunken.

Die Erkenntnis, wie ein Satz im Spiegel, scheint auf die dekorative Leiste unter Stefanos Flaschenvorrat geschrieben und blinkt Linda entgegen. Dass sie »definititely« schon jetzt »wayyy too much« getrunken habe, das sagt sie auch dem freundlichen Einschenker, und er möge ihr doch noch einen Drink machen, »the last one … today! I promise.«

Auf einen werbefreien Bierdeckel hat sie eine Reihe von Limettenscheiben an einem Abgrund gezeichnet, die einander wie Dominosteine anstoßen, die letzte Limette ganz rechts schwebt über dem Nichts.

»So before you go out searching, don't decide what you will find …«

Erst muss sie sich von diesem Mann trennen, dann von dem Kind, das er ihr gemacht hat.

Oder – ich ziehe das halt doch alles allein durch!, überlegt Linda – eigene Wohnung, eigenes Kind, eigenes Leben, warum denn eigentlich nicht?! Dann muss ich jetzt aber echt mit dem Alkohol aufhören!

Darauf nimmt sie einen mächtigen Schluck vom letzten Drink und glaubt sich kein Wort.

Die Enttäuschung, verrät die Übersetzungsapp in Lindas Handy, heißt hier delusione, auch der test di gravidanza klingt irgendwie schön, aber es wird allmählich Nacht in Rom, und die Buchstaben sind plötzlich so klein in der fremden Sprache, was soll sie nur tun, was für ein Tag.

Die Liebe ist heute in den Tiber gefallen, und Linda muss ins Bett, sie will nach Hause, sie will nicht nach Hause, sie muss noch einmal von vorne anfangen. Was Schönes suchen zum Leben.

Karussell

BOSTON

Gejoggt ist er gerade mal die paar hundert Meter über die Commonwealth Avenue bis zur Statue von George Washington, dann ist er sinn- und ziellos kreuz und quer durch den Park gegangen, bis er irgendwann auf einer Bank neben dem Froschteich saß, Ellenbogen auf den Oberschenkeln und das Kinn zentnerschwer in die Hände gestützt, um Eichhörnchen zu zählen.

Eines nach dem anderen ist vorlaut an ihm vorbeigehoppelt – ›Na, Victor Faber, und was jetzt, was machste jetzt, Victor Faber, sag doch mal, sag doch mal, was machste denn jetzt?‹ –, und er hat beim Zählen die Zeit vergessen.

Wie trennt man sich von einer sterbenden Frau? Wird Marie sein Mitleid wollen, obwohl sie sonst nichts mehr von ihm wollte? Jetzt ist alles anders, rattert es durch Victors Kopf, aber für wie lange?

Eine Auszeit hat er nehmen wollen, denn er musste weg und neu anfangen, wollte bei seinem Sohn leben, zumindest für ein paar Monate, ein amerikanisches Abenteuer in Zeiten der abnehmenden Euphorie. Das alles zu planen war toll; Victor gefiel es, Dinge zu organisieren, die mittelfristig Zufriedenheit versprachen. Er machte eine Liste oder zwei, notierte, was er schon hatte und noch brauchte, er formulierte die Begründung für seine Direktorin, seine Textilreinigung, seine Frau, denn natürlich wollten alle wissen: Warum jetzt, Victor, warum überhaupt, und was wollen Sie denn da drüben machen, Herr Faber?

Mit Anfang fünfzig hatte er einen Job, der ihn nicht langweilte, eine Frau, in die er sich nicht noch mal verlieben konnte, einen Sohn, der längst nicht mehr Kind war und mit einer Holzkeule Amerikas Sportwelt begeisterte. Was immer das Leben noch mit ihm vorhatte – Victor Faber brauchte neue Erinnerungen.

Er telefonierte mit Nick, so wie die Zeitverschiebung und Nicks Spiel- und Reisepläne es zuließen. Irgendwann hatten sie festgezurrt, dass das etwas Cooles werden sollte, eine Vater-Sohn-WG an der Ostküste. Nick würde ihm die Städte und Stadien des ganzen Landes zeigen, nach einem Auswärtsspiel in New York würden sie die Schluchten Manhattans durchstreifen und in Maine die Wälder wie begehbare Geschichten von Stephen King. Diese Momente zwischen Sohn und Vater, sie würden für immer bleiben, daran wollte Victor gar nicht zweifeln, vielleicht lag vor ihm das beste Jahr vom Rest seiner Zeit.

Doch manchmal beim Skypen spürten sie beide und sprachen nicht aus, dass jeder für sich auch mit Marie noch ein Leben würde leben müssen, dass Nick auch seine Mutter irgendwann in das Land einladen sollte, in dem er seinen Traum zu amerikanischem Geld machte, sie durch seine große neue Welt führen, denn Marie war doch immer für ihn da gewesen. Eines Tages, ganz sicher, wollte Nick auch ihr einen der ›Monster Seats‹ im Fenway Park reservieren und unten vom Spielfeld den Baseball mit einem satten Knall hundert Meter weit hinaus jagen bis über die legendäre grüne Wand: Da säße Marie, sie hätte einen Lederhandschuh von ihrem Sohn und könnte dort oben seinen Ball fangen, siebenunddreißigtausend Menschen jubeln ihr zu, Boston bebt, unvergesslich. Eines Tages.

Natürlich wird Victor zurück nach Deutschland fliegen, natürlich. Gleich morgen oder übermorgen, sobald er mit Nick gesprochen hat. Inzwischen hat Marie ihrem Sohn sicher schon gemailt, und der hat versucht, seinen Vater anzurufen, aber Victor geht immer ohne Handy joggen.

Ein Kind hat ihm vom Karussell am Froschteich aus zugewinkt, der Polizist hat an seiner Bank den Schritt verlangsamt, ein Rentner hat sein E-Bike einhändig geschoben, Musiker haben ihre Instrumente auf einem Anhänger transportiert, eine Frau hat in ihr Handy gehustet, und vielleicht, rechnet Victor nach, hat er heute mehr Eichhörnchen gesehen als Marie noch Jahre vor sich hat.

Boston, Bochum – Bochum, Boston: Oft scheint es so egal, wo man ist, weil man ja einfach nur am Leben und nicht sonderlich unglücklich ist. Und dann gibt es Mittwoche, an denen wir überall sein können, aber nicht bleiben dürfen. Mittwoche, die einen Unterschied machen.

Marie und Victor waren so stolz in diesem Frühjahr, dass sie sich rechtzeitig zu trennen beschlossen hatten, bevor es frustrierend oder hässlich wurde, und wenn erst mal der Entschluss steht, wenn das Unschönste ausgesprochen ist, dann drücken die ratlosen Stunden nicht mehr so schwer auf die Zeiger.

»Wie emotional vernünftig wir sind«, hat Marie gesagt, »wir machen das gut, Victor, und dann tut so etwas nicht so weh, wobei es natürlich trotzdem weh tut.«

Auf jeden Fall muss er fliegen, auf jeden Fall, er muss bei Marie sein, sie sind doch noch verheiratet, in guten wie in lebensbedrohlichen Zeiten. Er wird etwas tun können und müssen, vielleicht fährt er seine Frau zum Arzt, zur Apotheke und zurück, vielleicht kauft er Blumen, Hörbücher und Schokolinsen, trägt alles auf einem Tablett von der Küche ins Wohnzimmer zu Marie, und die trägt er von der Couch ins Bett, wenn es Abend wird.

Das alles wird er tun, so lange es getan werden muss. Das muss man so machen, das weiß er, und das macht man so, weil die Verantwortung keines von den Gefühlen ist, die verschwinden. Wer jemals geliebt hat, wird sich immer Sorgen machen.

46, 47, 48 Eichhörnchen, zählt Victor.

Wer am Ende des Spiels noch Steine auf dem Bänkchen hat, bekommt Punktabzüge.

Nein, er kann nicht ein neues Leben in Boston ausprobieren, kann nicht Scrabble spielen, bis sein Sohn nach Hause kommt aus Cleveland, Baltimore oder Chicago, er muss nach Deutschland, denn da liegt Bochum, wo seine Ehe war und seine Frau ist. Weil sie so gute Freunde geworden sind im Laufe ihrer mehr als zwanzig Marie-und-Victor-Jahre, wird er sie jetzt nicht allein lassen.

Vielleicht wird es fürchterlich seltsam, dieses Warten zu zweit auf das Ende des einen, vielleicht schwer bis zu schwer. Wie schrecklich, mit achtundvierzig nicht überrascht zu werden vom Tod. Wo man sich doch darauf vorbereiten will, ihm sehr viel später ins Auge zu sehen, kurz und verblüfft, mit siebenundachtzig, wenn alles getan ist, bei einem schönen Stück Käsekuchen im Seniorenstift Weitmar.

Zwei schweißglänzende Tennisspieler auf ihren Fahrrädern lachen sich gegenseitig aus, sie werden morgen wieder spielen, das hat Spaß gemacht heute, »yeaah, it was great fun«.

Und Victor Faber in seinen grauen Laufshorts und dem Fan-Shirt der Boston Red Sox? Der sitzt und starrt und schluchzt: Ich bring dich durch die Zeit, Marie, durch alle, alle Zeit.

Victor hat keine Ahnung, wie er das, was jetzt von ihm erwartet wird, sehr gut, gut oder befriedigend machen kann, aber wenn sie zusammen sind, wie sie es immer waren seit jenem Weinfest 1996, dann tut es nicht so weh, dann wird es doch bitte hoffentlich nicht so weh tun.

49, 50, 51.

»Weißt du eigentlich«, sagt Victor, als so ein buschschwänziges Tier für einen Augenblick erwartungsvoll vor ihm sitzen bleibt, »weißt du eigentlich, wie hoch deine Lebenserwartung ist? Hm?«

Das Hörnchen verharrt, vermutlich denkt es nach. Es sieht nicht aus, als hätte es eine Antwort parat. Oder es weiß ganz genau, dass man manchmal am besten schweigt und in die Sonne blinzelt. An guten Tagen blinzelt sie zurück. Und heute nicht.

Irgendwo festhalten

BOCHUM – 22 h 58

Ein Mann auf Krücken humpelt an Kathy und Roland Ziemer vorbei zum Aufzug, hebt balancierend einen seiner Plastikstöcke, um damit den Fahrstuhlknopf zu drücken, und schaut die beiden über die Schulter an, während rote Ziffern im Display anzeigen, wo der Lift gerade steckt. Der Mann grinst, weil er das prima gemacht hat, mit der dicken Gummikappe im ersten Anlauf den Pfeil nach oben zu treffen. Die Türen öffnen sich, zwei Nonnen stehen mit gesenkten Köpfen in der Fahrstuhlkabine.

»Noch jemand in die Urologie?«, fragt der Krückenmann und steigt ein, hinter ihm schließen sich die Türen mit einem sanften Ruckeln.

Roland hat sein Zittern auf dem Weg ins Krankenhaus nur einmal kurz registriert und sofort wieder vergessen. Er wollte mit der Polizei sprechen und mit dem Notarzt, alles gleichzeitig, alles sofort, er konnte doch die Autos beschreiben, er hatte doch, bevor er sich setzen musste und ein Sanitäter seinen Blutdruck nahm, glasklar erkannt, dass sich hier zwei Durchgeknallte ein Rennen geliefert haben, mit hundertzwanzig Minimum, und dann wollten sie beide gleichzeitig an der Verkehrsinsel dieses andere Auto überholen, spät ist es ausgewichen, war schon abgedrängt, der hatte ja keine Chance, überhaupt keine Chance.

Seine Gedanken waren noch viel zu schnell für ihn, aber während der Sanitäter ihm in die Augen schaute, bekam Roland seine Atmung in den Griff, er wusste, er durfte nicht kollabieren, sonst würde er den Moment verpassen, in dem Greta in den Krankenwagen geschoben wurde, und sobald das geschah, musste er Kathy anrufen, spätestens. Er musste ruhig, so ruhig werden, dass er sie beruhigen konnte. Nur er würde seiner Frau erklären können, dass ihnen nichts übrigblieb, als zu warten, er würde zuständig sein für Kathys Hilflosigkeit; ihn und nicht den Notarzt würde sie fragen, was denn um Himmels willen passiert war und was man denn um Himmels willen jetzt mit ihrer einzigen Tochter machen werde, auf seine Stimme und seine Sätze käme alles an.

Greta erreichte die Notaufnahme »in kritischem Zustand«.

Jetzt drückt Roland Kathys Hand, er versucht für sie zu lächeln, er hat ihr in den letzten zwei Stunden je achtmal angeboten, ihr etwas zu essen oder zu trinken zu besorgen, immer abwechselnd, immer flüsternd, als könnte schon eine allzu menschliche Frage in Zimmerlautstärke den Chirurgen hinter der OP-Tür in seiner Konzentration stören.

Der Mann muss doch arbeiten, rattert es in Kathy Ziemers Kopf, er muss doch Unmenschliches leisten als Chefarzt, er muss doch heute das Leben retten, das sie erst vor wenigen Jahren in diese Welt gesetzt hat, nichts darf ihn ablenken, sie kann unmöglich noch ein Kind bekommen, wenn dieses verlorengehen sollte unter Messern, Leuchten und grünen Masken.

Sie sieht einen Schmetterling, der sich in den Schacht der Klimaanlage verirrt hat, wie ist der da hingekommen? Sein verzweifelter Flügelschlag ist im OP II B deutlich zu hören, der Anästhesist hebt erschrocken den Kopf, der Chefarzt fängt den irritierten Blick auf, er zuckt, er zittert, er wankt und wackelt und versagt, das Messer rutscht ab, Greta ist weg … – warum vergeht die Zeit nicht, wie sie soll, warum läuft diese OP noch immer?

Kathy möchte kotzen oder rauchen, sie kann Rolands Atmen nicht ertragen, sie entzieht ihre Hand seinem Griff und reibt sich den Nacken. Sie ist die hilfloseste Mutter auf dem Planeten.

Der 11. Juli ist jetzt schon dreiundzwanzig Stunden alt.

Als der Fahrstuhl das übernächste Mal auf Stockwerk 2 hält, steigt Schwester Lucia aus, einen Nussriegel kauend und den Blick auf ihr Handy gerichtet. Nur eine der beiden Nonnen ist zurückgekommen, sie fährt allein weiter nach unten und wirkt blasser als zuvor.

»Entschuldigung, Schwester«, wendet sich Roland räuspernd an Lucia und steht auf. »Sie waren doch vorhin … ich meine, wissen Sie was oder gehen Sie jetzt noch mal in den OP-Trakt, können Sie da was rauskriegen, können Sie mal nachfragen? Ja? Bitte?« Er weiß wirklich nicht, wie er immer noch so leise und höflich bleiben kann und sehnt sich nach der nächsten Trainingseinheit, wenn er seinen Jungs quer über den Rasen taktische Kommandos zubrüllen darf.

Bevor die Krankenschwester etwas antworten kann, wird die Tür zum Wartebereich aufgestoßen, und zwei Polizisten mit wachen, ernsten Mienen treten ein.

»'n Abend«, sagt Roland etwas zu laut, »haben Sie die Arschlöcher gekriegt? Ja? Wissen Sie, wer das war? Das waren ja zwei, oder?«

Er hat genug Zeit gehabt, sich vorzustellen, wie die elenden Wichser sich feiern, weil sie schneller waren als die Polizei, er will den Gedanken nicht im Kopf behalten, dass sie sich und ihre ekelhaften Proletenschleudern irgendwo parken können, wo niemand sie findet, bis das nächste Mal einer kommt, der der Geilste ist, und wettet, dass er der Schnellste ist.

»Sie suchen die doch, oder was? Sie müssen doch irgendwas tun!?!«

»Roland.« Kathy Ziemer ist ebenfalls aufgestanden. »Nicht. Nicht jetzt.« Sie blickt zur Krankenschwester, sie wünscht sich Rolands warme Souveränität, auf die sie sich verlassen kann. Ihr Mann scheint das zu spüren; nach einem knappen bösen Schnaufen ist er gleich wieder der ganz coole Roland. Den kann sie alles fragen und um alles bitten, der ist stark für zwei bis drei, der Trainer, der alles im Griff hat.

Die Beamten haben Rolands Bemerkungen ignoriert, sie nuscheln einen Gruß und erklären, man habe sie am Empfang zu dieser Station geschickt. Der Ältere der beiden nimmt seine Mütze ab.

»Unfallchirurgie ist doch richtig hier?«

»Ist richtig«, antwortet Schwester Lucia, während Roland noch Luft holt, um seine Frage nach den Arschlöchern neu zu stellen.

Der jüngere Polizist bewegt unter einem dichten Bart die Lippen: »Sind Sie denn Schwester Lucia?«

»Ja, Lucia Santos, wieso?«

»Frau Santos«, der alte Polizist faltet die Hände vorm Bauch, »wir haben leider keine guten Nachrichten.«

Morgen ist prima

KÖLN

Wo bleibt der Lkw?
Wo ist die Nummer?
Wo ist der Umschlag mit der Nummer?

Die Fragen fallen wie tote Sterne vom Abendhimmel, Eva versucht wach zu bleiben, bis jemand sie beantwortet. Zwanzig nach elf. Das ist definitiv später als dunkel.

Die Handynummer des Lkw-Fahrers hat Eva gestern noch auf einem Briefumschlag ihrer Bank notiert, das war die letzte lästige Post in ihrem Bochumer Briefkasten: Sie solle sich doch in diesem Sommer einen Wunsch erfüllen, empfahl ihre Bank in freundlichen Schriftfarben, wie wäre es mit einem Cabrio, einer Kreuzfahrt oder einem Umzug? Dafür stünden auch schon siebentausendfünfhundert Euro zur Auszahlung bereit, die sie, die liebe Frau Winter, praktischerweise nur abrufen müsse und die kurz darauf auf ihrem Konto landen würden, einfacher sei das Erfüllen sommerlicher Wünsche nie gewesen.

Ein Cabrio, dachte Eva, ist eine Aufforderung an das deutsche Wetter, abrupt umzuschlagen. Und vermutlich deutlich teurer als die praktischen siebentausendfünfhundert Euro. Eine Kreuzfahrt? Zu viele Menschen am selben Ort, und der Ort bewegt sich, aber man hat keinen Einfluss darauf, wohin. Und den Umzug hatte sie sich bis auf den Cent vom Honorar für ihr letztes Buch abgespart, hatte so lange CDs und dicke

Pullover aussortiert, bis sie sicher sein konnte, dass nicht mehr Umzugsboxen und Packer-Arbeitsstunden berechnet würden, als ihr Budget zuließ.

Nein, Eva braucht jetzt kein Auto, in das es reinregnet, oder einen Urlaub, bei dem ihr schlecht wird, sie braucht ihre Sachen, ihre Möbel, ihre Kartons, ihr Rad mit dem gleichmäßigen Klappern. Sie möchte an ihrem Tisch aus Pinienholz den Laptop öffnen und ein leeres Dokument: Morgen geht's los möchte sie schreiben, ... oder übermorgen!

Sie will sich freuen auf eine neue Geschichte an einem guten Tag in einer neuen Wohnung, und stattdessen muss sie sich nun Sorgen machen, dass der Typ von der Spedition mit allem, was ihr gehört, durchgebrannt ist nach – wo endet die A1, fragt sich Eva, endet sie überhaupt?

In diesem Moment fühlt sie in ihrer Jeanstasche den zweimal gefalteten Briefumschlag:

Sandholz? Fahrer Spedition! steht da, in Eile notiert, und darunter eine Mobilnummer.

Es klingelt sieben Mal – nichts. Eva knallt die Zähne aufeinander, sie denkt an ihren Schreibtisch und ihren Roman und was sie alles durchgemacht und angezahlt hat, dann wählt sie noch mal.

»Ja. Hallo?« Eine Frauenstimme.

»Ähm, Entschuldigung, jetzt hab ich mich wahrscheinlich verwählt, ich wollte den Herrn ... Sandholz von der Umzugsfirma sprechen?«

»Ich bin von der Polizei, Kreis Mettmann.«

»Polizei? Oh ... Winter, Eva Winter!«

»Frau Winter, ich habe hier das Handy von Ricardo Santos. Der Fahrer ist leider ... ums Leben gekommen.«

O Gott, schießt es durch Evas Kopf, das ist ja furchtbar, und in der nächsten Sekunde:

Scheiße! Und meine Möbel?

Da Eva aber nichts sagt, räuspert sich die Polizistin, erklärt das Nötigste in sachlichen Sätzen, die Eva nicht unterbricht, und verkündet schließlich:

»Ich habe mit dem Spediteur telefoniert, Ihr Umzugsgut bekommen Sie morgen, auch wenn das für Sie vermutlich nicht so gut ist, wie es heute gewesen wäre.«

Morgen, denkt Eva, die nicht weiß, wer Herr Santos war und wann die Motorradpolizistin sterben wird, morgen geht's los. Eine neue Geschichte.

Und in ihr Handy sagt sie sehr freundlich:

»Morgen ist prima. Morgen hab ich Geburtstag.«

Nicht zu vergessen

DIE MINUTEN DANACH

Ein Gelenk knackt, als Eva sich auf den Boden ihres kahlen Wohnzimmers setzt. Das Handy lässt sie in ihren Schoß fallen. Es brummt, sobald sie es lautlos gestellt hat, dann brummt es noch mal, und im Display taucht eine Nummer auf, wahrscheinlich hat die Polizistin etwas vergessen.

Doch es ist nicht Marie Faber-Schiemann, die Eva Winter anruft, weil sie etwas vergessen hat, sondern Linda Bernikov, die etwas verloren hat, nämlich den Glauben an ihre Beziehung. Linda Bernikov ist Evas Vormieterin in der Birkenallee und in diesem Moment in Rom, soweit Eva das versteht, sie spricht recht laut, und jedes Wort saust schneller durch die Leitung als das davor.

Sie habe dann doch noch was Starkes bestellt bei Stefano und sich durch ihre Kontakte geklickt, und da sei sie an Evas Telefonnummer hängengeblieben und an den besseren ihrer Kölner Erinnerungen, an das Leben vor Tim, »aber!«, Lindas Stimme überschlägt sich, sie spricht mit mehr Ausrufezeichen als Sauerstoff, »auch mit Tim!, nur halt vor! der bescheuerten Idee, in Bochum! zusammenzuwohnen, o Gott!«

Eva beschließt, fürs Erste keine Zwischenfragen zu stellen.

»Mir ist total heiß hier!«, schießt ihre Vormieterin hinterher, als wolle sie Eva warnen vor den römischen Temperaturen im Juli, damit sie auf keinen Fall spontan anreise. »Sorry überhaupt, es ist ja voll spät bei Ihnen. Total spät!«

»Ich bin noch wach«, stellt Eva fest und will nun eigentlich doch fragen, was denn passiert sei, fürchtet sich aber vor einer langen und unverständlichen Antwort, da sagt Linda, plötzlich ganz ruhig:

»Wegen Tim. Meinem Freund. Wegen der Wohnung. Ich dachte nur kurz, vielleicht ist Ihnen was dazwischengekommen und Sie ziehen gar nicht um, sondern bleiben in Bochum, kann ja sein, und dann gehe ich wieder nach Köln, und alles ist cool?«

»Sorry …«, ist alles, was Eva antwortet.

Vielleicht geht sie morgen ganz früh zum Edeka und platziert an der vermischten Wand einen Aushang für die arme Linda Bernikov, die zurückwill in das Leben vor ihrer falschen Entscheidung.

»Na ja«, unterbricht Linda die Gedanken ihrer Nachmieterin, »war wahrscheinlich auch 'ne blöde Frage von mir, Sie wohnen ja jetzt da – war nur ein Versuch … Rom kann nichts dafür«, fügt sie noch hinzu, »und Sie ja auch nicht.«

Viel dunkler wird es an diesem Abend nicht mehr, viel kühler wird diese Nacht weder in Italien noch in Junkersdorf sein. Eine Minute nachdem Linda Bernikov das Telefonat mit einem Schniefen beendet hat, schreibt Eva eine Nachricht an ihre alte Freundin: Noch wach, Helli? Neuer Plan: Heute reinfeiern statt morgen feiern. Und zwar bei dir, ich hab noch kein Bett …

Sie lässt das Display nicht aus den Augen, und fünf Sekunden später geht eine Nachricht ein: hab noch was im keller vergessen. komme ich Freitag holen okay, buenas noches linda

Eva lehnt sich an die Wand und tastet nach dem Schalter für die elektrische Verdunklung. Es knackt im Rolladenkasten, dann fahren die grauen Lamellen gemächlich nach unten.

Dabei zuzusehen macht Eva noch müder. Jetzt ist sie fast schon achtundvierzig, gibt es eigentlich Zeitverschiebung zwischen hier und Rom? Auf dem Beifahrersitz hat sie noch einen Hoodie, nicht gewaschen, aber dick und dunkel und weich, den könnte sie holen. Dafür müsste sie aufstehen. Aber wenn sie den Hoodie als Matratze nimmt und das kleine Kissen als kleines Kissen, für ein paar Stunden Schlaf …

Vielleicht schafft sie es ja, noch wach zu bleiben, bis Helena antwortet – »morgen«, murmelt Eva, während ihre Augen sich schließen, »morgen geht's aber los.«

Und sie nimmt sich vor, den Traum dieser Nacht nicht zu vergessen.

Primitivo

ROM

Tim ist nicht mehr nüchtern, überhaupt nicht, aber das kann Linda ja wohl auch nicht erwarten, niemand kann das erwarten. Wann soll er sich besaufen, wenn nicht heute, was für eine riesengroße römische Scheiße, was für ein Tag, um ihn in eine unvergessliche Tonne zu kloppen.

Gegen Mitternacht ist das Hostel an der Piazza Navona ein babylonischer Bienenstock, durch die Wände hört man so ziemlich jede Sprache außer Italienisch, immer erzählt einer noch lauter, was er heute alles erlebt und für morgen schon geplant hat; alles trinkt lautstark auf die Ewigkeit dieser Stadt, auf Sommer, Urlaub, unsterbliche Ruinen, und der H&M in der Via del Corso ist »so much better, my friend« als die Filiale hinterm Vatikan, »I'm telling you!«.

Tim versucht wegzuhören und greift nach seinem Handy; wenn alles im Arsch ist, gibt es immer noch eine Seite im Netz, die witziger oder erotischer ist als die andere Wirklichkeit. Er lässt den blanken Hinterkopf gegen die Zimmerwand kippen. Die leere Hälfte des Bettes kommt ihm vor wie der letzte Stopp einer Stadtrundfahrt, deren Höhepunkte er schon vergessen hat.

Ohne richtig viel Alkohol ist Tim schon lange nicht mehr auf Facebook gewesen. Jetzt stöhnt er über die Empörten und Entblößten, die ihre Welt mit den Daumen zusammenhalten, aber neugierig ist er schon. Immerhin lässt sich hier verfolgen, was aus seinen Lehrern geworden ist: eine nostalgische Freakshow, Jahre nach dem letzten, herzlich verkniffenen Händedruck, das Abizeugnis in der Dokumentenhülle. Die blondgefärbte Reisinger, Englisch und Spanisch, hat zum Beispiel mehr Hobbys und Kinder als der Rest des Kollegiums und Freunde in den entlegensten Winkeln des Internets. Dr. Warnke – Latein, Geschichte, Philosophie – hat große Teile der Klagemauer auf ein Selfie mit Frau und Tochter gebannt, irgendwie sehen sie alle gleich aus.

Auf dem Flur kichert jemand, das ist nicht Linda.

Es muss eine Phase in den letzten Wochen am Gymnasium gegeben haben, in der der Abi-Jahrgang 2012 an alle Lehrkräfte Freundschaftsanfragen verschickte, um niemanden, über den man die letzten Jahre geschimpft hatte, aus den Augen zu verlieren. Die wenigen Absolventen, die da schon nicht mehr auf Facebook waren, schienen am Ende jenes Sommers so vergessen wie Eric, der nach der Zehnten abgegangen, und Melissa, die mit ihren Eltern nach Singapur gezogen war.

Von Zeit zu Zeit erwähnte irgendwer zwar die ›Offliner‹ und ›Twitter-Typen‹, die auf den feierlichen Abschlussfotos noch Teil des großen Ganzen gewesen waren und nun wie verschollen; aber viel spannender war doch, dass sich nur Wochen nach der knappen mündlichen Prüfung die Miriam und ihre Bio-Lehrerin beim Surfkurs an der Algarve getroffen hatten, zufällig, das ließ keiner unkommentiert, das war doch ein Ding, so klein ist die Welt. Viele sahen bei dieser Gelegenheit erstmals beide Frauen mit nassen Haaren auf nackten Schultern und beneideten sie um die Sonne überm Atlantik.

Tim hat den Korken in die zweite Rotweinflasche gedrückt, er hatte schon bei der ersten das Gefühl, dass das Zeug nicht schmeckt, aber wirkt, und so muss es sein an diesem vor die Füße geworfenen Sommerabend.

Das Profilfoto von Herrn Faber zeigt seinen alten Lehrer Arm in Arm mit dessen Sohn Nick, die beiden stehen neben der Statue ›The Teammates‹ vor dem Stadion in Boston. Victor Faber, Deutsch und Sport, war immer schwer in Ordnung, was man auch daran sehen kann, dass sogar Natascha und Elias von Fabers Freundesliste grinsen, die wegen ihrer Deutsch-Noten damals die Achte oder Neunte wiederholen mussten. Sie haben ihm verziehen, er ist nicht ungerecht.

Inzwischen, grübelt Tim, sind vier von uns verheiratet, und zwar untereinander. Der Rest ist auf Instagram. Und Linda und ich, wir sitzen in der italienischen Falle. Ist doch scheiße.

Auf dem winzigen Tisch unterm Fenster steht das Reise-Scrabble, das Linda ihm zum Geburtstag geschenkt hat; gestern Abend, als sie noch ein Paar waren und die Welt ein normaler Ort, haben sie eine Partie gespielt nach dem langen Spaziergang zum Forum Romanum. Linda hat im letzten Zug gewonnen, irgendwie gewinnt sie immer, denkt Tim. Er müht sich in die Senkrechte, setzt sich mit seinem Primitivo und dem Handy an den Tisch und verrührt, den Zeigefinger durchgestreckt, die ausgelegten Buchstaben.

In der Zwölften hat ihr Lieblingslehrer eines Tages ein Scrabble-Wörterbuch wie die Heilige Schrift auf seinem Pult drapiert und ein Gesicht gemacht, als müsste jeden Moment weißer Rauch aufsteigen: »So! Leute? Der Mensch ist nur da ganz Mensch, wo er spielt. Richtig? Und das hat wer gesagt?«

Faber ignorierte erste Antwortversuche wie »Jürgen Klopp? … oder Tolkien?«, »Adenauer!« oder »… hier, der Dings bestimmt, vom Jauch ist das oder Gottschalk« und hielt dann ein kurzes, aber so leidenschaftliches Plädoyer, dass zumindest der halbe Deutsch-LK überzeugt war, man müsse jetzt unbedingt mal aus humanistischen et cetera Motiven Plastikbuchstaben auf Pappbretter legen, um fürs Leben zu lernen.

»Aber, Herr Faber«, sagte Linda in der kleinen Pause auf dem Korridor, nachdem sie mit Z-U-F-Ä-L-L-E-N brachial gepunktet hatte, »meinen Sie nicht, so was wie Scrabble wäre Schiller viel zu doof gewesen?«

»Und zack!«, gab Lehrer Faber zurück, »da haben wir doch ein prima Aufsatzthema! Fünf Seiten, bis nächsten Freitag: ›Hätte Schiller gescrabbelt?‹ Sehr gut, Linda, schon stehen Sie wieder auf Zwei minus.«

Die Zeit ist über all die Punkte und Noten hinweggegangen, Aufsätze wurden vergessen, Klausuren verhauen und Abschlusszensuren gerettet, sie haben gepaukt, gezittert und gefeiert, haben analysiert, interpretiert und das Grüne von der Tafel herunterdiskutiert. Als alles überstanden war, gab es auf der Wiese hinter der Turnhalle eine Gulaschkanone voll Buchstabenstuppe und so viel hochprozentigen Wacholder, dass gegen Morgen nur die wenigsten noch hätten sagen können, wie Schiller mit Vornamen hieß.

»Der Mensch, Leute!«, deklamierte Tim und stützte sich an einem Baumstamm ab, während die Vögel in der Krone hoch über ihm zu singen anfingen, »der Mensch ist auf jeden Fall nur ein Mensch, würde ich mal behaupten, also nur dann, wenn er – oah, Leute, 'tschuldigung«, er musste sich unterbrechen und hatte nach einem kaum zu unterdrückenden Ausbruch von Kohlensäure den Satzanschluss verpasst, »… jedenfalls, der Faber war der beste Lehrer, den wir hatten, und ich studiere auf jeden Fall …«

Es folgte ein schwer verständliches Wort zwischen »großartig« und »Germanistik«, dann schloss Tim die Augen und goss sich langsam und feierlich den letzten Schnaps jener Nacht über die Glatze.

Einige lachten müde und klatschten, Victor Faber war längst zu Hause.

Vor ein paar Wochen, verrät die Timeline, ist sein alter Deutsch-LK-Lehrer von Frankfurt nach Boston geflogen, und das hat schon diversen Leuten gefallen. Tim lässt einen Schluck Rotwein durch eine Zahnlücke und zurück laufen und beginnt eine Nachricht:

Lieber Herr Faber, wie geht's? Beim Fünfjährigen letztes Jahr waren Sie stolz wie Bolle und haben gesagt, wenn Ihr Sohn es in die Major League Baseball schafft, fahren Sie mit uns allen zum Heimspiel gegen die Yankees ... Wahrscheinlich bin ich der Einzige, der sich (und Sie!) dran erinnert? Sicher war's nicht ernst gemeint, aber, na ja, ich hab auf Ihrer Facebook-Seite gesehen, dass Sie schon hingeflogen sind, ohne Bescheid zu sagen ;-) Und ich bin gerade an einem Punkt, wo ich alle Buchstaben wieder in den Beutel werfe, wenn Sie wissen, was ich meine.

Erinnern Sie sich an Linda (Bernikov) aus dem Deutschkurs? Blöde Geschichte. Unsere Zitronen blühen sozusagen nicht mehr. Jedenfalls wäre ich jetzt lieber weit weg von hier und würde Nick und die Red Sox live im Stadion sehen. Aber das ist ja auch teuer. Mussten Sie im Studium eigentlich auch Mittelhochdeutsch machen? Schlimm ist das, oder? Aber neulich hab ich was Gutes von irgendwem gelesen, kennen Sie das: »Wo gehn wir denn hin? Immer nach Hause.« Klar kennen Sie das. Wir fliegen morgen zurück.

Während Tim überlegt, ob er noch mal durchlesen soll, was er geschrieben hat; ob er mit vielen, schönen beziehungsweise herzlichen Grüßen schließen soll oder kurz mit »Prost und tschüs!«, bastelt er unten links auf den dreifachen Wortwert H-O-M-E-R-U-N, macht ein Foto, das er an die Nachricht hängt, und schreibt darunter: Arividercci und gute Nacht!

ZWEI

Immer freitags

The business of life is the acquisition of memories.
In the end, that's all there is.

MR. CARSON, *DOWNTON ABBEY*

Flammendes Käthchen

13. JULI 2018 – BOCHUM

Kathy Ziemer will hundert Blumen gießen, am liebsten hunderttausend. Eine Million Blumen gießen mit der kleinen Kupferkanne, und keine Sekunde nachdenken müssen – bis es dunkel wird und wieder hell und noch mal von vorn. Einen Wasserstrahl auf Erdklümpchen richten, nicht zu kurz und nicht zu lang, nachfüllen und weitergießen, das möchte sie tun und möchte es richtig machen, das muss zu schaffen sein, das ist ungefährlicher als zum Beispiel Fahrrad fahren oder eine Splenektomie.

Sie hat das Handy alarmbereit auf dem Couchtisch abgelegt, auf dem ihr Wohnungsnachbar die Bücher gestapelt hat, die er vielleicht als Nächstes lesen will oder zumindest wollte, bevor er verreist ist. Ganz oben liegt ein Roman, dessen Cover einen Strandabschnitt mit fünf Liegestühlen zeigt, niemand sitzt darin, sie sind zum Meer ausgerichtet. Dies ist kein strahlend schöner Tag.

In einer Stunde wird sie Roland ablösen, müde, aber geduscht, und wieder den Platz am Krankenbett einnehmen, weil einer von ihnen da sein muss, mindestens, wenn Greta aufwacht. Aber weil das Leben zum Glück manchmal die Chance bietet, ganz simple Dinge zu tun, hat sie an diesem Morgen auf den Klebezettel am Kühlschrank getippt:

»Ah, genau!«, hat sie laut zu sich selbst gesagt, weil es ihr zu still war in der Küche, zum ersten Mal seit Jahren allein mit ihrem ersten Tee, ohne Rolands Gesumme und Gretas Gewirbel, »stimmt ja, Victors Blumen!«

Ein paar Jahre zuvor, am 15. April 2014, schien der Frühling noch Lichtjahre entfernt. Lästig und unansehnlich klatschte der Regen gegen die Scheiben, sieben Grad zeigte das Wandthermometer neben der Balkontür.

Alles richtig gemacht, dachte Kathy damals und teilte die letzten Wassertropfen halbwegs gerecht zwischen dem Ficus und der Kentiapalme auf.

Victor und Marie haben's richtig gemacht, hier am ersten Ferientag abzuhauen!

Sie ging zum Wasserhahn in die Küche, um die Kupferkanne wieder aufzufüllen.

Sind bestimmt angenehme fünfundzwanzig Grad auf den Kanaren.

Sie mochte die grünen Ecken in der Nachbarwohnung, hier eine Glückskastanie, da ein Farn, und sogar Zickzacksträucher hatten sie. Nachdem Kathy den Zimmerbambus neben der Garderobe versorgt hatte, blieb sie zögernd vor der geschlossenen Tür zum Kinderzimmer stehen, an der ein großes Poster von einem schwarzen Sportler mit dem Schriftzug *Big Papi* hing. Hatte Nicki überhaupt Pflanzen? Was will ein Vierzehnjähriger mit einer Zimmerzypresse? Sollte oder durfte Kathy da reingehen?

Durch die Wohnungstür hörte sie, wie im Treppenhaus der in die Jahre gekommene Fahrstuhl geräuschvoll zum Stehen kam. Seit der Meniskusgeschichte nahm der Briefträger nicht mehr die Treppe, schon gar nicht zwei Stufen auf einmal, so wie damals. Doch dann erstarrte sie, da war ein Geräusch an der Tür, sie konnte nirgendwohin, wer war so dreist, am hellen Tag hier einzubrechen? Sie hielt die Luft an und umklammerte die Gießkanne, da stand auch schon ihr Nachbar in der

Wohnung, ließ einen Rucksack auf den Boden fallen und zuckte zusammen, als er Kathy bemerkte.

Sie atmete aus und japste: »Was machst du denn hier?!«

»Oh, sorry, ich hab nicht dran gedacht …«

»Ich hab die Blumen …« Sie hob wie zur Entschuldigung die Kanne. »Ist was passiert? Wo sind Marie und Nicki? Warum seid ihr schon zurück?«

»Ich bin zurück, ich bin … früher weg … wir …«

»Mann, du bist ja komplett blass! Komm, setz dich mal, ich hol dir Wasser. Willst du Wasser?«

»Nee. Ja, gleich. Die Dings, die Putzfrau von meiner Mutter hat angerufen, jetzt isses passiert.«

»Was denn?«

»Gestürzt. Ist gestürzt und kann selber nicht mehr … hat wohl noch Glück gehabt, aber muss vom Krankenhaus direkt in ein Heim, schätze ich. Muss ich mich jetzt um die Formalien kümmern und so.«

»Oh, Scheiße.«

Sie wusste nicht, wohin mit der Gießkanne, sie drückte Victors Schulter für einen langen Moment, dann berührte sie ganz leicht den Unterarm, über dem immer noch seine Jacke baumelte, zu warm für Teneriffa, zu kalt für Bochum.

Er nickte. »Ich hab den beiden gesagt, bleibt hier, machen könnt ihr erst mal eh nix, und hab für mich den nächsten Düsseldorf-Flieger gebucht.«

»O Mann, das tut mir leid. Sag, wenn wir irgendwas tun können, ja? Irgendwie helfen oder so.«

»Ja. Danke.«

»Ist doch klar, Victor. Jederzeit.«

Vier Jahre später, die alte Frau Faber lebt noch, aber nicht mehr alle Pflanzen in der Nachbarwohnung, steht Kathy wieder vor dem Ficus-Topf und sieht dem Wasser beim Versickern zu.

Vier Jahre, das sind doch eigentlich auch nur ein paar Urlaube, Treppenstürze und Steuererklärungen, aber sie ist heute eine andere Version von Kathy als in jenem verregneten Frühjahr. Dazwischen liegen Gretas Geburt und Rolands Antrag.

Dazwischen liegt aber eben auch dieser eine Abend mit dem Mann, der früher als erwartet aus dem Osterurlaub zurückkam; dessen Arm sie ein paar Tage danach noch einmal berührte, in dem überheizten Café neben der Klinik, und dann noch einmal, mit den Fingerkuppen bis zum Handrücken, als sie später in Victors Wagen den Platzregen abwarteten; Victor, der ihre Finger gar nicht mehr loslassen wollte, als sie schließlich auf dem Parkplatz im Industriegebiet nur noch an sich und einen langen, langen Kuss dachten, nicht mehr an die festen Hände, in denen sie waren und wieder sein würden, ganz bestimmt, aber nicht heute, nicht jetzt, nicht in diesem selbstvergessenen Moment zwischen Autohaus und Matratzendiscounter.

Die aktuelle Version von Kathy ist eine Mutter in Angst, die bisher nur Sorge kannte, eine felsenfeste Ehefrau und eine freundliche Nachbarin, die nach den Blumen sieht bei Victor Faber, denn Marie lebt hier schon länger nicht mehr.

Auf der marmornen Fensterbank bemerkt Kathy einen Notizzettel neben einer Pflanze mit dicken Blättern und zarten gelben Blüten: *Danke euch fürs Gießen, liebe Nachbarn, aber bitte dieses Mal das Flammende Käthchen nicht zu großzügig …*

Auf dem Couchtisch brummt ihr Handy, Roland hat ein Selfie geschickt: Gretas geschwollenes Gesicht neben seinem, beide unsagbar erschöpft, und im Hintergrund hat sich mit seinem kleinen Kopfverband Schluffi Schluffinski ins Bild geschlichen, der sieht ganz munter aus.

Wichtig!

KÖLN

Es klingelt ganz hinten im Kopf, das müsste jemand leiser stellen, kann das bitte jemand leiser stellen.

Ibuprofen, ruckelt es durch Eva Winters Gedanken, und: zu spät, als sie vom Schlafzimmer Richtung Wohnungstür stolpert, sie wird zu spät dort eintreffen, wo das Klingeln herkommt. Wer auch immer sich die Mühe gemacht hat, sie aus ihrem Mittagsschlaf zu lärmen, wird ganz sicher, sobald sie öffnet, nicht mehr draußen stehen. Als ihr Zeh ungebremst gegen die kratzige Fußmatte stößt und sie zischend flucht, weiß sie es wieder ganz genau: Der Abend war wunderbar, der Tag ist die Hölle.

Punkt neun Uhr morgens hatte Helena gestern vor der Tür gestanden, sie hatte die späte SMS am Mittwoch nicht mehr gelesen, aber nun frische Brötchen dabei, Blumen, einen Luftballon und ein Säckchen mit grobem Salz, sie lächelte diesem 12.Juli und ihrer alten Freundin entgegen. Statt *Hoch soll sie leben* sang Helli »Hier soll sie wohnen, nah bei mir«, sie zerdrückte die Blumen zwischen sich und Eva, die eine dicke Umarmung brauchte. Denn sie war dankbar und konnte das Glück fühlen, das sie für das dritte Lebensviertel in die Nähe der besten aller Freundinnen gespült hatte. Eva wusste, sie war die Flaschenpost, die Helena selber abgeschickt hatte, und nun standen sie hier auf dem sandigen Grund eines Neuanfangs, sie stemmten vier Füße in den Boden, jede Flut konnte kommen, sie waren befreundet.

Helena leitete die Presseabteilung in Evas Verlag, sie hatte vom ersten Manuskript an gemocht, was Eva schrieb und was sie nicht schrieb. *Von all den Menschen, die hinter all den Buchstaben stecken*, hatte Helli ihr auf eine Geburtstagskarte gekrakelt, *bist du mir einer der liebsten.*

Sie kannten sich seit zwanzig Buchmessen und wollten keines ihrer Gespräche missen; vom längst verdienten Nobelpreis bis zum aktuell nutzlosen Lebenspartner vertrauten sie aneinander an, was sie nicht gleichgültig ließ. Jedes Jahr im März zur Leipziger Messe aßen sie Tapas nach langen Tagen unter dem Brennglas der großen Hallen und feierten ihr Wiedersehen im Oktober in Frankfurt, bei Schnitzel mit grüner Soße und Ohrensausen zwischen Lektorinnen oder Investmentbankern, und nahmen Abschied mit einer Umarmung, die wieder für sechs Monate reichen musste. Dazwischen redeten sie an ungezählten Feierabenden von Küchentisch zu Küchentisch, bis ihre Telefone wieder aufgeladen werden mussten.

Dass sie nicht auf ewig in Bochum leben und schreiben wolle, beteuerte Eva bei jedem ihrer Treffen, aber auch ihr Vater werde nicht ewig leben und werde es verkraften, ganz sicher, dass sie seine Stadt verließ, sobald er auf dem Freigrafendamm neben seiner Frau Luise lag. Bis dahin aber brauchte Harald Winter seine einzige Tochter und brauchte die Gewissheit, dass sie in seiner Nähe bliebe, um ihn an ihre Mutter zu erinnern.

In Helenas Supermarkt, an der Wandtafel neben den Plastikkörben, wo Fahrradschlüssel gefunden und Babysitze verkauft werden, da hatte vor einigen Wochen auch dies gehangen, gleich neben der *Rückbildung mit Pilates*: L. Bernikov suchte einen Nachmieter für 2 Zimmer und 1 Badewanne. *Erdgeschoss, kleiner Garten. Nette Nachbarn und ein scheuer Igel, mit Einbauküche, Ecke Birkenallee, kurzfristig frei.*

Es war der Tag, an dem der Arzt seinen letzten Besuch bei Evas Vater absolvierte.

Helena machte erst ein Handyfoto von dem Aushang, dann schielte sie rüber zur Bäckereitheke, wo die Verkäuferin Frau Atasoy gerade das Preisschild für Erdbeerschnitten korrigierte, und riss das Papier einfach ab, riss es herunter für ihre beste Buch-Freundin. »Andere Leute, Evi, werden andere Einbauküchen finden, und du musst dringend da weg!«

Sie hatte ja recht, Eva musste dringend da weg, wo ihr Stammbaum verdorrte.

In Evas Posteingang landete das Zettelfoto, Helena pries die Zweizimmerwohnung an wie einen Gratisflug zum Mars, wann habe schon mal im Edeka eine so einmalige Chance an der Wand gehangen, da müsse Eva doch zuschlagen und ihren Hintern bewegen, jetzt oder nie:

... schreib doch deine Bücher, wo du willst, Evi, schreib doch meinetwegen überall! Aber am liebsten hier in meiner Nähe. Köln hat den besten Rosé von überall, ich schwöre. Also, wenn du neu anfangen willst – ich bin hier und immer für dich da! Helli

Sie korrigierte noch einzelne Wörter auf Großschreibung, schrieb HIER, NEU und IMMER, dann klickte sie auf »Senden« und machte sich auf den Weg zur Birkenallee, um das Haus zu fotografieren, die Umgebung und, mit etwas Glück, den Igel im Garten.

Als Eva gestern die ramponierten Blumen in das Spülbecken mit kaltem Wasser gelegt hatte, klingelte ein zerknirschter Mann mit fleckiger Mütze und lieferte ihre Möbel und Kartons.

Gut, dass Sie nicht verunglückt sind. Eva spricht den Gedanken nicht aus und bittet den Mann besonders freundlich herein.

Am Nachmittag packten sie alle Kisten aus, die mit *Wichtig!* beschriftet waren, und stapelten die anderen im Wohnzimmer, auf denen *Marías und Murakami* stand oder *Weihnachten 1* oder *WOHIN?*.

Auf der überschaubaren Grünfläche zwischen Terrasse und Buchsbaumhecke setzten sie sich anschließend ins Gras. Den Rosé in fast sauberen Gläsern zwischen den Beinen, feuerten sie die Wolke an, die den Umriss von Australien hatte, damit sie sich schützend vor die Sonne schob.

Und noch mal dieses Klingeln, das in die Schläfen zieht. Evas erster Freitag im neunundvierzigsten Lebensjahr ist bis hierhin offiziell unbrauchbar, sie wird noch einmal Taschen und Schubladen durchsuchen, um ihn zu retten mit einer trockenen, verlässlichen Tablette gegen den zeternden Restalkohol in ihrem System, aber erst muss sie die Tür –

»Hallo! Sie sind ja doch da«, stellt Linda Bernikov fest und streckt Eva die Hand hin. »Ich hatte schon mal geklingelt. Und angerufen.«

Sie präsentiert, um das zu verdeutlichen, ihr Handy.

»Ja«, sagt Eva, »mein Handy war aus.« Sie hat den Türgriff umklammert und reibt den rechten Zeh am linken Unterschenkel. »Und Sie sind gar nicht mehr in Rom …«

»Richtig! Ich wollte wegen der Sachen …«

Eva reckt das linke Ohr nach vorn, sie geht davon aus, dass der Satz noch nicht zu Ende ist, sie hat den Punkt verpasst, an dem sie die hartnäckige, aber nicht unfreundliche Vormieterin hätte hereinbitten sollen.

»Ich hatte ja gesimst, dass ich noch Sachen im Keller hab.«

»Ja, hab ich gefunden. Hab ich rausgestellt. Im Garten.«

Eva lässt die Tür offen, dreht sich um und geht sehr konzentriert durchs Wohnzimmer. Sie hält die Terrassentür auf für Linda Bernikov, die ihr gefolgt ist, wobei sie sich mit hektischen Blicken umgesehen hat.

»Ah, mein Zelt!«, stellt Linda fest, als sie nach draußen tritt, und Eva sagt:

»Wissen Sie, wie lang die Apotheke hier geöffnet hat?«

»Nee. Aber es gibt zwei.«

»Ah.«

Linda steckt ihr Handy in die Hosentasche, bückt sich nach dem runden Plastikpaket und der quietschigen Kühltasche, hebt sie auf und erklärt: »Jetzt kann ich campen!«

»Okay …«

»Mein Freund … also, wir haben uns … ICH habe, na ja, egal, jedenfalls sind wir gestern zurück aus Rom, und ich muss erst mal aus der Wohnung raus, und da passt es natürlich super, dass ich das Zelt vergessen habe. Bei mir im Keller, also bei Ihnen.«

»Ja, super.«

Eva steht im Schatten unter der Überdachung, auf keinen Fall kann ihr Kopf heute in der Sonne sein, auf gar keinen Fall darf irgendeine Junkersdorfer Apotheke heute vorzeitig schließen, falls sich in den unausgepackten Kartons nicht doch noch eine Schmerztablette findet.

»Voll die schönen Sachen«, kommentiert Linda Evas Gartenmöbel, »ich hatte hier immer so einen Sitzsack, kennen Sie? Sitzsäcke sind groß!«

»Sie können sich auch setzen«, sagt Eva, »ich hab gestern neues Ginger Ale geholt, oder Wasser hab ich auch, ich muss nur mal kurz ins Bad –«

»Oh!«, sagt da Linda Bernikov mit einem Gesichtsausdruck, als hätte sie mit sechs Richtigen fünf Euro gewonnen, dann stellt sie Zeltpaket und Kühltasche eilig vor ihre Füße,

»wär das okay, wenn ich zuerst aufs Klo …? Ist echt dringend, sorry!«

Zehn Minuten später hat Eva einen Tampon weniger und Linda eine große Sorge. Sie sind beim Du und beim Kaffee, Linda hat in ihrer Umhängetasche Kopfschmerztabletten gefunden, gleich zwei davon hat Eva mit Ginger Ale runtergespült, jetzt wartet sie auf die Wirkung, dann kann dieser Tag noch einen Abend haben.

Linda könnte ihre Tochter sein, dann wäre sie eine junge Mutter gewesen. Soll sie ruhig noch ein bisschen bleiben, denkt Eva, sie hat so süß geschluchzt, als sie aus dem Bad kam, sie konnte sich zwischen Erleichterung und irgendwas anderem nicht entscheiden, fragte nach Bier und Kaffee und musste sich setzen, Luft holen, einen Atemzug nach dem andern, auch das Ausatmen nicht vergessen.

Linda erzählt von Rom und einem Kind, das sie, gepriesen sei der unregelmäßige Zyklus, nicht bekommen wird, das sie nicht wollte, nicht so, nicht jetzt, und listet Tims Eigenschaften auf, in die sie sich verliebt hat, danach die Dinge, die sie ohne ihn tun möchte, ab jetzt. Ab morgen. Eva hört zu, wie sie ihrer Tochter zuhören würde. Die wäre eine schluchzende junge Frau, verletzlich, ihrer Mutter zum Verwechseln ähnlich, wer weiß. Schön, auch wenn sie weint, so könnte sie sein.

Es ist ein Abend, der allen, die ihn im Freien verbringen, weismacht, dass es so etwas wie Wärmegewitter nie gegeben hat oder jemals geben wird. Warum irgendwo anders sein, wir gehen nie wieder ins Haus. Die Stunden kippen lautlos um, das Blau wird zum Dunkel, das Schmunzeln zum Grinsen, das Nicken zur Lachträne; sie spüren ihre Zwerchfelle, sie entdecken Gemeinsamkeiten wie Seen in den Bergen, sie haben Spaß, Zeit und keine Strickjacken.

Von gestern müsste noch Rosé da sein, prima, und du schreibst also, cool, und was möchtest du machen als freie Graphikerin, aha.

Sollen wir nicht mal was zusammen, ohne Kopfschmerzen ist die Welt viel schöner, du willst doch um diese Zeit nicht mehr nach Bochum.

Die Geschichten werden Biographie, die Ideen werden Träume – hier in diesem Leben bin ich jetzt zu Hause, findet Eva Winter, und in der Hecke raschelt ein Tier durch die Nacht, schlaflos.

Dass ich dich geliebt hab

BOCHUM

Auf der Suche nach Trost, Verständnis und Gras hat Tim Fellner eine Nachricht an seine Exfreundin Lucia geschrieben und dann doch nicht abgeschickt.

Von ihr verstanden oder getröstet zu werden wäre schöner, als er zugeben würde, außerdem hatte ihr Bruder vor ein paar Jahren Zugang zu ordentlichem Marihuana. Weil er nicht schreiben möchte, was er wirklich will, und weil die neue Wohnung seit der Rückkehr aus Rom nach Enttäuschung und Resten von Linda riecht, greift Tim sich Helm und Rollerschlüssel und fährt dahin, wo seine Jugendliebe lebte, als ›Jugendliebe‹ noch eine peinlich verstaubte Vokabel war.

Die Party- und Vögelstatistik seines Abi-Jahrgangs führte Tim als Einzigen, der nichts mit irgendeiner Mitschülerin und auch sonst mit keinem Mädchen anfing; er küsste weder Jessika noch Jessica, hatte nie eine Hand unter Lisas oder Vanessas Pullover. Tim wurde zuverlässig an jedem Freitagabend, in ihrer Billardkneipe neben dem Kino, schneller betrunken als geil und war schon zu Hause, im Bett, allein, als im *Dudelsack* die Hormone über den grünen Filztisch schwappten.

Pärchenbildung in wechselnden Konstellationen war das soziale Schmieröl in der Zwölften und Dreizehnten, nur Tim redete am längsten und lautesten über Sport oder Fukushima oder die Nieten und Genies im Lehrerzimmer; übertönte, ohne es zu merken, das Gerücht über Kai und die Zwillinge genau wie den spuckenden Zoff zwischen Sandra und Maxi.

Die Gabel tief im Dönerteller, erklärte Tim den Arabischen Frühling, niemand hörte zu, und tanzte allein like a Satellite, während in abgedunkelten Geschwisterzimmern seine Mitschüler flüsterten und sich die ›Bochum-Total‹-Shirts vom Leib rissen, weil der Ernst des Lebens ihnen schon auflauerte und sie noch einmal feiern wollten, Freitag für Freitag.

An einem Abend des Jahres 2011 machte Tim seine Runde durch die Ausläufer einer Sturmfrei-Party, klopfte, warum auch immer, zweimal lang und zweimal kurz an diese oder jene verriegelte Tür und fragte in die Stille, ob jemand Interesse an seiner Tüte habe, denn zusammen feiern und allein rauchen, das sei was für Protestwähler oder Wattenscheid-Fans, davon hatten sie keinen in ihren Reihen.

Irgendwer musste doch noch anwesend, wach und ansprechbar sein. Niemand rührte sich, aber in diesem Moment drehte jemand die Musik ruckartig lauter: *When We Were Young* schepperte durch das Haus von Bastis verreisten Eltern.

Tim fuhr so schnell auf dem Absatz herum, wie sein Pegel es zuließ, trat auf eine Sushi-Verpackung und – sah in der Ecke des Wohnzimmers zum ersten Mal in seinem Leben Lucia Santos aus Wiemelhausen: über die Playlist gebeugt, die Sommersprossen vom Laptop angestrahlt, ein Leuchten in der angetrunkenen Nacht. Sie hob grüßend die Hand, lächelte und sagte etwas, das er nicht verstehen konnte.

Und Adele sang dazu: *»Let me photograph you in this light in case it is the last time …«*

»Adele is laut!«, sagte Tim laut, zeigte mit dem Joint in der Hand erst auf sein Ohr, dann auf den Lautsprecher, mit dem der Computer verbunden war.

Lucia drückte auf Pause, sagte »Lucia!« und »Hi!«, doch als er »Tim!« antwortete und »Ich wollte nicht alleine kiffen!«, da hatte sich ihr Finger schon wieder auf die Playtaste gesenkt, ohne dass sie Tim aus den Augen ließ.

Er hob achselzuckend den Daumen und meinte Adele, sie hob ihren und zeigte auf die dicke Zigarette in seiner Hand. Dann standen sie da und sahen einander an, warteten ab, bis der Song zu Ende war. Lucia skippte zu *Somewhere Over the Rainbow* und minimierte die Lautstärke, sie sagte noch mal »Hi!« und »Wenn sich keiner beschwert, sind alle am Fummeln«.

Tim fiel keine Antwort ein; Elisa oder Ayumi hätte er irgendwas Schlagfertiges erwidert, die waren auch im Englisch-Grundkurs immer lustig und nicht empfindlich, aber dieses Mädchen kannte er nicht, er wusste nur, welches Lied sie laut und welches leiser hörte, und ihr Name war Lucia, das war doch schon mal wunderbar.

Wie die Füße doch die Wege kennen, die wir ausgetreten haben. Tim hat seinen Roller dort geparkt, wo er vor ein paar Jahren täglich sein Fahrrad abstellte, um Lucia zu besuchen, es sind acht Schritte und drei Stufen bis zum Hauseingang, und der Klingelknopf wird klemmen oben links.

Er weiß leider sehr genau, wann er das letzte Mal hier war, um den Pullover abzuholen und das Buch, das er ihr geliehen hatte, das sie unbedingt lesen sollte und das sie nicht mehr wollte.

Gabriela Santos musste an jenem Tag hinter der Tür gewartet haben, den unerbittlich vielsagenden Blick hatte Lucia von ihr. Die Frau, die in ihm schon ihren Schwiegersohn gesehen hatte, hielt Tim an Zeige- und Mittelfinger eine Papiertüte vom Drogeriemarkt entgegen.

Später, auf dem Baumstumpf im Park, entdeckte er Lucias Lesezeichen auf Seite 58, ein Bilderstreifen aus einer Fotokabine. Das war der Zungenrollernachmittag gewesen, und sie hatte gezeigt, was sie konnte. Sie hatte Tim gezeigt, was er nicht konnte.

Einige der Sätze hatte Tim unterstrichen, und nun bemerkte er, dass sie exakt dieselben noch mal markiert hatte, mit feinerem Strich. Am Boden der Tüte, unter seinem weinroten Pullover, lag eine Plastikdose, nur zu öffnen mit lautem Knacken, darin ein Dutzend von den Mandelkeksen, die er an Gabriela Santos so gemocht hatte.

Die Mutter eine begnadete Bäckerin, der Vater ein Fan des VfL und der Bruder der wohl fairste Dealer im ganzen Revier – Tim war sich ganz sicher gewesen, dass er es mit Lucia Santos und ihrer Familie verdammt gut getroffen hatte, und das war doch wunderbar, dann aber ging es ja zu Ende.

Für seinen Überraschungsbesuch hat Tim sich ein paar Begrüßungssätze überlegt, ohne überhaupt zu wissen, ob Lucia immer noch die Schicht mit dem halben freien Freitag hat.

Dass er extra keine Blumen mitgebracht habe, will er ihr sagen; dass er das Gefühl habe, ihr Bescheid sagen zu müssen, ganz freundschaftlich, nachdem er sich von Linda getrennt hat; und ob es denn nicht albern sei, nach all der Freundschaft, nach all der Zeit, dass er sein Zeug bei jemand anderem kauft, um zwei unbekannte Ecken, wo er doch Pablo vertraue wie – der Vergleich an dieser Stelle wird schwierig, vielleicht lässt er das besser weg.

Das Wort ›Vertrauen‹ fiel zu oft, im Zusammenhang mit ›verarscht‹, ›beschissen‹ und anderen, an jenem Sonntagnachmittag, nach Tims großem, feuchtem Wiedersehen mit seinen Abi-Leuten. Nach dem Abend, an dem Linda Bernikov, die mittlerweile Graphik designte, Tim Fellner aus ihrem Scrabble-Leistungskurs mit den Worten zuprostete: »Dich würde ich ja echt gern noch mal mit Haaren sehen.«

Er könnte auch heute nicht mehr geradlinig erklären, warum er darauf ohne Zögern oder Zucken sagte: »Und ich dich ohne Klamotten.«

Wie und wo die Jubiläumsfeier für ihn und Linda zu Ende gegangen war, das alles erschien am Tag danach ganz logisch und unangenehm.

Ein Jahr später weiß Tim ebenso sicher, dass er Lucia so ausführlich gar nicht hätte berichten müssen, was Einschneidendes passiert war; es war, als hätte er sie erst geohrfeigt und dann wegen der roten Wange ausgelacht.

Mit den Worten »Du weißt, dass ich dich geliebt hab, du Arsch, das weißt du ganz genau« brachte sie ihn schließlich zur Tür und schloss hinter ihm wieder ab.

Am 13. Juli 2018 öffnet Lucia ihm in einer schwarzen Leinenhose, so weit geschnitten, dass von ihren kleinen Füßen gerade mal die nackten Zehen zu sehen sind; auch ihr dunkles Shirt mit langen Ärmeln ist das Gegenteil von Sommer, sie ist offensichtlich nicht auf dem Sprung zum Dienst.

Lucia sagt »Tim«, ohne dass sich ihre Stimme auch nur ein bisschen hebt, und er sagt: »Ist dir nicht warm?«

Was er denn wolle, fragt sie und wartet seine Antwort nicht ab: »Papa ist gestorben.«

»Lucia!«, ruft es von drinnen, »qué pasa? Wir lassen die Leute nicht draußen stehen, das hab ich dir – oh, Tim. Das ist gut, dass du gekommen bist. Muy bien. Komm rein.« Gabriela Santos winkt ihn herein und deutet auf die Wohnzimmertür.

Wortlos macht Lucia mit einem Schritt zur Seite den Weg frei für ihren Exfreund, der halblaut »Beileid« in den Flur hinein sagt und ihr noch zuflüstert, dass er nicht stören wolle, worauf sie entgegnet, das sei jetzt zu spät, aber auch egal.

Nach zwei behutsam verdrückten Mandelkeksen und einem

viel zu großen, viel zu starken Becher Kaffee am Wohnzimmertisch, wo sie zu dritt mit Pausen und Klagelauten ihre Erinnerungen an Ricardo Santos geteilt haben, verlässt die Witwe den Raum. Im selben Moment, als Tim wissen will, woran ihr Vater auf seiner Tour denn eigentlich gestorben sei, sagt Lucia: »Was wolltest du denn?«

»Hm?«

»Warum du hergekommen bist. Ausgerechnet heute.«

»Ich wusste ja nicht …«

»Ja, und was wolltest du dann? Ist mit deiner Trulla schon wieder Schluss, oder was?«

Tim spürt, dass er rot wird. »Doofe Geschichte.«

Lucias Blick frisst ihn bei lebendigem Leib. »Deine Spezialität. Doofe Geschichten.«

»Ja, sorry … ich … ich wollte zu Pablo.«

»Ach was. Mich mit'm Arsch nicht mehr angucken, weil du lieber deine Blondine mit Abi vögelst, aber nach 'nem Jahr kommst du hier wieder angekrochen, weil mein Bruder das beste Dope verkauft?!«

Tims Blick geht hektisch zur offenen Wohnzimmertür, aber von Gabriela Santos ist nichts zu sehen.

Lucia bekämpft einen Weinkrampf, indem sie, die Lippen zusammengepresst, durch die Nase atmet, während Tim sich nicht zu rühren wagt. Dann nimmt sie ihr Handy vom Tisch und durchsucht ihre Kontakte.

»Pablo ist ausgezogen«, erklärt sie. »Und er hat 'ne neue Nummer.«

Sie dreht das Telefon zu ihm, lässt sich in den Sessel sinken und mustert Tim, die Arme verschränkt, mit dunklen Fragezeichen.

»Danke, Lucia, aber … ich ruf ihn dann besser wann anders an – es eilt ja nicht.«

»Nein?«

Tim fällt keine Antwort ein, keine gute.

»Du könntest ihn auch anrufen wegen herzlichem Beileid.«

»Ja, stimmt«, Tim nickt heftig, »das kann ich machen, klar.«

»Und ganz nebenbei erwähnen, dass du was zu rauchen brauchst.«

Wieder blickt Tim erschrocken auf, ob jemand sie hören kann.

»Hast du denn noch deinen Job im Baumarkt? Pablo hat die Grammpreise erhöht.«

»Oh.«

»Und keine Rabatte mehr für Freunde.«

»Klar.«

»Nur für Familie.«

»Okay ...«

Schnell beugt Lucia sich vor und greift nach ihrem Handy.

»Ich ruf ihn schnell an und sag ihm, dass mein Ex hier ist, der mich verarscht und verlassen hat, aber gerne wieder was zum Sonderpreis kaufen möchte, am liebsten noch vor Papas Beerdigung. Oder?«

»Lucia, bitte ...«

»Bitte was?«

»Es ... es tut mir leid.«

Ihr Daumen schwebt über dem grünen Anrufsymbol. »Was, Tim? Was tut dir leid?«

»Wie alles gelaufen ist.«

»WAS?«

»Ich meine, dass ...« Er rückt vor an die Sofakante und räuspert sich. »Es tut mir leid, dass dein Papa gestorben ist. So. Es tut mir leid, dass ich heute mit so beschissenem Timing hier aufkreuze. Und es tut mir vor allem leid, dass ... wie ich mich benommen habe, wegen Linda, wie ich dich behandelt habe. Ich hab dir weh getan, das wollte ich nicht. Und das hast du nicht verdient. Punkt.«

»Niemand hat das verdient, Tim«, sagt Lucia leise und legt ihr Telefon auf die Sessellehne. »Echt. Niemand.«

Tim verzieht nur den Mundwinkel, er möchte jetzt nichts Falsches mehr sagen.

»Ich glaube, Mama ist rüber zu den Nachbarn. Komm, ich hab oben noch was von Pablo.«

Sobald die Droge ihren Duft in Lucias Zimmer und kurz darauf schon ihre Wirkung in Lucias Körper verteilt hat, erzählt sie Tim von dem traurigsten Mittwoch aller Zeiten: wie während der Nachtschicht die verschwitzten Polizisten aufgetaucht sind, als sie gerade verzweifelte Eltern beruhigen musste; wie sie ihr erst drucksend verschwiegen haben, wo genau ihr Vater gestochen wurde; dass sie und ihre Mutter keine Ahnung hatten von seiner Allergie und sich eine Nacht und einen halben Tag vorwarfen, sie hätten ihn regelmäßig zum Routinecheck schicken müssen, aber was hätte das gebracht, ihm fehlte ja nichts, noch nicht mal umgeknickt sei er beim Altherrenfußball, und kein Husten habe je länger gedauert als von Freitagmittag bis Montagfrüh, dann ging Ricardo Santos wieder zur Arbeit und stieg in seinen Lkw.

Sie habe übrigens, sagt Lucia, den Kopf auf der Bettdecke, die nackten Füße auf der Fensterbank, auch längst ausziehen wollen, so wie Pablo, aber Tim weiß es ganz genau, sie fühlt sich noch zu wohl bei ihren guten Eltern, sie will die Höhle ihrer Kindheit nur verlassen für ein erwachsenes Zuhause.

Sie wickelt eine Haarsträhne um ihren Finger: »Ernsthaft, Timmi, ich hab immer gedacht, wenn ich hier mal ausziehe, dann – wollten wir nicht so was wie ein Nest … zusammen, irgendwann?«

»Dachte ich ja auch«, antwortet Tim kleinlaut und dreht sich mit Lucias Rollhocker um die eigene Achse, »tut mir leid.«

»Ja, komm, is gut jetzt, entschuldigt haste dich heute mal genug. Trösten sollst du mich.«

»Ja?«

Sie hält ihm die Tabakpackung hin: »Bau uns halt noch 'ne Tüte, wenn du das mit dem Nest schon nicht auf die Reihe kriegst. «

Er grinst, er zuckt mit den Schultern, er wird diesen Freitag in Erinnerung behalten.

Tim will gerade aufbrechen und fragt sich, wie fahrtüchtig er aktuell ist, da spielt Lucias Handy *Mala vida*, ihr Pablo-Klingelton ist immer noch derselbe.

Sie spricht schnell und spanisch, Tim versteht hauptsächlich die eingestreuten deutschen Begriffe wie ›Westfriedhof‹ oder ›Fürbitten‹ und diverse Namen, vermutlich von Verwandten, Freunden oder dem Pfarrer.

Sie hat Tim ein Zeichen gegeben, er solle noch warten, bis sie das Gespräch beendet hat, da verändert sich mit einem Mal ihr Gesichtsausdruck, sie dreht sich weg und hört sehr lange nur zu, unterbrochen von gepressten Nachfragen wie ›qué?‹, ›dónde?‹ oder ›cuándo?‹.

Sobald Lucia aufgelegt hat, gibt sie hektisch irgendetwas in ihr Telefon ein und überfliegt offenbar eine Mail oder einen Artikel.

Tim rührt sich nicht, sie blickt aus dem Fenster und scheint ihn fast vergessen zu haben. Schließlich sagt sie, ohne sich zu ihm umzudrehen: »Ich find's okay, wenn du zur Beerdigung kommst. Ich find's gut.«

»Danke«, sagt Tim. »Cool. Cool von dir. Ich hab ein schwarzes Hemd!«

»Ich weiß.«

Durch die Rettungsgasse

BOCHUM

Hallo, mein Großer,

danke für deine extra lange Mail und vor allem: Glückwunsch zu eurem Sieg gestern! Die Szene mit eurem Centerfielder sah aber nicht so schön aus, der konnte ja nach dem Umknicken kaum noch allein in die Kabine humpeln. Sag ihm unbekannterweise gute Besserung, ja? Hoffentlich hat er den Knöchel direkt gekühlt.

Ich sitze hier auf gepackten Koffern, gleich kommt dein Jetlag-Papa und bringt mich zu Tante Andrea und Onkel Richard nach Köln. Inzwischen finde ich meine ziemlich spontane Umzugsidee total super, so was hätte ich doch früher nicht gemacht. Ein bisschen aufgeregt bin ich, weil ich ja immer denke, ich hätte was Wichtiges vergessen, so wie damals, wenn wir ins Phantasialand gefahren sind. Und dann hatte ich meistens doch alles dabei, was wir brauchten. Meine Männer sind unterwegs nicht verhungert und nicht nass geregnet, und Fotos konnten wir auch machen. Und hätten wir die drei Thermoskannen leergetrunken, hätte Papa bestimmt dreimal auf den Rastplatz fahren müssen!

Hast du denn noch mal mit ihm gesprochen? Ich fände es wirklich viel besser, wenn er sich kleinere Sorgen machen würde, wie deine Oma immer sagte. Seine traurigen Augen machen mich ganz nervös, und wenn er leiser spricht als sonst, werde ich auch nicht schneller gesund, oder?

Er hätte wirklich bei dir in Boston bleiben können, er ist doch Lehrer und kein Arzt! Ich habe ihm gemailt, dass ich auf jeden Fall schneller geschieden als tot bin, aber er fand das nicht so witzig. Wahrscheinlich muss er das erst mal verarbeiten, dass ich mich nicht in Bochum bedauern lassen will. Ich habe jetzt echt ein gutes Gefühl wegen der Behandlung. Mit Andrea und Richard werden wir einen Eins-a-Plan schmieden gegen diesen dämlichen Krebs, der soll sich mal warm anziehen, würde ich sagen!

Also, Nicki, weil du ja manchmal ein kleiner großer Victor bist, schreibe ich dir das auch zum Abspeichern: Man muss zwar jetzt was tun, aber man kann auch was tun!! Ich bin also noch da. Ich will in ein paar Monaten wieder mit meiner Zwölfhunderter durch die Rettungsgasse auf der A 40 fahren, so! Und dich besuchen will ich natürlich auch irgendwann – nicht nur, weil Papa dein Gästezimmer schon wieder geräumt hat, sondern sowieso, aber das weißt du ja ;-)

Vielleicht kannst du ihn an eurem spielfreien Montag noch mal anrufen, ich habe das Gefühl, du kannst ihn besser beruhigen als ich, von Mann zu Mann, oder? Das wäre lieb, danke!

Toi, toi, toi für das nächste Spiel gegen die Rockies
und eine dicke Umarmung von deiner

Mama

So schwer

BOCHUM

Tim hat heute die erste Schicht und übernimmt die zweite gleich mit. Pizza, Pasta und Kollegen werden ihn ablenken von weggelaufenen Frauen und verstorbenen Schwiegervätern, und je später und müder er in die plötzlich zu große Wohnung zurückkommt, desto besser. Außerdem kann er mehr denn je jeden Euro Trinkgeld gebrauchen, um sich auch mal was zu leisten, das man nicht entweder isst oder liest.

»Deine komische Sekundärliteratur«, hat sein Vater ihm beim letzten Sonntagsessen prophezeit, »die wird mich irgendwann ruinieren. Gibt's das denn nicht zum Runterladen, was ihr da alles lesen müsst? Gratis, meine ich? Die ganzen Theorien?«

Tims ›Leider nicht‹ war so freundlich, wie sein Vater großzügig war. Nach dem Espresso trug Rainer Fellner die Teller in die Küche, von wo seine Frau Elke ihn gleich weiter an den Sekretär im Gästezimmer bugsierte, dort erledigte er die Angelegenheiten des Online-Bankings, was im Wesentlichen bedeutete, den Dauerauftrag für den Erstgeborenen »schon wieder zu erhöhen«.

»Danke fürs Nach-oben-Anpassen«, sagte dann Tim, seine Mutter ergänzte »Siehste, Rainer« und resümierte für alle: »Na, is doch gut. Jetzt muss aber auch mal gut sein.«

Später gab es Kuchen, und Tims kleine Schwester hatte noch Fragen zur Lateingrammatik.

Die Tortellini al forno – »wer isst das nur bei dieser Hitze?«, hat Tim sich und seinen Chef gefragt – gehen an diesem Freitag nach Langendreer, unten in der Styroporkiste liegen noch zwei mittlere Pizzen, damit muss er über die Wittener Richtung Nordhausen-Ring und klingelt zehn Minuten später beim nächsten Kunden: *Hier wohnen Kathy, Roland und Greta Ziemer*, liest Tim auf einem Schild an der Tür.

Ein offenbar frisch geduschter Typ öffnet, nur mit Basketballshorts bekleidet, er hat einen Zwanziger in der Hand, sagt tonlos »Hallo«.

»Tach!«, flötet Tim und holt die zwei Pappschachteln aus seiner Lieferbox, »einmal Salami, einmal Hawaii und einmal nix!«

»Hm? Was?«

Der Mann riecht gut, aber er klingt nicht gut, findet Tim. »Ich mein nur«, er deutet auf die Namen, »einer von euch dreien war nicht brav und kriegt heute keine Pizza. Nicht mal 'ne kleine.«

Der Sportlertyp sieht ihn an, als wäre Tim selber aus dunkelstem Styropor. Er senkt den Blick und scheint auf der Fußmatte nach Worten zu suchen, dann atmet er furchterregend tief ein und fragt: »Fuffzehn is' richtig? Zwei mittlere?«

»Richtig!«, beeilt sich Tim zu sagen, »zweimittlerefünfzehneuro.«

»Stimmt so.« Der Mann nimmt Tim die Kartons ab, hat aber den Zwanzig-Euro-Schein noch in der Hand, und bevor sein Fuß die Tür schließt, zeigt Tim auf das Geld und sagt: »Ääh ...?«

Vorsichtig zieht er Roland Ziemer den Zwanziger aus den Fingern, nickt wortlos, schnappt sich die leere Kiste und springt die Stufen hinab. Sein Handy empfängt eine Nachricht von Linda, als er gerade das steinkühle Treppenhaus verlässt: nicht schwanger!!, steht da, und Tim schwitzt. Hinter die Ausrufungszeichen hat sie noch geschrieben: willst du das bett? ich nehm den kühlschrank okay

Nachdem alle drei Ziemers letztes Jahr das erste Mal zusammen selber Pizza gemacht hatten, wollte Greta nie mehr im Leben was anderes essen. Erst schnupperte sie skeptisch an dem Topf mit frischem Basilikum – »Die Blume riecht komisch, Mama, müssen wir die auch essen?« –, aber bald schon hatte sie den Finger in der Tomatensauce, drapierte jedes Paprikastück wie ihr liebstes Spielzeug und durfte mit Rolands Hilfe an der ganz großen Pfeffermühle drehen, dass es quietschte.

Jeder bekam ein Drittel auf dem Blech – »wie viel ist ein Drittel, Papa?« –, so saßen sie am Küchentisch, und Greta plapperte zwischen zwei Bissen über Nickis tolles neues Fahrrad, auf dem sie ihn vom Balkon aus unten auf der Straße gesehen hatte, zusammen mit einem Freund, der hatte ein Stück Holz auf dem Gepäckträger.

»Seinen Schläger, meinst du? – Achtung, Käse läuft runter!« Kathy hielt einen Mozzarellafaden mit dem Zeigefinger auf.

»Das ist doch kein Schläger!«, entrüstete sich Greta, »Opa hat Schläger.«

Roland erklärte seiner Tochter, dass es viele unterschiedliche Arten von Schlägern gab, nicht nur die, mit denen sie bei Opa Achim Federball spielte, sondern auch kleinere für Tischtennis, schwerere für Tennis oder eben so ein Holzding für eine Sportart, die Baseball hieß und aus Amerika kam, und das spielten Nick und sein Freund und sonst kaum jemand in Bochum.

»Aber warum …«, Greta fixierte ihr Pizzastück und wollte mehrere Dinge gleichzeitig fragen, »warum spielt Nicki denn nicht Federball?«

»Hat er schon mal gemacht, in der Schule.«

Roland dachte daran, wie Nachbar Victor kopfschüttelnd berichtet hatte, dass sein Sohn mit kaum einer Schulsportart etwas anfangen konnte, die anderen Sportlehrer verstanden es auch nicht. Und vor zehn Jahren hatte Roland ihn dann mitgenommen, ihm das Nachwuchsleistungszentrum gezeigt, seinen Job als Jugendtrainer erklärt. Plötzlich aber war Nicki verschwunden, denn Fußball interessierte ihn nicht mehr als die *Sendung mit der Maus*; doch hinter dem hohen Metallzaun bei den Umkleiden konnte man einen Blick auf einen Trainingsplatz werfen, wo ein paar große Jungs, sie trugen T-Shirts von der Uni, mächtig Spaß hatten mit Ball, Schläger und Handschuhen: Sie warfen, lachten und liefen, es gab einen schönen Knall, wenn einer mit Schwung die harte Kugel traf. Nick sah mit offenem Mund, dass einer der Jungs sich im Vollsprint auf den Rasen warf wie beim Sprung ins Schwimmbecken, ein paar Meter rutschte und dann den Handschuh mit dem gefangenen Ball in die Höhe reckte. Die anderen zogen anerkennend ihre Mützen, und Nick wusste, was er sich zu Weihnachten wünschte.

Roland stellte sein Weizenglas ab und entschied sich in einem Sekundenbruchteil dagegen, seiner Tochter den Unterschied zwischen Federball und Badminton zu erklären, solange die Pizza noch warm war. »Na ja, Federball hat Nicki nicht so viel Spaß gemacht.«

»Und Fußball auch nicht?«

»Fußball auch nicht. Aber Baseball, das kann er richtig gut, glaub ich.«

»Warum?«

Kathy verschluckte sich fast, als sie über Gretas Nachfrage lachen musste: »Was meinst du denn, warum du so gut im Fußball bist, wenn der Papa mit dir spielt?«

»Das hab ich von Papa, hat Papa gesagt! Wie heißt noch

mal das Wort, was du gesagt hast, Papa, wie heißt das noch mal?«

»Talent. Talent und Gefühl.«

»Ja! Deswegen!«

Sie schaute von einem zum andern und stimmte in das Lachen ihrer Eltern ein, dann wurde sie plötzlich ernst: »Aber, aber, aber: Wenn Herr Faber Sportlehrer ist – hat Nicki denn kein Gefühl von Herrn Faber?«

Roland trank und zuckte mit den Achseln, Kathy schaute zur Seite, als sei nicht sie für die Antwort zuständig, und kaute sehr gründlich. Dann hatte Greta ihre Frage auch schon wieder vergessen und balancierte ein Maiskorn auf der Zungenspitze.

Roland hat sich ein T-Shirt geholt, nachdem er die Pizzakartons auf den Küchentisch gestellt hat, seine Haare sind noch nass.

»Hast du Trinkgeld gegeben?«, fragt Kathy Ziemer ihren Mann.

»Sollte ich nicht?«

»Ich frag ja nur. Klar sollst du Trinkgeld geben.«

»Fünf Euro.«

»Fünf Euro was?«, hakt sie nach.

»Wie fünf Euro was? Fünf Euro Trinkgeld hab ich gegeben.«

»Für zwei Pizzen? Fünf Euro??«

»Ist nur Geld, Kathy.«

Sie sieht ihn sprachlos an.

»Ja, was? Komm, jetzt iss doch mal, Schatz, wird ja kalt sonst.«

»Fünf Euro …« Kathy schüttelt den Kopf und hat die Hände auf der Pizzaverpackung wie auf einer Klaviertastatur, die sie sich nicht anzuschlagen traut.

»Kathy, du musst echt was essen. Wenn du schon nicht schläfst.«

Noch einmal schüttelt sie sehr langsam den Kopf.

»Schatz? Echt. Du hast nicht genug gegessen.«

Wie in Zeitlupe öffnet Kathy die Schachtel und rupft ein Achtel von der vorgeschnittenen Pizza ab. Sie mustert den dunklen Rand, beißt einmal ab, sortiert ihre Sätze und spricht zu einem Punkt an der Küchenwand neben ihrem Mann.

»Es ist zwar nur Geld, aber du weißt ja gar nicht, wie viel wir noch brauchen. Ich meine, dass sie überhaupt wieder aufgewacht ist … und wenn sie jetzt operiert wird, mehr als ein- oder zweimal, oder … oder wie lange sie überhaupt im Krankenhaus bleibt. Das wissen wir ja gar nicht. Krankenhaus ist teuer, da müssen wir vielleicht richtig viel dazuzahlen. Richtig viel, Roland. Weißt *du*, wie viel? *Ich* weiß es nicht. Ich hab überhaupt keine Ahnung.«

Roland nickt, kaut und schluckt. Er versucht vergeblich, Kathy in die Augen zu schauen, schenkt ihr Wasser ein, dann nickt er noch mal sehr deutlich. »Kann verdammt teuer werden, ja, aber …«

»Aber?«

»Nichts aber, ich meine nur, wir müssen erst mal … erst mal muss sie … sie ist ja noch nicht übern Berg.«

Kathy hält inne, und ein Ananasstück fällt von ihrer Pizzascheibe ins Wasserglas. »Scheiße! Mann!«

Roland greift nach ihrem Glas, will die Ananas erwischen, ehe sie untergeht, und Kathy schlägt auf seine Hand. »Jetzt lass! Mann! Ich kann das da selber rausholen!«

»Ist ja gut.«

»Du musst nicht in meinem Glas rumgrapschen, da hab ich dich nicht drum gebeten, ich …«

»Kathy. Schatz, bitte, lass uns …«

»Alles …«, Kathys Stimme bricht, »alles, worum ich dich bitte, Roland …«

»Hey, sorry. Aber der Professor hat nur gesagt, dass das nicht unbedingt eine Routine-OP wird, und …« Und mehr wissen sie nicht.

»Roland. Was ich nicht alleine kann, was ich echt … nicht … alleine kann … wenn Greti … ich hab so Angst –«

Weiter kommt Kathy nicht, die Laute bleiben in ihr drin und verschließen ihre Luftröhre, sie ringt nach Atem und weint so laut, sie lässt die Pizza fallen und schiebt den Karton weg, ihr Kopf kippt nach vorn auf ihre Arme, ihr Ellenbogen stößt das Wasserglas um, die Schultern beben. Kathys ganzer Oberkörper wird geschüttelt von der Verzweiflung, dass sie die Worte nicht sagen und ihrer Tochter nicht helfen kann.

Roland kniet sich neben den Stuhl seiner Frau, er legt ihr den Arm um die Hüfte und seinen Kopf auf ihren Rücken. Er weiß nicht, wie er jetzt nicht anfangen soll zu heulen.

Nur schnell was Frisches anziehen wollte er, dafür sorgen, dass Kathy was isst, und dann wieder in die Klinik, so schnell wie möglich, sie wechseln sich ab, seit vorgestern, geschlafen haben sie kaum. Und jetzt fällt jede einzelne Träne so schwer auf die Erde, dass die Achse brechen könnte. Wie macht sie das überhaupt, dass sie sich immer noch dreht.

Hier sitzen Kathy und Roland Ziemer, zu zweit unsagbar allein, die Pizza ist lauwarm und gleichgültig.

Aber eines der Telefone vor ihnen auf dem bemalten Holztisch wird in ein paar Minuten klingeln. Dann dürfen sie wieder hoffen, dass alle Angst ein Ende findet.

Ein gutes Gefühl

20. JULI 2018 – KÖLN

Als sie Schokolade suchte, und zwar gekühlte, und zwar vergeblich, hat Eva überrascht festgestellt, dass auch keine Milch mehr in ihrem Kühlschrank war.

Weil sie ihren ersten Kaffee immer ungeduscht im Bett trinkt und nie ohne Milch, nie, musste sie an diesem Abend noch mal raus. Weil der Supermarkt um die Ecke seit wenigen Minuten geschlossen war, musste sie mit dem Fahrrad zum Tankstellen-Shop. Weil sie schon drei Minuten unterwegs war, als sie an der Ecke Margueritenweg bemerkte, dass sie ihr Portemonnaie vergessen hatte und noch mal umkehren musste – deswegen und nur deswegen betritt sie den Tankshop in genau dem Moment, als ein Mann, der ihr sehr bekannt vorkommen muss und doch überhaupt nicht hierherpasst, das Haltbarkeitsdatum eines Milchshakes prüft.

»Victor?«

»Eva?«

Sie hätten auch »Der Papst!« und »Eine Astronautin!« sagen können oder »Nein, wie unglaublich!« und »Welch ein Schicksal!« – sie mussten nur beim Ausatmen Laute formen, die das Staunen nicht unterbrechen: Victor und Eva, Eva und Victor, zwei Punkte im Koordinatensystem von ›Kühlregal‹ und ›genau jetzt‹ – unwahrscheinlich, aber möglich. Überrascht und überfordert.

»Was machst du denn hier?«, fragt Victor, und es klingt, als hätte er, mit dem Milchshake in der Hand, das deutlich stärkere Argument, sich hier aufzuhalten.

»Ich wohne hier, also, nicht hier, aber ich hab keine Milch mehr.«

»Nicht hier?«

»Zu Hause, meine ich«, erklärt Eva, »zu Hause hab ich keine Milch mehr. Eigentlich hab ich Schokolade gesucht.«

»Ah.«

»Tja.«

Victor bemerkt: »Ich wusste nicht, dass du in Köln bist.«

»Ich wusste nicht, dass *du* in Köln bist.«

»Bin ich auch gar nicht.« Victor stellt den Milchshake wieder ins Kühlregal.

»Ach so.«

»Nur heute«, korrigiert er. »Ich musste tanken.«

»Und den Milchshake willst du doch nicht kaufen?«

»Wollen Sie vielleicht mal *irgendwas* kaufen?«, dröhnt hinter ihnen ein älterer Herr mit Haarbüscheln in den Ohren, eine Zeitung vor der Brust gefaltet, und sie machen erschrocken den Weg frei für die Menschen, die an diesem Tag einfach nur im Tankshop sind, einfach so.

Victor hat alles bezahlt: Benzin, Milch, Schokolade, zwei Dosen Zuckerwasser, eisgekühlt. Kein Milchshake. Bei geöffneten Türen sitzen sie in seinem Auto neben der Reifendruckprüfstation und stillen ihren Durst.

Wer entscheidet über den Moment, in dem wir nicht sagen, »ich muss dann mal wieder« und nicht sagen, »mach's gut, war echt schön, dich zu sehen«? Wer lädt das bisschen Luft zwischen zwei Menschen auf, wer spannt den Draht zwischen den Polen, wer stellt sich einem schnellen Abschied unsichtbar in den Weg? Victor könnte jetzt schon auf Höhe des Fühlinger

Sees sein und Eva den Kühlschrank schließen hinter der Milch für morgen. Aber sie sind noch hier, genau hier in derselben Sekunde. Heute.

»Wie lange sind wir uns in Bochum nicht über den Weg gelaufen?«

Seine Frage hat Victor in Richtung Windschutzscheibe gestellt.

Eva atmet mit nachdenklichem Blick ein. »Ich weiß nicht. War das vor sieben, acht Jahren? Bei dem Orthopäden?«

»Ich hätte eher auf zehn getippt. In der Parfümerie. Im Ruhrpark!«

»War das nicht danach?«, sagt Eva.

»Was?«

»Das andere.«

»Ich … keine Ahnung.«

»Doch«, Eva nickt, »du hast ein Geschenk gesucht. Zum Hochzeitstag.«

Victors Fingerkuppen trommeln auf die Getränkedose. »Jedenfalls ist es sehr lange her, und jetzt wohnst du plötzlich in Köln.«

»Und deine Frau auch.«

»Ja. Die auch.«

Victor hat Marie vorhin nach Köln-Lindenthal gefahren, zu ihrer Schwester, mit zwei großen Koffern und zwei kleinen.

Es sei alles unfassbar schnell gegangen, erzählt er, die kalte Cola jetzt fest umklammert, sie habe noch, als er auf dem Rückflug von Boston nach Frankfurt war, entschieden, all den restlichen Urlaub einzureichen, Bochum zu verlassen und zu Andrea in die Villa am Kölner Stadtwald zu ziehen. Erst mal einfach nur weg, weg aus der Stadt, aus der Pension, aus der ungeschiedenen Ehe, weg von Dr. Krominger und der Diagnose und den betroffenen Nachfragen ihrer Kollegen.

Maries Schwester ist Onkologin, ihr Mann Richard Psychologe, und freie Zimmer haben sie auch, seitdem Maries Nichten studieren. Diese Familie an diesem Ort sei also zu diesem Zeitpunkt das Beste für sie, hatte Marie unumstößlich erklärt, und für zweitbeste Lösungen sei ihr das Leben jetzt doch ein bisschen kurz geraten; alles heil überstehen und alles neu überdenken, das könne sie dann ja immer noch. Und nach Amerika fliegen, eines fröhlicheren Tages.

»Du willst nicht, dass ich mich kümmere«, hatte ihr Mann festgestellt und Argumente gesucht für eine Freundschaft mit Verantwortung, aber Marie wollte sich nicht auf das verlassen, was von ihrer Ehe übrig bleiben sollte. Sie wollte nicht, dass ihr Mann für sie die Zähne zusammenbiss.

»Nein, Victor, ich habe darüber nachgedacht, und ich möchte am liebsten nicht deine kranke Frau sein. Ich habe mit meinem Chef gesprochen, ich spreche mit dir, ich möchte es so haben. So. Wenn schon, dann so. Besser ohne dich, besser ohne uns. Ja?«

»Lass mich dich wenigstens fahren«, sagte Victor nach zähem Schweigen. »Und besuchen. Oder anrufen.« Er hatte sich doch so viel vorgenommen, auf der Parkbank in Boston, neben dem märchenhaften Karussell.

Doch was Victor tun konnte, war nicht das, was seine Frau wollte. Sie war nicht mehr gesund, er war nicht mehr der Mann vom Weinfest, der sie an einem Sommersonntag 1996 ein bisschen betrunken und glücklich gemacht hatte. Er hatte so viel geredet und gewusst und später auch gesungen: Nach zwei Gläsern Weißwein bekam er immerhin das meiste von *Eleanor Rigby* zusammen, beim schweren Roten wiederholte er nur noch *Let it be*. Aber schön und lachend.

Und jetzt hing ein Schatten über ihnen, sie umarmten sich ohne Worte. Maries Schwester stand in der Tür neben ihrem Mann, sie winkte Victor zu, er hob beide Hände, ein Gruß, eine

Entschuldigung. Dann trug er die Koffer durch den Vorgarten seinem Schwager entgegen, und Richard fragte: »Na? Schwer?«

»Ziemlich«, sagte Victor. »Ziemlich.«

An einer Zapfsäule hält ein Sportwagen mit schillernden Felgen, und ein Bullifahrer wirft eine Brötchentüte auf den Beifahrersitz, ehe er sich hinters Lenkrad schwingt. Einer Frau ohne Taschen fallen beim Verlassen des Shops Zigaretten, Schlüssel, Geldbörse und Handy vor die Füße. Die Luft ist warm und riecht nach Autobahn.

Eva fragt nach Niklas, von dessen Geburt sie zufällig erfahren hatte, weil ihre Mutter Luise die Familienanzeigen aufmerksam studierte und sich über abenteuerliche Namenskombinationen amüsierte: ›Niklas Charles Samuel Faber‹, das war Luise Winter aufgefallen, das las sie ihrer Tochter vor, die gerade mit gedecktem Apfelkuchen von ihrer Stammbäckerei zu Besuch war. Bei ›Faber‹ zuckte Eva kurz, und an den britischen Großvater konnte sie sich gut erinnern, von dem hatte Victor erzählt, es war eine lange Geschichte mit Weltkrieg und ohne Pointe, aber Victor mochte den Namen, die klangvolle Abstammung, das wusste sie noch: Charles Sterling.

»Nick ist in den USA«, sagt Victor, wobei sein Brustkorb sich etwas hebt, »wollte da studieren, mit so einem Sportstipendium vom College, und ist Baseball-Profi geworden. Da gibt's überhaupt nur zwei deutsche Spieler in der amerikanischen Liga, und na ja, wir finden das immer noch verrückt, aber auch toll. Und jetzt war ich gerade da und wollte länger bleiben, bei ihm bleiben, wohnen quasi, ich hab 'ne Auszeit gebraucht, also beantragt, in der Schule. Ähm, tja, und Nick hat tatsächlich letzten Freitag einen Grand Slam geschafft, zum ersten Mal überhaupt, aber da war ich ja schon wieder weg. Schon wieder hier. Ich hab ihn gar nicht mehr gesehen, meine ich, und Marie hat ihm gemailt wegen der Diagnose, ich muss ihn auch noch anrufen, wie spät ist es jetzt in Boston, was ist denn, Eva, du guckst mich so an?«

»Victor, du kannst ruhig mal atmen zwischendurch.«

»Was? Ach so, das tut mir – jetzt hab ich die ganze Zeit – los, erzähl du!«

»Was ist ein Grand Slam, Victor? Und ist in deiner Cola noch was drin?«

»Ja, klar, hier, kannst du alles haben.«

»Danke.«

»Na klar.«

»Und?«, sagt Eva.

»Hm?«

»Grand Slam?«

»Ach so, ja, ähm – sag mal«, er unterbricht sich und zeigt auf Milch und Schokolade, die Eva aufs Armaturenbrett gelegt hat, »hast du schon was gegessen?«

»Die Milch ist für morgen früh. Die Schokolade wollte ich beim Fernsehen …«

»Sollen wir irgendwo was essen, und ich male dir auf, was ein Grand Slam ist? Oder … erwartet dich jemand?«

»Essen ist gut«, Eva zieht die Beifahrertür zu, »aber …«

»Aber?«

»Bitte nicht malen!«

Der Biergarten am Falkenweg hat noch geöffnet und einen freien Tisch. Wer nicht im Bett oder im Urlaub ist, läutet hier das Wochenende ein und sammelt Bleistiftstriche, einen pro Kölsch, die Schlagzahl ist hoch.

Nach einem halben Dutzend harmloser Gesprächsthemen und den ersten zehn Fritten ist Victor allmählich entspannter geworden – fettiges Salz, das hat ihm gefehlt –, und eine weitere Cola soll ihm die Müdigkeit vom Hals halten.

Eva weiß, Victor Faber vergisst nichts Wichtiges: Mit Bierdeckeln erklärt er seiner Exfreundin den Grand Slam, bevor die leeren Schnitzelteller abgeräumt werden: »… das hier ist die erste Base, das die zweite Base und so weiter, und hier, der Salzstreuer, das ist jetzt zum Beispiel mein Sohn« – er stockte kurz –, »also, Nick ist am Schlag, genau, und die Pfefferstreuer«, er bedient sich an den Nachbartischen, »die Pfefferstreuer sind seine Mitspieler, die sind schon da.«

»Wo?«

»Na, da. Die sind da schon hingerannt. Jeweils.«

»Die sind da schon hingerannt?«

»Ja, die haben den Ball ins Feld geschlagen und sind auf die Bases gerannt.«

»Gleichzeitig?«

»Nacheinander.« Victor winkt dem Kellner, deutet auf sein Glas und hält einen Finger in die Höhe.

»Bist du sicher, dass du noch mehr Cola trinken willst?«, fragt Eva.

»Besser Kaffee, meinst du? Stimmt – 'tschuldigung?«

Er ändert rasch seine Bestellung und setzt noch mal an: »Also, man sagt, die Bases sind ›loaded‹, das heißt – äh, 'tschuldigung, hallo? Doch lieber Espresso macchiato, wenn Sie haben, danke –, und bei ›bases loaded‹ wird es immer spannend, weil« – er tippt gewichtig auf jeden Pfefferstreuer und legt den Finger dann auf das Salz –, »weil der Mann am Schlag …«

»… dein Sohn«, ergänzt Eva.

»… genau – also, je nachdem, aber wenn jetzt zum Beispiel Niklas …«

»Niklas Charles Samuel Faber«, murmelt Eva, während sie ein Stück Brot in die Reste ihres Joghurtdressings tunkt.

Victor lässt die Hand sinken und sich in seinem Stuhl zurückfallen. »Tut mir leid, Evi, ich kann nicht so gut erklären, ich bin auch ziemlich« – er muss sperrangelweit gähnen.

»Ich auch. Victor.«

Und dann vergehen eigenartige Sekunden, in denen Eva nicht sagt, dass sie jetzt allmählich aufbrechen, und Victor nicht sagt, dass er dann mal die Rechnung verlangen wolle.

Ihre Blicke verraten alles, aber sie müssten es aussprechen, sie müssten das Besondere und Unwahrscheinliche dieses Wiedersehens mit den treffenden erwachsenen Worten würdigen. Sie sollten noch einmal zusammenfassen, dass sie ja nie gedacht hätten, wie sollten sie auch, und dass es trotzdem schön, ja, schön war, und warum sie sich eigentlich damals so komplett aus den leergeweinten Augen verloren haben.

Beide sagen auch die einfachsten Sätze nicht, mit denen man einen Sommerabend beendet, wenn sich Mücken und Müdigkeit nicht mehr verscheuchen lassen. Victor und Eva bleiben unerwartet lange zusammen.

Als der Kellner mit dem schaumigen Espresso heranschlendert, sagt Eva: »Meine Milch ist noch in deinem Auto.«

»Dein Fahrrad ist noch an der Tankstelle.«

Eva nimmt den kleinen Keks von der Untertasse und hält ihn wie ein Goldnugget zwischen den Fingerspitzen.

Victor registriert es schmunzelnd: »Möchtest du, Eva, den Keks vielleicht in diesen Milchkaffeeschaum dippen?«

Sie sagt »ja«, laut und bestimmt, dann fragt sie, ohne ihn anzusehen: »Und möchtest du, Victor, heute besser nicht mehr hundert Kilometer nach Hause fahren, sondern auf meiner Couch schlafen? Vielleicht?«

Da fällt ihm auf, dass sie vorhin seine Frage nicht beantwortet hat, ob irgendwer an diesem Abend auf sie wartet.

Sie reden, bis die Nacht keine Nacht mehr ist. Nebeneinander auf dem Wohnzimmerboden, die Beine angezogen, mit dem Rücken an die Couch gelehnt, sprechen sie in die Stille hinein, lauschen zwischendurch auf das letzte und das erste Auto, das den dunklen Kirchweg entlangfährt.

Alle schlafen, fast alle, und zwei müssen sich alles erzählen, fast alles. Sie haben Jahre nachzuholen: Verwandte, Kollegen, alte Freunde, Bänderrisse, Gesprächstherapien, neue Unverträglichkeiten. Länder, Balkone und Hobbys, jede Menge Bücher, ein paar Kilos zu viel, fünf neue *Star Wars*-Filme, wo warst du am 11. September, und was hast du eigentlich mit deinen Haaren gemacht. Nichts Großes, alles in allem.

Mehr als zwanzig Jahre. Wie viele Zahnbehandlungen das sind, wie viele Kommunalwahlen und Stromausfälle, wie viele Säcke voll Streusalz und Ordner mit Rechnungen. In mehr als zwanzig Jahren hätte ein kleiner Mensch zum großen Menschen werden können. Die Erde dreht sich wie gehabt, der Sonne ist es ziemlich egal.

Am 10. Juli 1994 haben sie zum fünften und letzten Mal ein WM-Spiel zusammen angeschaut, der Fernseher lief für Evas Geschmack schon bei den Hymnen ein bisschen zu laut, sie hatte kein gutes Gefühl, doch das behielt sie für sich. Sie hatte ein blaues Notizbuch auf dem Schoß, sie blätterte, schrieb und strich durch, sie hatte den Kugelschreiber zwischen gespitzten Lippen, ab und an schüttelte sie den Kopf, dann wieder sagte sie: »Ah! Auch nicht schlecht.«

»Was denn?« Victor war fiebrig, aber guter Dinge.

»Charlotte. Charlotte find ich gut. Meine eine Oma hieß Charlotte. Hörst du mir zu?«

»Klar!«

»Was hab ich gesagt?«

Sie legte den Block beiseite und riss die Chipstüte weit genug auf, um an die Krümel ganz unten heranzukommen.

»Deine eine Oma hieß Charlotte.«

»Ja, und? Gut oder nicht gut?«

»Ähm, sollen wir eventuell erst das Spiel gucken und dann nachher wegen der Namensliste …«?

»Och, bitte, Vic, gegen Bulgarien, da kann man doch nebenbei mal was Wichtiges besprechen, während wir gewinnen, oder?«

Er nickte und dachte an seinen Großvater, aber von Charles Sterling würde er ihr später in Ruhe erzählen, während im Hintergrund das Spiel kaputtanalysiert wurde. Jetzt griff er zufrieden nach der Packung mit den pikanten Erdnüssen, neben der er Wama, das Wachmammut, und sein Paniniheft platziert hatte.

»Und … wie war sie so, als Oma, meine ich. Die Charlotte? Gute Oma?«

»Nee, sie hat mich geschlagen und eingesperrt. Aber der Name ist voll schön.«

»Oh, Eva, das wusst–«

»Mensch, die war 'ne super Oma, sonst würde ich doch wohl nicht vorschlagen, dass wir unser erstes Kind so nennen, oder?!«

»Nee, klar, sorry – aah, Helmer, doofe gelbe Karte –, und wieso … ›erstes Kind‹?«

Eva lachte.

»Wolltest du nicht 'ne ganze Fußballmannschaft? Muss ich falsch verstanden haben, 'tschuldigung. Na, da hätte ich ja besser noch mehr von meinem eigenen Leben gelebt und wäre erst in zehn Jahren schwanger geworden, was?«

Victors fragender Blick wanderte vom Bildschirm zu seiner Freundin, die rollte mit den Augen: »Maaann, jetzt guck halt weiter, war doch nur Spaß. Ich setz den Namen mal auf die Liste.«

»Ja, Liste, unbedingt, unbedingt. Und wenn Charlotte ein Junge wird? – Ach, spiel doch über Häßler, Mensch, rechts ist alles frei!«

Ruckartig drehte Victor sich vom Fernseher weg zu seiner Freundin.

»Eva? Ich … liebe dich und alle deine Vorschläge!«

»Sicher?« Sie konnte und wollte sich das Grinsen nicht verkneifen.

»Ganz sicher.«

Den Termin bei der Frauenärztin am nächsten Vormittag, danach die Untersuchungen in der Klinik und schließlich die pochende Gewissheit und das Erdulden des unvermeidlichen Eingriffs – das alles würde Eva danach in eine nicht beschriftete Schublade ihrer Erinnerung legen, die sich nur mit viel Kraft öffnen ließ.

Drei Monate und ein paar Tage hatte der Kapitän und älteste Spieler ihrer kleinen großartigen Fußballmannschaft nur gelebt in Evas Bauch. Victor heulte einen ganzen Stapel Einweghandtücher voll, weil er nicht fassen konnte, dass seine Freundin nicht bereit war zu weinen, bevor sie ihren Fuß wieder über die Schwelle der eigenen Wohnung setzte. Eva war grollend tapfer, sie war verstört, weit weg und verwundet, böse, ruppig, beißend schweigsam, kalt wie Glas – sie war all das und nichts von alldem, sie war nicht die Eva, die ihm einhundert Tage zuvor den Schwangerschaftstest auf seinen Nachttisch neben *Sofies Welt* gelegt hatte.

Eva war nun eine Eva in der Geschichte vom kaputten Traum, gebeugte Kämpferin, sie war eine Statue, die tränenlose Mutter eines ungeborenen Kindes. Einer nie geborenen Charlotte oder wie auch immer.

Das Krankenhaus verließ sie als die Frau, der das Leben früh ins Gesicht geschlagen hatte mit harter, flacher Hand: Wach auf, Eva Winter. Du lebst, und so eine Scheiße gehört nun mal dazu.

Am Tag darauf wurde sie vierundzwanzig.

Die Fabers und die Winters und alle, denen sie es noch nicht verraten hatten, sollten eigentlich an Evas Geburtstag bei Bier und Bienenstich live und in Farbe von der schönen Überraschung erfahren, die sich sehr bald kaum noch kaschieren lassen würde. Dann hätten die werdenden Omas sagen können, dass sie sich so was natürlich längst gedacht hätten, und die werdenden Opas hätten zustimmende Geräusche gemacht.

Die Geschichte von der schlimmen, schlimmen Magen-Darm-Grippe, die sie beide über Nacht ereilt hatte – ja, ausgerechnet an Evis Geburtstag, ja, wie blöd –, konnte Victor problemlos zweimal erzählen, erst ihren, dann seinen Eltern, es machte ihm nichts aus, gar nichts; ob sie sich am Wochenende die Freunde mit der gleichen oder einer besseren oder ganz ohne Ausrede vom Leib halten würden, könnte er später noch für sie beide entscheiden. Erst würden sie sich auf Atmung und Ernährung konzentrieren, das war ihre Wahrheit, und das Notizbuch mit der Namensliste musste er beiseiteschaffen, und ein Kaffee mit Milch nach der Nacht, das wäre immer noch ein Weg zurück in die Welt von vorgestern. Sie mussten ihre Funktionen überprüfen und aufrechterhalten.

Drei Tage lang sprach Eva kaum ein Wort. Sie nickte nur, wenn Victor vorschlug, am Abend etwas anderes zu essen zu machen als am Mittag, und starrte dann minutenlang reglos auf ihren Salat, ehe sie ihn beiseiteschob, sich aus ihrer weinroten Lieblingsdecke schälte und eine zu warme Jacke anzog, um zum Supermarkt zu schleichen, von wo sie mit Weintrauben, Erdnussflips und einer Dose Kakaopulver zurückkam.

Schwüle Tage ohne Inhalt gingen über sie hinweg. Dann eine stoische Nachuntersuchung, Brasilien wurde wieder mal Weltmeister, auf den Jupiter prasselten Kometenbruchstücke ein, und Evas längst eingeweihte Cousine war wieder mal die Beste im Kuchenbacken, Zuhören und nichts falsches Sagen im richtigen Moment.

Wochenlang konnte Eva nicht einschlafen, wenn Victor neben ihr lag, doch er sollte unbedingt da sein, wenn sie aufwachte. Im Stundentakt überfiel die Erschöpfung sie am Tage, dann aber schreckte sie schon bald wieder hoch, und auf Victors Frage, ob sie schlecht geträumt habe, antwortete sie nur: »Schön wär's.«

So verpassten sie einen Sommer. Und als die Blätter schon nicht mehr bunt waren und Victor eines stillen Nachmittages plötzlich über eine Stelle in einem Buch laut hatte lachen müssen, als man im nächsten Augenblick aus dem Treppenhaus ein Baby schreien und dessen Eltern fluchen hörte, da sagte Eva: »Lass uns heute mal was machen.«

Der Kinobesuch war eine nette und unsagbar bescheuerte Idee: Mit ein paar hundert selig raschelnden Romantikern saßen Eva und Victor vor der Leinwand, sie bangten um Simba, sie weinten um Charlotte, und Elton John sang laut und schön. Die Welt war klaffend ungerecht am 18. November 1994, als der *König der Löwen* gerade angelaufen war und zwei junge, in Trauerfragen unerfahrene Menschen die Wohnung verlassen hatten – auf der Flucht vor dumpfen Gesprächen bei künstlichem Licht. An diesem Tag war Victor achtundzwanzig Jahre alt.

Noch während sie beim Abspann fest ihre Hände drückten, glaubten sie daran, dass die Zeit das Schlimme besser macht, sie flüsterten sich zu, dass sie stärker aus dem Scheißabgrund herausklettern würden, der eine werde den andern halten und nicht fallen lassen. Sie suchten sich Freunde, Ziele und Beschäftigungen, sie fanden Themen und Tage, über die sie sich ärgern konnten; freuten sich mit älteren Cousins und fruchtbaren Kolleginnen, lachten über amerikanisches Fernsehen und deutsche Politiker; teilten die peinlichsten Momente in Victors achter Klasse und Evas gemischter Badmintongruppe.

Ein nicht gelebtes Leben machten sie zu einer erträglich normalen Angelegenheit, sie waren jung genug, um das Verdrängen beim Schopf zu packen. Sie schliefen viel und lang, sie pusteten in ihren heißen Kaffee und konnten ihre Träume nicht vergessen. Eva und Victor waren verliebt in den Trost, den sie beieinander fanden. Dass sie vorwärtsstolperten und nicht verzweifelten, das machte ihre Liebe aus, 1994 bis 1995.

Lange genug fand einer am anderen Halt, um irgendwann mit Gewissheit sagen zu können, dass sie sich gegenseitig nur die größte Scheibe vom Glück wünschten. Victor sah manchmal in Gedanken Eva mit einem anderen Mann, einem Nachbarn vielleicht, seinem Kommilitonen Tilo Neumann oder dem namenlos schicken Surfer von der Kinokasse; wie sie sich an ihn schmiegte im Gehen, wie sie ihm einen Kuss auf die Wange drückte, weil er irgendwas sagte, das ihr furchtbar gut gefiel.

Und Eva? Schrieb eine Geschichte, in der sie selbst nicht vorkam und in der ein fröhlicher Mann ein ganzes gutes Leben stehen- und liegenlässt, weil er eine Liebe findet, die größer ist als die größte, die er kannte. Sie liegt in ihrer Schublade.

Am Karfreitag 1994 war Victor mit dem Schwangerschaftstest in der Hand aufs Bett gestiegen, dort machte er kleine Hüpfer und sagte immer wieder »Oioioi!« und »Uiuiui!«.

»Du hast Schuhe an«, bemerkte Eva.

»Du hast mein Kind im Bauch«, gab Victor zurück. Seine Mundwinkel näherten sich bedenklich seinen Ohren.

»Jaja, ist ja gut. Wobei – ein bisschen ist es auch *mein* Kind.«

»Mein Sperma! Herrschaftszeiten.« Er stellte das Hüpfen ein. »Ich versuche doch nur, das zu begreifen. Mein Sperma ist in deinem …«, er zögerte, »*ein* Spermium, *mein* Spermium ist – oder war zumindest … also, mein Erbgut –«

»Boah, jetzt mach mal langsam.«

»Eva! Wir sind schwanger! Da macht man doch nicht langsam, da macht man doch –«

Er sprang vom Bett und wirkte plötzlich fokussiert auf eine Herausforderung.

»Da macht man doch Pläne. Also, einen *Master*plan«, seine Arme beschrieben einen großen Bogen, »und mehrere *Detail*pläne«, mit der Handkante teilte er die Schlafzimmerluft in fünf gleich große Planungsabschnitte ein.

»Oder? Was man alles erledigen muss und kaufen … und lesen und vorbereiten? Eva, wir müssen sofort eine Zeitung kaufen und eine Wohnung finden.«

»Vic …«

»Wir brauchen ein Kinderzimmer!«

»Victor.«

Eva nahm seine schwitzenden Hände und legte sie auf ihre Schultern. »Erst mal freut man sich, ganz in Ruhe. Wenn man sich ganz sicher ist, dass man das zusammen will und kann und so weiter, dann schaut man sich in die Augen – genau so, danke –, und man freut sich zusammen.«

»Und dann?«

»Dann setzt man sich für eine Minute hier auf die Bettkante und atmet, ohne zu viel nachzudenken …«

»Wahnsinn, woher weißt du das alles?«

»… und dann … dann muss man …«

Eva stockte, sie schien das Badewannenwasser oder die Herdplatte vergessen zu haben.

»Ist dir klar«, fragte sie etwas lauter, »ist dir klar, Victor Faber, dass wir sehr junge Eltern sein werden? Sehr jung.«

»Na ja, relativ jung.« Er nickte mit Bedacht. »Im Grunde sehr jung, ja, ist mir klar.«

»Und hast du … gar keine Angst? Ein bisschen wenigstens?«

»Oh«, sagte er und rückte auf dem ungemachten Bett ein Stück von ihr ab, um seine Worte mit den Händen zu untermalen, »ich hab sogar ziemlich viel Angst. Ich meine, ich hab wenig Ahnung, aber immerhin jetzt meine Stelle an der Schillerschule, wir kommen also irgendwie klar, finanziell, und, ja, Angst hab ich schon, aber ich hab auch viel Eva, und zusammen müsste es gehen, denke ich.«

Eva sah ihren Freund an und legte einen Finger auf seine Lippen. »Erstens: danke.«

»Oh, kein Pro-«

»Pschsch. Zweitens: Ich hasse Schwimmen. Du bringst dem Kind Schwimmen bei, ich Fahrrad fahren.«

»Was ist mit Lesen, was ist mit Scrabbeln, was ist mit Klavier?«

»Du kannst Klavier spielen?«

»Na, eben nicht!«

»Puh. Also, und drittens: Kein Wort zu irgendwem in den ersten zwölf Wochen. – Du musst nicht die Hand heben, wenn du eine Frage hast.«

»Okay!«

Rasch versteckte Victor die Hand auf dem Rücken.

»Ich wollte nur wissen – kann ich das jetzt noch irgendwie beeinflussen, dass dieses Kind … dass es so toll wird wie seine Mama?«

Er hielt Eva schnell fest, als sie abwinkte und aufstehen wollte, »im Ernst, Evi, kann ich da noch irgendwo draufdrücken oder –«

»Neineinein«, quietschte sie, als er anfing, sie zu kitzeln, »nix mehr machen, bitte – ah, nicht da, nicht da – bitte …«, und schließlich lagen sie nebeneinander und sahen die Decke an und hatten Glück in ihren Augen. Er wusste jetzt, wo sie neuerdings kitzelig war, und sie wusste, dass sie sich an diesem Tag ein zweites Mal in Victor Faber verliebt hatte.

Wenn sie sich in den Wochen und Monaten nach dem Eingriff berührten, dann nur noch mit Vorsicht; lächelnd baten sie um ein gewohntes Einverständnis, sie erarbeiteten sich ihre Befriedigung und dachten dabei an den noch nicht erledigten Abwasch.

Sie hatten die Wahl – oft und lange darüber reden oder nie, immer wieder oder wie nebenbei. Immer säße einer von ihnen oben auf der trostlosen Wippe, um wieder davon anzufangen, Eva vielleicht, dann drückt sich Victor vom Boden ab und schnellt nach oben, antwortet etwas mit vielen Pausen und hängt in der Luft, weil sie gar keine Frage gestellt hat, sie hat nur Wörter aneinandergereiht, und ›Kind‹ war eines davon.

Kein einziges Mal haben sie sich in die Augen geschaut und versprochen: Wir versuchen's noch mal, beim nächsten Mal geht alles gut. Sie konnten es nicht glauben, sie wollten es nicht sagen. Kein Gleichgewicht mehr.

Seit einem IKEA-Kaufrausch am ersten Samstag ihrer Beziehung hatten Eva und Victor den gleichen cremefarbenen Kosmetikeimer in ihren Badezimmern, zusammen 10,90 DM. Noch an der Kasse hatten sie von dem Luxus phantasiert, mit dem sie einmal ihre erste gemeinsame Wohnung ausstatten würden: zwei Bäder, zwei Eimer, ein Saus und ein Braus.

Doch an einem beschissenen Freitag kurz vor Frühlingsanfang 1995 räumten sie schließlich die zweiten Zahnbürsten von den Waschbecken und traten auf das Gummipedal, um sie in den Eimer fallen zu lassen. Von nun an würden Eva Winter und Victor Faber nicht mehr nebeneinander ihre Zähne putzen, und sie mochten sich nicht einmal vorstellen, wie viele Eimer und Bürsten sie in ihrer Zeit auf Erden noch kaufen würden. Dass sie zwischen jetzt und jemals andere nackte und geliebte Menschen an ihrer Seite haben würden, mit Zahnpastaschaum zwischen Unterlippe und Kinn, gemeinsam versunken in die Normalität. Ein Gestern, ein

Heute und Morgen. Man wischt sich den Mund ab und schaut in den Spiegel, man ist noch da. Die Zähne sind sauber, das Leben wird gelebt.

Wie die letzten Töne einer Spieluhr klang die frühe Liebe von Eva Winter und Victor Faber aus. Dann waren sie nicht mehr zusammen, alles still.

Also nahmen sie sich vor, nicht wütend zu sein oder zu werden. Und nicht zu vergessen, dass ihre Geschichte nur vorbei war, aber nicht verloren.

Es ist hell an diesem Kölner Morgen. In Victors Traum hat ein gelber Regenschirm geklemmt. Ließ sich nicht öffnen, das Scheißding, irgendwo in New York, ließ sich ums Verrecken nicht öffnen bis zum Sonnenaufgang. Er wollte Eva davon erzählen, die vor ihm stand mit bodenlangem Haar und nach ganz viel Milch verlangte. Er wollte ihre Milch bezahlen, für alles bezahlen. Und nicht nach Hause fahren. Elton John sah schräg aus mit dem Baseballhelm über der eckigen Brille, sein Deutsch aber war makellos, als er erklärte, wie das mit dem Kreislauf des Lebens so funktioniert. Dann träumte Victor noch von einem Kofferraum voller Zeugnisse, Bierdeckel und Rückflugtickets und wie Marie ihm alles, alles verzieh, das sagte sie immer wieder, doch er wusste nicht, was sie meinte. Und ist mit Rückenschmerzen aufgewacht.

Er setzt sich auf und hat keine Ahnung, wie früh es sein könnte. Oder wie spät es war, als er schließlich Schlaf gefunden hat. Stand dieses Foto im Goldrahmen gestern schon da im Regal? Eva hat sehr viele Fernbedienungen. Vor dem Fenster wuchtet die Briefträgerin ihr Fahrrad auf die Stütze und steuert auf den Hauseingang zu, vielleicht trägt sie einen guten Brief. Jetzt bei Tageslicht kann Victor die Buchrücken in Evas Regalen erkennen, dort stehen, neben Bildbänden und blauen Notizbüchern, ihre eigenen Romane, warum hat er die eigentlich nicht alle gelesen? Er legt den Kopf schief, um die Titel entziffern zu können, und da schmerzt auch sein Nacken: Evas Couch hat seinen Körper im Schlaf zentimeterweise zusammengestaucht, er muss sich vorsichtiger bewegen und zu alter Größe finden, ehe er aufstehen kann. Er sollte sich Zeit lassen, er hat doch genug davon.

Auf dem Heimweg, überlegt Victor, könnte er noch mal bei Maries Schwester vorbeifahren. Sie könnten zusammen mit Nick skypen, wie früher, Vater und Mutter. Aber der Junge schläft ja noch fest um diese Zeit.

Aus der Sofaritze fischt Victor sein Telefon, er hat vergessen, nach dem Spielergebnis zu schauen: Nick und seine Red Sox haben verloren, knapp und nach Verlängerung, er hat zwei Runs geschafft, immerhin. Schon heute Abend werden sie sich besser schlagen, ganz sicher. Victor beschließt, dass er ein gutes Gefühl hat.

Der kaum begonnene Tag und die Luft in diesem Zimmer haben etwas Vertrautes. Fast so, als würde er gleich ein Radio und das Surren einer elektrischen Zahnbürste hören, und dann riecht es nach frischem Kaffee und dicker Zeitung. Vielleicht sollte er sich ins Bad schleichen, bevor seine Exfreundin aufwacht. Und dann rausgehen, um Brötchen zu holen. Von dem hellen Wochenende einen tiefen Atemzug nehmen. Eva mag Sesam und Rosine, aber Mehrkorn geht auch.

Wie gut, dass wir Milch im Kühlschrank haben, denkt Victor.

Und eine Vergangenheit haben sie auch. Und ein V, das ihre Namen teilen.

Zwischen seinen Füßen liegt eine zerknüllte Verpackung auf hellbraunen Krümeln. Die Schokolade ist alle, der Abend war schön.

hey alter

was war das bitte fuer ne krasse sprachnachricht?? sorry, in ruhe telefonieren geht gerade nicht, sind auf dem weg nach san francisco. klar kannst du bei mir wohnen, aber was soll der quatsch mit crash und fahndung? keine ahnung, ob meine mailadresse »abhörsicher« ist, aber schreib halt, was passiert ist!

gotta go,
nick

Auf dem Weg

27. JULI 2018 – BOCHUM

Zwei Wochen sind vergangen seit dem Anruf, der ihnen im furchtbar freien Fall eine dicke, rettende Matte unter die Körper warf: Greta geht es besser, viel besser.

Zwei Minuten sind vergangen, seitdem Kathy sich neben Roland hat fallen lassen, glühend und schweißnass und außer Atem, sie sind und fühlen sich so nackt und fertig wie lange nicht mehr. Endlich, endlich mal wieder gemeinsam erschöpft am frühen Morgen, bevor der Tag so richtig angefangen hat – nach einer Nacht voll gutem, schönstem Schlaf in Ruhe und Gewissheit: Das Schlimmste ist überstanden, zwei OPs gut verlaufen, sie müssen keine Angst haben. Sie dürfen glücklich vögeln.

Endlich können Gretas Eltern sich freuen, dass Greta gerade nicht da ist, denn sie werden sie ja nicht verlieren an den krachenden Tod. Sie hat diese Kreuzung überlebt, sie wird langsam gesund werden, aber sicher. Wird irgendwann wieder zur Kita gehen, und dann werden Roland und Kathy eine Stunde oder zwei für sich haben und werden regelmäßig nach dem Frühstück zusammen duschen und Sex haben, weil sie ungestört sind, oder duschen, Sex haben und noch mal duschen, jeder für sich und bei offener Tür, nicht leise und nicht verzweifelt. So wird es sein, und sie werden es nie vergessen.

Eigentlich müssten sie ihre Hände loslassen und jeder für sich gehen, jeder einzelne Finger ist schwitzig, doch sie verschränken sie ineinander, etwas fester als sonst, Kathy spürt Rolands großen Ehering an ihrem Fingerknöchel. Sie sagt nichts, sie gehen weiter, heute lassen sie das Auto zu Hause und marschieren die halbe Stunde bis zum Krankenhaus; ihre Füße müssen sie gar nicht selbst vom Boden heben, das macht die Freude für sie, und Dankbarkeit ist ihr Rückenwind.

Roland hatte die Lautsprecherfunktion aktiviert, die Stimme des Arztes erklärte ihnen scheppernd das Nötigste, das einzig Wichtige, und sie dachten und sagten und wimmerten »O Gott, oh, Gott sei Dank!«

Als hätten sie sich abgesprochen, hatte jeder sich ein anderes der medizinischen Details gemerkt, die Professor Kumari ihnen knapp erläutert hatte – ›Rupturen‹ und ›Bauchtrauma‹ hatte Kathy gehört, Roland wiederholte ›Quetschung‹ –, und dann haben sie die Teile zusammengesetzt zu einem Ganzen, und das Puzzle war ein Bild nach der letzten und erfolgreichen OP: ihre kleine Piratin, das Lachen einer Heldin, sie würde auf eigenen Beinen durch ein langes Leben gehen können. O Gott, oh, Gott sei Dank!

Während sie an einer Ampel warten müssen, sagt Kathy: »Ich frag mich die ganze Zeit, ob du dir das vorstellen kannst, theoretisch, meine ich, ob du dir vorstellen könntest, wie das ist, kein Kind zu haben.«

»Mann, Schatz, wie kommst du denn jetzt auf so was? Es geht ihr doch viel, viel besser!«

»Aber seit zwei Wochen denk und sag ich andauernd, ich kann mir das nicht vorstellen, dass unsere Tochter nicht mehr da ist.«

»Mhm …« Roland schaut einem Lkw hinterher.

»Stimmt aber nicht. Immer wenn ich nicht einschlafen kann, stell ich mir vor, ich würde Gretas Zimmer ausräumen, du würdest den Kofferraum mit ihren Sachen vollladen, dann gehen wir noch mal zu ihrer Kita und holen ihr Kissen und ihre Zahnputz–«

»Kathy, sorry, aber – meinst du, das ist gut, dass du dir so was vorstellst?«

Kathy haut ein paarmal mit der Hand gegen den Ampelschalter, sie möchte nicht mehr bitte warten.

»Ach Schatz, das weiß ich nicht, ob das gut ist, aber ich kann ja meine Gedanken nicht ändern.«

»Nee, schon klar, aber …«

»Aber was?«

»Nix.«

»Also, jedenfalls räumen wir alles aus und verkaufen das Hochbett auf eBay, und als Allerletztes …«

Sie spricht nicht weiter, weil jetzt die grünen Fußgänger aufleuchten, Kathy und Roland überqueren die Fahrbahn.

»Sollen wir noch beim Bäcker rein?«, fragt Roland.

»Wenn du was willst. – Also, jedenfalls, als Allerletztes bringen wir das Fahrrad zur Deponie, an einem Samstagvormittag, und du wirfst es in hohem Bogen in einen Schrottcontainer.«

Sie bleibt auf der anderen Straßenseite stehen und sieht ihren Mann an. »Das kann ich mir alles ganz genau vorstellen – komisch, oder?«

»Aber Schatz«, Roland versucht es mit einem Lächeln und legt Kathy den Arm um die Schultern, um sie behutsam weiterzuschieben, vorbei an der Bäckerei, denn jetzt hat er keinen Appetit. »Da isses doch viel zu voll auf der Deponie am Wochenende. Außerdem hat Gretas grüner Flitzer gar nix Schlimmes abgekriegt!«

Kathy bleibt abrupt stehen und starrt Roland an: »Ich möchte nicht, dass meine Tochter noch ein einziges Mal auf dieses Fahrrad steigt. Nirgendwann. Nie! Verstehst du das? Ich will das nicht, und das geht nicht!«

»Okay, okay …«

Er zieht sie zu sich heran und probiert, ob sie sich umarmen und festhalten lässt, dann sagt er noch einmal: »Okay. Das geht nicht, und ich hab's verstanden.«

Noch fast zwei Kilometer. Roland Ziemer will seine Frau auf dem Weg zum Krankenhaus nicht schweigend ihren Gedanken an Gretas Kissen und Fahrrad und Verwundbarkeit überlassen. Er will sie ablenken, ohne banal zu sein, ihre Ehrlichkeit hat ihn durchgeschüttelt. Die Berührungen und Bewegungen dieses Morgens machen einen Unterschied. Jeder verarbeitet ja anders, das weiß Roland auch, und er will nicht weniger ehrlich sein.

»Hab ich dir eigentlich mal von der Schriftstellerin erzählt, mit der ich zusammen war?«

Beide wissen, dass die Antwort Nein lautet, und schnell ergänzt Roland: »Vor zehn Jahren oder so. Ganz kurz! Ist mir nur gerade eingefallen wegen … – weil … du meintest, was du dir vorstellen kannst.«

Und dann klaubt er sich, während sie an bunten Zirkusplakaten vorbeispazieren, die Worte zusammen, die es braucht für die erledigte Geschichte aus einer Zeit, bevor er zu Kathy Reschke gehörte und sie zu ihm.

Der Mann, der lächelte

6. NOVEMBER 2009 – BOCHUM

Er griff nach dem Portemonnaie in seiner Hosentasche, rempelte dabei den Kunden hinter sich an und sagte reaktionsschnell: »Aua!«

Es war eine Kundin. Und die hatte erst den schwedischen Krimi in seiner Hand erkannt, danach in seinem schuldbewussten Blick den Jungen, der er mal gewesen sein musste. Als Nächstes die weiße Linie an seiner Wange, wo den ganzen prächtigen Sommer über der Bügel seiner Sonnenbrille gesessen hatte. Athletisch und entspannt sah er aus in der Schlange vor der Kasse, er war, mit zwei kurzen elektrisierenden Worten: jung und wow.

Und sie war Single und direkt hinter diesem Mann, einen Kopf größer als sie, mit Roman und schlankem Mantel. Einem Mann, der nach hinten langte, um Geld herauszuholen, und dabei mit dem Ellenbogen ihren Handrücken traf. Sie erschrak, denn sie hatte auf sein Profil geachtet, nicht auf seine Armbewegungen.

»Aua!«

»Wieso sagen *Sie* ›Aua‹?«, fragte sie, »Sie haben *mich* doch –«

»Oh, 'tschuldigung.«

»Nicht schlimm.«

Sie versuchte, seine Augenfarbe zu erkennen, und betrachtete ernst ihre Hand. »Hm. Ist wahrscheinlich gebrochen. Haben Sie 'ne Haftpflicht?«

»Was? Das ist jetzt aber Spaß, oder?«

»Aber klar, Herr Kommissar. Nur Spaß. Äh, Kommissar wegen …« Sie deutete auf den dunklen Buchumschlag in seiner Hand.

»Ach so, nee, ich bin ja nicht der Kommissar, ich bin der Täter.«

Sie sah ihn an und hob stumm die Augenbraue.

»Na ja«, erklärte er, »Täter wegen …« Mit der Fingerspitze berührte er sie ganz leicht, wo sein Knochen sie gerammt hatte: »Schwere Körperverletzung.«

Jetzt lachte sie mit allen Zähnen, und er hielt ihr seine Geldbörse vors Gesicht. »Schmerzensgeld?«

»Nein, danke.«

»Kaffee?«

Sie zuckte zurück.

»Lieber Tee? Oder Eis? Eiskaffee?«

»Wir haben November.«

»Glühwein? Eine Wolldecke?«

»Ich … – oh, Sie sind dran, glaub ich!«

Bevor er sein Buch auf den Verkaufstresen legte, streckte er ihr die Hand entgegen: »Roland. Hallo.«

»Hallo. Eva.«

Schon bald gingen sie das erste Mal Hand in Hand um den Harpener Teich an einem milden Novemberfreitag. Im Gras an der Böschung stand eine Mutter, jünger als Roland, und las ihrem Sohn offenbar das Schild vor, das das Betreten der Eisfläche untersagte – immer und auch wenn das Wasser gar nicht gefroren war. Der Junge, vielleicht halb so groß wie der Pfahl mit dem Verbotsschild, hatte seinen Tretroller mitten auf dem Schotterweg neben dem Bach abgelegt.

»Mitten auf dem Weg …« Roland warf einen Seitenblick zu der Frau, die ihn und Eva nicht bemerkte.

»Macht doch nichts, Roland, können wir doch drum rumlaufen.«

»Mhm.«

Er nickte, dachte nach, wurde langsamer und blieb plötzlich stehen.

»Ähm, brauchst du das da?« Er deutete auf das Buch, das ein Stück aus Evas großer Jackentasche herausragte.

»Ob ich … hä? Ob ich das brauche? Das ist meins, also, ich meine, ich hab's geschrieben, ich weiß, was drinsteht, aber … Was willst du denn damit?«

Ehe er etwas erwidern konnte, hatte sie ihm den Roman schon in die Hand gedrückt.

»Ich brauch nur das«, sagte Roland und zog mit einem Ruck den orangefarbenen Schutzumschlag ab.

»Schutzumschlag«, murmelte Eva, und Roland drückte ihr das Buch in schwarzem Einband wortlos wieder in die Hand, faltete das feste Papier so zusammen, dass daraus eine kleine, leicht schiefe Pyramide wurde, die er einige Meter neben dem Roller auf dem Kiesuntergrund platzierte.

»Ha!«, sagte er so laut, dass die Mutter und ihr Kind auf ihn aufmerksam wurden und vom Ufer zurückkamen. Roland nahm Eva, die ihm mit verschränkten Armen zugesehen hatte, an die Hand und rief dem jungen Rollerfahrer im Weggehen über die Schulter zu: »Immer Warndreieck aufstellen! Ganz wichtig! Alles klar?!«

Als sie sich an diesem Nachmittag zum Abschied umarmten, fragte Roland ganz nah an Evas Ohr, ob er das Buch denn mal leihen und lesen dürfe, was er natürlich durfte, und Eva beeilte sich zu erklären, dass sie übrigens selten mit ihrem eigenen Buch in der Tasche durch die Gegend laufe und heute auch nur deswegen, weil sie noch bei ihren Eltern vorbeischauen wolle. Die hätten nämlich nach einem Exemplar für den Herrn

Freese gefragt, der ihnen immer bei den Steuern half und der gerne seiner Frau vorlas; dass es aber gar nicht eilig sei, sie könne den Besuch verschieben, ihre Eltern seien, wenn sie das grob überschlage, an sechs von sieben Tagen zu Hause.

Roland entschuldigte sich für das Zerrupfen des Buches, er wolle das wiedergutmachen, bot Entschädigung an – »Kaffee? Eis? Glühwein?« – und erklärte, es habe so auffällig aus ihrer Tasche geleuchtet, das Buch, aber ihm sei auch aufgefallen, dass sie ihn seltsam angeschaut habe wegen des Warndreiecks.

»Ich … hab den Kleinen angeguckt«, sagte Eva.

»Ach so.«

»Der war ziemlich süß.«

»Ach so.«

Irgendwann musste es ja sein, denn Eva hatte eine Geschichte: An einem Abend, an dem sie eigentlich gerade über mariniertes Hähnchen und Barack Obama redeten, wechselte Eva so beiläufig wie möglich das Thema, fragte nach Rolands Geschwistern und deren Familien, ob da schon jemand Kinder habe und wie er das überhaupt so finde als Jugendtrainer, immer nur Kinder um sich, so viele Kinder, jeden Tag dieser Krach, all die aufgeschürften Knie und die aufgeregten Fragen. Da müsse man Kinder an sich ja schon sehr mögen, bei so einem Job. Oder?

Roland lächelte, während er Paprikapulver aus der Streudose herausklopfte; er fand die talentierten Kids großartig, anstrengend seien höchstens die Eltern, wobei Eltern es ja heutzutage auch nicht leicht hätten. Trotz allem sei das ein Traumjob für ihn, weil das ganze Rudel schließlich abends wieder abgeholt werde, und dann machte er sich immer mit dem Platzwart auf den Stufen der Tribüne ein schönes Pils auf. »Die Ruhe genießen«, erklärte er und lächelte noch mal.

Sehr, sehr gefasst, weil so was ja ständig und allen möglichen Leuten passiert, erzählte Eva ihm daraufhin von einem Kind noch ohne Namen, das sie leider verloren hatte, damals. Da sei sie allerdings ziemlich jung gewesen, und sie habe seitdem – ein Gefühl ist ja kein Bestellformular – den Richtigen nicht gefunden.

»Damals nicht. Und bis jetzt noch nicht.«

Sie suche weiter, gewissermaßen. Wie in Zeitlupe zupfte sie ein großes Salatblatt in zwei Hälften und wusste nicht, ob Roland etwas antworten konnte. Oder gefunden werden wollte.

Einige Herzschläge zu spät sagte er: »Das tut mir voll leid.« Und das edelsüße Pulver fiel ihm auf den Küchenboden.

In Evas Geschichte vom Suchen und Geschlechtsverkehr wurde Roland Ziemer der verlässliche Mann, der seine Kondommarke nicht wechselte. Der nach ihr einschlief und vor ihr aufstand. Und der in jeder wachen Sekunde ein freundliches Gesicht machen konnte, wer auch immer ihm gegenüberstand. Er sagte ein paarmal zu Eva, sie habe so ein schönes Lächeln, doch sie ahnte bald, er meinte sein eigenes und sah sie an wie einen Spiegel, der nicht ganz billig gewesen war und an einer besonders schicken Stelle hing.

Dieser Mann lächelte, wenn sie sich unterhielten und er nicht weiterwusste, er lächelte, während sie sich auszogen und er ganz genau wusste, was er wie anfassen musste. Er hatte einen sportlichen Charme, der irgendwie professionell wirkte. Ein Mann ohne sichtbare handwerkliche Fehler.

Nur mit Boxershorts bekleidet stand Roland eines Abends vor Evas Regal und blätterte in *Feuchtgebiete*, bis sie aus dem Bad kam, die Tür ließ sie offen: »Falls du auch Zähne putzen willst … Roland?«

»Hm? Ja, klar. Du hast brutal viele Bücher, schöne Frau.«

»Schläfst du immer ohne T-Shirt, schöner Mann?«, entgegnete sie und ließ seine kurzen Hosen nicht aus den Augen.

»Ähm, schlafen wollte ich eigentlich noch gar nicht.« Seine Mundwinkel strebten nach außen. »Also, nicht einschlafen, meine ich.«

Sie grinste zurück und deutete hinter sich ins Bad, sie habe da auch noch irgendwo Kondome, die könne sie schnell holen, »aber … wie du meinst … muss auch nicht …« Die Worte hingen schutzlos in der Luft.

Er nickte, erst ein bisschen, dann mehrmals sehr schnell, murmelte »Nö« und »Doch, doch« und dass er ja vielleicht ein bisschen Musik anmachen könne – »aber … wie du meinst.«

Sie hörten Coldplay und schmeckten nach Elmex.

Sie taten und probierten es miteinander, ein Paar für ein paar graue Wochen, bis zum Tag vor Silvester: Roland wollte feiern gehen und wusste auch schon, mit wem; erwähnte einen Leo, zählte die Spitznamen von noch vier Freunden auf, mit denen er immer unterwegs sei, und lud Eva gutgelaunt ein, mit ihnen durch die Stadt zu ziehen, das würde großen Spaß machen.

»Und sind da noch mehr Frauen dabei, oder wär ich die Einzige?«, wollte Eva wissen.

»Öhm, keine Ahnung, muss ich noch mal fragen, ob die Jungs auch gerade was am Laufen haben, kann sein.«

»Am Laufen?«

»Wie gesagt – kann sein, kann nicht sein, so was ändert sich ja schnell.«

»Ja?« Eva schluckte.

»Klar!« Sein Mund verzog sich wie in Zeitlupe. »Leben ist Veränderung. Und, biste dabei?«

Als sie schließlich am letzten Tag des Jahres 2009 mit feuchten Haaren aus der Dusche kam, in ein zu oft gewaschenes Handtuch gewickelt, ohne die geringste Ahnung, was sie an diesem Abend anziehen oder erwarten sollte, da warf Eva einen Blick aus dem Fenster und wusste: Es wird heut nicht mehr hell und hat auch keinen Sinn. Der geschützte Verkehr war zum Erliegen gekommen. Roland Ziemer hatte sie öfter zum Orgasmus als zum Lachen gebracht. Das war befriedigend, aber nicht gut.

Dass irgendetwas störte, hatte mehr oder weniger gleichzeitig auch Roland festgestellt. Er fühlte sich immer angestrengt, wenn irgendwo irgendetwas nicht passte: eine Jeans vom vorigen Jahr, das letzte Lied auf einer gebrannten CD, der Staubsauger hinter der Tür.

Er war einunddreißig, und diese Frau passte nicht, er konnte da nicht mehr drum herumflirten: Eva passte nicht, die Biologie zwischen ihnen passte nicht, die Differenz war ungünstig … Sie war älter, verdammt noch mal, älter, als er gedacht hatte. Zu weit von ihm, zu nah am Kinderkriegen. Sie war toll, aber anders – das würde er sagen, falls jemand fragte: Eva Winter ist sicher eine tolle Frau, aber bestimmt nicht die richtige.

Bis die Richtige kam, verirrte Roland Ziemer sich mit seinen Kondomen noch alle elf Wochen in ein falsches Bett. Dann, an einem diesigen Morgen, ging er ins Reisebüro hinterm Bergbaumuseum.

Was kostet so was?

27. JULI 2018 – BOCHUM

»Willst du was kaufen?«

»Hm?«

»Ob du dir was kaufen willst. Wenn die ... die Lebensversicherung von deinem Vater so hoch war, ich meine, wenn ihr jetzt so viel Geld habt ...«

Tim streckt den Arm nach dem Honig aus, kommt aber nur bis zur Marmelade.

»Honig?«, fragt Lucia.

»Danke.«

»Du isst Honig, seit wann isst du Honig?«

»Äh, weiß nicht, hab ich sonst nie Honig gegessen?«

»Nie. Nicht, als du mit mir gefrühstückt hast.« Sie betont ›mir‹, wie sie das ›Scheiß‹ in ›Erzähl keinen Scheiß ...‹ betonen würde.

Tim sagt: »Oh. Okay.«

»Also«, stöhnt Lucia, »ich weiß nicht, warum du wegen dem Geld fragst, aber erst mal muss Mama ja die Beisetzung und alles bezahlen, und dann muss sie irgendwie klarkommen. Sie soll nicht bis siebzig im Schwimmbad an der Kasse sitzen.«

»Nee, klar.« Er starrt auf sein Brötchen.

»Tim?«

»Ja?«

»Hattest du eine Idee, was ich mit dem Geld machen soll? Dir was leihen zum Beispiel?«

»Quatsch!«

Abwehrend hebt Tim die Hände vor die Brust, vom Messer in seiner rechten Hand droht ein Honigtropfen in die Tiefe zu stürzen.

»Neeneenee, gar nicht! Ich dachte nur, du hast vielleicht einen Wunsch oder so, den du dir –«

»Wunsch? Was denn für 'n Wunsch? Wenn ich mir was wünschen dürfte, dann wär Papa jetzt hier und würd seine *Sport Bild* rauf- und runterlesen und mich zwischendurch fragen, wie meine Schicht war.«

»Ich weiß, Lucia, sorry –«

»Also, falls du weißt, was so was kostet und wo ich das bestellen kann, dann brauch ich sonst nichts, Tim. Das wär mein Wunsch, dass Papa nicht tot ist.« Sie gräbt ihr Messer in die Butter, als solle es nie wieder den Weg herausfinden.

Tim macht leise atmend eine Pause, damit Lucia ihn nicht gleich wieder unterbrechen kann, dann sagt er langsam und erwachsen, dass es ihm leidtue. Und dass er für sie da sei, wenn sie wolle, wann sie wolle, und das koste sie gar nichts.

»Alles kostet was, *tonto*. Aber danke trotzdem. Salami?«

»Hm?«

»Ich wünsche mir die Salamipackung da unter deinem iPhone.«

»Oh! Ja. Hier. Wunsch prompt erfüllt. Gratis.«

Er beißt sich auf die Zunge, weil die Salami natürlich nicht gratis war, sondern 1,89 Euro gekostet hat, und die hat Gabriela sicher noch von Ricardos letztem Gehalt gekauft, als er ein lebender Angestellter der Spedition war, aber –

Lucias Telefon. Es ist Pablo. Tim sieht Fragezeichen in ihrem Gesicht, als sie zögernd das Gespräch annimmt, sie geht nach nebenan, schließt geräuschlos die Tür hinter sich. Hören kann er sie, verstehen nicht. Und er hat Honig im Kaffee.

Und die Wahrheit

Wenn das Schlimmste überstanden scheint, so heißt es, dann nur, weil man noch nicht weiß, dass es doch immer schlimmer kommen kann. Greta Ziemer hat sich einen Krankenhauskeim eingefangen.

Im Krankenhaus krank zu werden, das ist doch, als wenn man sein Auto mit einem Platten in die Werkstatt bringt, und nach dem Reifenwechsel springt der Motor nicht mehr an. Es hätte alles nicht sein müssen und dürfen. Wenn Greta nicht hier gewesen wäre, hätten ihre Eltern niemals ›nosokomiale Infektion‹ und ›Bakteriämie‹ googeln müssen.

»Ein Keim?!«, fluchte Roland dem Chefarzt ins Gesicht, »Sie wollen mir erzählen, meine Tochter übersteht erst einen Unfall und drei komplizierte OPs, und dann fängt sie sich bei Ihnen einen beschissenen Keim ein?! Ich glaub's nicht, das kann doch nicht sein, ich werd euch so was von verklagen mit eurem ganzen ›Normalrisiko‹-Quatsch und von wegen ›multiresistent‹ und so 'ne Scheiße, ihr spinnt wohl!?«

»Herr Ziemer, Sie müssen wi… –«

»Ja, nix Herr Ziemer! Ich geb das an die Presse, Sie Ignorant! Und wir wollen Greti mit nach Hause nehmen, und zwar sofort, Kollege, da können wir nämlich auf sie aufpassen, damit sie gesund wird. Das … das sollte IHR Job sein, oder? Sie gesund machen, Mann! Verstehen Sie den Unterschied, Professor? *Gesund*, das ist das gottverfluchte Gegenteil von *krank*, ja?

Boah, ich werd euch dermaßen verklagen, das wollen Sie gar nicht wissen!«

Irgendwie ist es Kathy gelungen, Roland zischend zu beruhigen, jetzt sitzen sie nebeneinander; irgendwie ist es der blinzelnden Assistenzärztin gelungen, den Ziemers zu erklären, wie gefährlich oder nicht gefährlich welche der Erreger sind und dass Greta noch nicht nach Hause darf. Jetzt, da der Professor auf die Intensivstation gerufen wurde, hält die junge Frau im weißen Kittel zwei Meter Abstand zu Roland, umklammert Gretas Patientenakte wie einen Schutzschild und holt noch einmal tief Luft, bevor sie sagt:

»Es wird bestimmt alles gut. Bestimmt.«

Kathy Ziemer hält ihren Mann nicht davon ab, sich in die Faust zu beißen. Er spricht nicht mehr, er wird heute kein einziges Wort mehr zu irgendwem vom Klinikpersonal sagen und nicht viel mehr zu seiner Frau.

Einmal möchte auch Kathy fluchen auf alles und jeden, möchte zur Verantwortung ziehen, wer auch immer die Schuld trägt an alldem. Im Vorraum der Intensivstation unter trockenem Neonlicht kreist sie einen schrecklich klaren Gedanken ein: Wenn die Polizei diese Typen nicht erwischt, die ihrer Piratin das angetan haben, wenn die niemals verhaftet, niemals vor einem Richter stehen werden, dann, eines Tages, wird sie untröstlich und stechend die Schuld bei Roland suchen und finden.

Warum wolltest du zum Grillen zu deinen Eltern? Warum nicht mit dem Auto? Warum seid ihr nicht später los? Warum nicht früher? Warum hast du nicht die andere, sichere Strecke genommen? Warum hast du nicht besser aufgepasst? Warum warst du nicht vorn bei Greta an der Kreuzung? Warum hat dieses Auto meine Tochter gegen die Hauswand geschleudert? Warum nicht dich? Warum nicht dich, Roland? Warum habe ich dir vertraut und soll es immer noch tun?

Warum sehe ich das Unglück, wenn ich dich anschaue? Warum bist du der Mann, mit dem ich das hier durchstehen muss? Warum nicht ein anderer? Warum?

Sie schaut neben sich, wo Roland seinen Kopf in die Hände stützt, die Augen zugekniffen, schnaufend. Sie wird nicht zulassen, dass irgendein unlogisches Schicksal ihr die Tochter nimmt. Wenn sie sich auf einen Handel einlassen müsste, jetzt gleich, genau hier, er oder Greti, dann könnte sie bitter, aber ehrlich auf Roland verzichten. Sie behält ihren Mann im Blick und zieht mit Daumen und Mittelfinger an ihrem Ehering, der lässt sich seit kurzem sehr leicht bewegen. Sie hält ihn fest.

Vielleicht sollte sie in diesen schlechten Zeiten aufrichtig und mutig sein, denkt Kathy, sollte so wie Roland vorhin von dieser Eva ihrerseits erzählen von dem Abend mit Victor auf dem Parkplatz im Industriegebiet, als Roland beim Lehrgang war.

Aber wie soll sie ihm das sagen: Ich war nicht immer ehrlich zu dir, Schatz, nicht immer perfekt, aber du, du hättest es sein müssen: nicht für mich, für Greta. Für die Superheldin, die noch zu klein zum Fliegen ist. Die dir vertraut hat. Dich hab ich immer gebraucht, ja, aber ohne sie kann ich nicht leben. Das ist der Unterschied und die Wahrheit.

Weißt du was, spricht sie stumm zu dem gebeugten Körper auf dem Stuhl neben ihr, was soll ich mit deiner Ehrlichkeit, was interessiert mich irgendeine Ex von dir, irgendeine Vergangenheit. Wenn du Greti nicht beschützen kannst, ist alles andere ohne Zukunft und egal.

»Komplett egal«, flüstert sie, »komplett egal.«

Roland öffnet blinzelnd die Augen. »Hm?«

»Nichts.«

»Was denn, Schatz?«, fragt Roland und richtet sich langsam auf, »was meinst du mit ›komplett egal‹?«

Und dann steht die Krankenschwester vor ihnen, die sie hier seit einer Weile nicht gesehen haben, die mit den Sommersprossen, und hält ihnen zwei Garnituren Schutzkleidung hin.

»Wenn Sie das bitte anziehen, dann bringe ich Sie gleich zu Greta.«

DREI

Sommertage

Der schöne Rest der Zeit, das ist dein Leben.
Die Welt wird, wenn's vorbeigeht
und wenn dir einer beisteht,
so wie beim ersten Kuss ein bisschen beben.

SAMMY FLANDERGAN, *TAG YPSILON, REMIX*

Theoretisch

3. AUGUST 2018 – BOCHUM

Einfach nur, mit ein bisschen Glück, für eine Stunde oder zwei an was anderes denken. Das hat doch früher schon funktioniert, nachdem er zwei Stapel mit Aufsätzen wegkorrigiert, sich über die Mathenoten seines Sohnes aufgeregt oder mit Marie die Ferienplanung rauf- und runterdiskutiert hatte: Gegen das Pochen im Kopf spielt Oberstudienrat Faber am liebsten Fußball.

In seiner Kickergruppe findet sich keiner unter fünfzig Jahren oder neunzig Kilo. Da wird gelaufen, aber nicht gegrätscht, da kann er sich austoben und abends hechelnd den Tag wegblenden, dieses Wirrwarr aus überlappenden Anforderungen. Während er den Ball im Auge oder am Fuß behält, muss er nicht einkaufen, nicht tanken, nichts tippen oder nachschlagen; muss weder die Versicherung noch seine Patentante oder den Elternpflegschaftsvorsitzenden anrufen.

Am Gersteinring, zwischen Blumenfriedhof und Kirmesplatz, kann Victor einmal pro Woche die fordernde Welt zusammenschmelzen auf ein paar tausend Quadratmeter Kunstrasen und ein Dutzend Lebewesen, die in diesem Moment das Gleiche wollen wie er: zehn oder zwölf Männer, Lehrer oder Möbelverkäufer, Anwalt oder Produktmanager, ein lederner Mittelpunkt der Erde, ihr glühender Kern.

Kicken. Laufen. Pass, Annahme und Abschluss. Abklatschen. Weiterlaufen. Es ist kein großer Sport. Es ist der größte.

So einfach und universell, man möchte verstummen. Doch sie sind alles andere als stumm, die 99er-Kicker, benannt nach ihrem Gründungsjahr, sie rufen die Götter des Spiels an, sie schimpfen auf alles, was sich bewegt und was sich nicht bewegt, sie brüllen sich an, sie feiern sich und den Augenblick und die Physik der Kugel. Victors Gefährten – schwere Physiotherapeuten und hochrote Steuerberater, so wie er auf dem Zenit ihrer realistischen Erwartungen an das Leben nach dem Frühstück –, sie kennen in diesen Stunden keine Wahrheit jenseits der weißen Linien. Freitags von sechs bis acht spielen sie um nichts, und es geht um alles: um das gute Gefühl vor dem besten Bier der Woche.

Er ist ein bisschen spät dran, hat sich in der letzten Minute entschieden, heute ein überraschendes Comeback zu geben, um auf bessere Gedanken zu kommen, Gedanken ohne Marie. Die Noppenschuhe schon in der Hand, merkt er, wie er immer schneller wird auf dem Weg vom Fahrradständer zum Spielfeld.

Noch keine zwei Monate ist es her, da hat er sich abgemeldet bei Jojo, dem Herrn über zwei Gärtnereien und den E-Mail-Verteiler der Fußballer. Victor wollte nicht in Boston sein Herz und Hirn neu sortieren und dabei unfreiwillig in die Planung der Weihnachtsfeier involviert sein, an der er in diesem Jahr nicht teilnehmen würde. Und die am Ende nach neunundneunzig Rundmails und Missverständnissen doch wie jedes Jahr wieder im Dudelsack stattfinden würde, wo man ihnen wie jedes Jahr den Tisch so lange freihält, bis sie, fast einstimmig, beschlossen haben, dass es ohnehin nirgendwo anders jemals so schön sein könnte wie dort.

An den Toren hängen schon die knallgrünen Netze, und irgendwer hat einen Ball Richtung Strafraum gerollt, aber seine Mitspieler sieht Victor noch am Spielfeldrand hinter der Mittellinie: ruhiger als gewohnt und versammelt um Jojo, der auf einer Bank sitzt und Zehn-Euro-Scheine einsammelt.

»Muss ich auch was bezahlen, damit ich wieder mitspielen darf?«

»Hey ...!«

Überrascht sind sie, so hat er sich das vorgestellt, damit haben sie nicht gerechnet, dass ihr linker Mittelfeldmann so schnell zurück sein würde, aber die Stimmung ist verhalten. Jojo gibt ihm die Hand: »Schon gehört, dass du früher zurückkommst. Wir sammeln gerade.«

»Gehört? Von wem?«, fragt Victor etwas enttäuscht. »Und wofür sammelt ihr?«

»Carola hat dich an der Tankstelle gesehen. Mit deiner Frau.«

»Ja«, Victor nickt und reißt die Augen auf, »die ist jetzt in Köln, aber ich ...«

»Köln?«, fragt Ali mit dem grauen Zopf, und Jojo hält das Bündel mit den Scheinen hoch: »Für den Kranz.«

»Kranz? Wie, Kranz?«

Victor schüttelt viele Hände, und dann erzählt Sebi, der Torwart und Ingenieur, dass er im Frühsommer, am Freitag nach Victors Abflug gen Boston, seinen Nachbarn mit zu den 99ern gebracht habe: Wiedereinsteiger mit Ballgefühl, kräftig und fair, mit grimmigen, gezackten Falten, sobald er ausgedribbelt wurde. Ein guter Kerl alles in allem, natürlich kein Ersatz für Victor nach all den Jahren, natürlich nicht, aber beim zweiten Mal habe der Neue schon eine feine Kiste Pils dabeigehabt; irgendwer will gesehen haben, wie er sie nur an einem Finger der linken Hand trug, pfeifend, und ein Viertel der Flaschen hatte er für den eigenen Durst eingeplant: Von stillem Wasser nach dem Sport bekomme er immer Sodbrennen.

Am Freitag, dem 13. Juli, hat er dann schon nicht mehr mitgespielt. Da lag sein Körper, sagt Sebi, seit zwei Tagen auf einer kalten Bahre in einem kalten Fach – gestochen, starr und fahl. Nie mehr kicken, nie mehr leben. Nie mehr Möbel fahren über die A 3 oder Urlaub in Vidiago, nie mehr *Sport Bild* beim Frühstück.

Sie haben ihn kaum gekannt und schon zu Grabe getragen, außer Sebi waren noch Sven, Storchi und Mischko dabei, und Jojo hat den Kranz besorgt. Zehn Euro für jeden, ein stiller Gruß für Ricardo.

»So«, sagt Jojo, weil sonst keiner was sagt, »jetzt lass mal anfangen. Schön, dass du wieder da bist, Wicki. Warmlaufen?«

»Ich ... ja ...«, sagt Victor und zückt sein Portemonnaie, »ich kann auch – hier, Zehner von mir!«

»Nee, lass mal, passt schon«, Sebi schraubt die Nadelspitze von der Ballpumpe, »du hast ihn ja auch gar nicht kennengelernt.«

Und als sie langsam lostraben, fragt Jojo: »Sag mal: Mailverteiler nehm ich dich dann wieder auf, oder? Überlegen gerade wegen Weihnachtsfeier. Auge und ich sind für Dudelsack. Oder?«

»Klar«, sagt Victor, »Dudelsack. Super Idee.«

Die letzten hellen Minuten, der Freitag döst allmählich weg, auf der Schadowstraße ist Victor – jeweils durchschnittlich schnell und angetrunken – hinter dem 356er Bus auf seiner abendlichen Schleife hergefahren. Als er sein Rad in den Innenhof schieben will, kommt die Nachbarin mit zwei großen Müllbeuteln aus dem Haus.

»Victor!«

»Kathy ...«

Ein Dutzend Sätze haben sie gewechselt, als er zurückkam, müde war er und ängstlich, dass er übernächtigt etwas Falsches zu den Ziemers sagen könnte. Marie hatte von Gretas Unfall gehört und ihren Noch-Ehemann informiert, ehe sein Flieger Richtung Frankfurt abhob. Also hat er nicht fröhlich gegrüßt oder einen Witz über die schnell vergehende Zeit versucht, sondern leise gefragt, ob er etwas tun könne, irgendetwas Nachbarschaftliches oder Praktisches oder Symbolisches, brauchten sie Hilfe beim, ja, wobei auch immer, oder Geschenke für Greta, vielleicht?

Sie brauchten und wollten nichts und bedankten sich hastig, und seitdem hat Victor die Ziemers kaum gesehen und weder falsche noch richtige Fragen nach Gretas Gesundheit stellen können.

Jetzt aber hat Kathy etwas so Leichtes an sich, das hat er lange nicht gesehen.

»Gut, dass ich dich treffe«, behauptet er, »ich wollte mal fragen –«

»Ja! Danke! Besser! Alles gut, meine ich! Also, alles wird gut!«

»Oh …«

Zwischen Fahrradständer, Müllcontainer und warmer Dunkelheit erfährt er alles über die Bakteriämie, die Greta gerade so gut wie überstanden, alles über die unglaubliche Mischung aus Pech und Glück, die sie erlebt hat; alles über die Wochen, die Kathy so viele Kilos und Nerven gekostet haben, dass sie schon nicht mehr sportlich aussieht und kaum lachen kann, ohne schon wieder neue Angst zu sehen hinter der nächsten Achterbahnkurve.

»O Mann …«

Victor vermutet, sie muss das heute schon ganz vielen Freunden, Verwandten und Eltern aus Gretas Kita erzählt haben, sie sagt bestimmt die Worte immer wieder, weil Glück so viel besser klingt als Komplikation. Es ist nicht nur ein Wort für Kathy, es ist das Gegenteil von allem, was nie passieren soll. Glück ist das, was bleibt von all den weggewischten Tränen. Sie ist erleichtert, sie redet so schön durcheinander, findet er und sagt zwischen ihren Sätzen »Gott sei Dank« oder »Meine Güte, echt?«.

»Ja«, schnieft Kathy und stellt den gelben und den transparenten Beutel auf den Boden, »wir haben echt ganz schön gezittert um unsere Kleine.«

Wenn sie mich so anguckt, klingt das seltsam, ›unsere Kleine‹, denkt Victor und sagt laut: »Das klingt gut. Kathy.«

Er schnallt seine Sporttasche ab und setzt sich auf den Gepäckträger, zwei Meter von seiner Nachbarin entfernt. »Und … Roland?«

»Hm?«

»Ich meine, ist er gar nicht da, weil du mit dem Müll …« Er deutet auf die Beutel, die sie immer noch nicht weggeworfen hat. »Meistens treffe ich hier deinen Mann.«

»Soso, du triffst also meinen Mann an den Mülltonnen.«

»Nein, ich meine …« Er fuchtelt mit dem Arm, als wolle er sich korrigieren.

»*Hinter* den Mülltonnen?«

»Nein, ich … ich meine nur, wir reden hier schon zehn Minuten, vielleicht macht er sich Sorgen.«

Kathy schaut an Victor vorbei. »Vielleicht.«

Und er beißt sich auf die Lippe, sagt gar nichts.

»Aber«, erklärt Kathy, »er ist gar nicht da. Er ist kurz zu seinen Eltern gefahren. Mit den guten Nachrichten.«

»Ah, gut.«

»Und du? Ich meine, Marie, hast du von ihr …«

»Ja, sie wollte nicht mehr in Bochum bleiben, plötzlich. Aber sie schreibt mir. Sie schreibt mir per Mail oder WhatsApp, nicht immer, aber …«

Victor verstummt und hat keine Ahnung, wie es der Frau, die er geheiratet hat, in diesem Augenblick geht. Sie könnte tot oder glücklich sein, fällt ihm ein, oder einfach nur müde und – jedenfalls nicht allein.

»Bei ihrer Schwester fühlt sie sich wohl?«

»Gut! Ja, wohl!«, bestätigt Victor und verwirft den Gedanken, dass es Marie an diesem Sommerabend irgendwie anders als gutgehen könnte.

»Gelbe Tonne ist morgen, oder?«

Kathy greift die Abfalltüten, hält sie fragend hoch und wartet nicht auf Victors Antwort. »Ich räume nämlich gerade auf, ich hab überhaupt nicht aufgeräumt die ganze Zeit, ich war viel zu …«

»Klar.« Victor macht, was er für sein verständnisvollstes Gesicht hält.

»Roland auch.«

»Mhmm«, brummt Victor leise und will noch etwas fragen, aber lieber nicht aussprechen.

»Weißt du, wir haben immer gedacht, wenn Greta … - ich meine, ihr wisst ja wahrscheinlich, wie das ist, Victor, ihr habt ja … Nicki ist ja auch Einzelkind, und wenn das einzige Kind, dann … ich muss das echt nicht noch mal erleben.«

»Ich bin froh, dass es ihr nicht schlechter geht.«

Er klopft einen Rhythmus auf seine Sporttasche, um Zeit zum Formulieren zu gewinnen, hält schließlich kurz den Atem an und sagt dann: »Ich weiß gar nicht, ob ich dir aus dem Weg gegangen bin, aber wir haben eigentlich … also, geredet haben wir irgendwie nicht seit … damals, oder?«

Sie schaut abwechselnd auf die Plastiktüten in ihren Händen und die Mülltonnen an der Hauswand. »Nee«, murmelt sie, »gelbe Tonne ist Montag.«

»Ähm, Kathy?«

»Was??« Sie reißt die Tonnendeckel hoch, lässt den Müll hineinfallen und ein paar Fliegen hinausfliegen, bevor sie sich wieder zu Victor dreht und mit verschränkten Armen wiederholt: »Was?«

»Was meinst du mit ›Was‹? Immerhin hatten wir … Sex, und dann warst du irgendwann – also, wir haben halt nie … über Greta geredet, ich meine, über ihren Geburtstag, also wann sie zur Welt gekommen ist. Ich .. Na ja, du hast nie was dazu gesagt.«

»Ich hab nie was gesagt?«

»Ja.«

»Du hast nie danach gefragt.«

»Dann frage ich jetzt.«

»Jetzt, Victor, ernsthaft, jetzt? Jetzt wäre Greta fast gestorben. Jetzt hat Marie eine Krebsdiagnose und … und wohnt nicht mehr hier. Jetzt macht das Leben gerade keinen Spaß. Und jetzt, nach vier Jahren, willst du wissen, ob das deine Tochter sein könnte, die ich zur Welt gebracht habe? Ernsthaft?«

»Ich kann doch die Zeit nicht zurückdrehen.«

»Aber ich soll das für dich machen, oder was?«

Er seufzt, und irgendwo hupt jemand zweimal lang. »Du hast recht, Kathy, das Leben macht Ernst. Aber … wenn es theoretisch möglich wäre, dass ich de–«

»Herrgott, nein!«

Sie ist Victor ins Wort gefallen und geht an ihm vorbei zum Hauseingang, wo der Bewegungsmelder reagiert und die Wandlampe Kathy Ziemer in ein freudloses Licht taucht. »Bist du nicht, Victor. Bist du ganz sicher nicht, also lass gut sein, es geht gerade nicht um dich oder mich.«

Zwischen ihnen steht ein knirschendes Schweigen. Dort vorn an der Kreuzung Steinkuhlstraße ist eine Laterne defekt. Das Wochenende steht vor der Tür, alle werden baden und grillen. Den Müll holt keiner ab.

Hinter jeder Kurve

17. AUGUST 2018 – BOCHUM

Auf Lindas Schulterblatt geht jetzt die Sonne auf. Tiefblau glänzt die frische Tinte, als sie das Pflaster entfernt, den rechten Arm über die linke Schulter gereckt.

»Und?«, fragt sie, während sie vorsichtig die gestochene Haut abtastet, »immer noch gut?« Dann dreht sie sich zum Spiegel und antwortet mit aufgerissenen Augen: »So geil, Linda, so geil.«

Der Tag beginnt mit vielen Rosinen im Kuchen ihrer Sorgen: Von einer kleinen Agentur kommt eine Auftragsanfrage, und anständig bezahlen will man sie auch; Tim hat gerade mit Tim-Fellner-Ausrufezeichen geschrieben, dass das klargeht mit der vorzeitigen Wohnungskündigung, er hat den Vermieter um irgendeinen Finger gewickelt, er kümmert sich, sie kommen raus aus dieser Nummer, die sie aus der falschen Lostrommel gezogen haben.

Für einige ernsthafte Sekunden denkt Linda sogar darüber nach, Tim nicht nur einen Dank zu schicken, sondern dazu das Foto von ihrem Sonnenaufgangstattoo. Nee, besser nicht. Süß und angenehm ist vor allem, dass sie bleiben kann in der geräumigen WG ihrer Sandkastenfreundin, in dem gelben Haus Ecke Prinz-Regent-Straße, wo just in diesen Tagen Lindas Kühlschrank wie gerufen kam als Ersatz für den defekten Vorgänger. Sie bewohnt Tinas Zimmer, solange die mit ihrem Axel durch Asien tourt. Menschen, die reisen, lassen freie

Betten in der Heimat zurück, manchmal sind die Umstände praktisch gut, und Linda fühlt sich wohl, solange kein leicht ungeduldiger Mitbewohner mit seinen Fingerspitzen gegen die Badezimmertür klopft.

»Gleich!«, ruft sie und verteilt noch ein bisschen Wundsalbe auf Meer und Horizont, schiebt das XXL-Schlafshirt wieder über den Arm, wischt sich die Finger an Milans kaffeebraunem Bademantel ab und freut sich auf ein Frühstück mit Zigarette und Zigarette.

Während sie sich durch ihre akrobatisch aufgenommenen Schultergürtelselfies klickt, schiebt sich eine Nachricht ins Display: Der Mann, der eigentlich Benjamin heißt und sich ›Benski‹ nennt und der Linda vor ein paar Tagen die leicht kräuselnden Wellen und die aufgehende Sonne in die Haut gemalt hat, er hat Wort gehalten: Er habe wirklich nur einem einzigen anderen Kunden einen Sonnenaufgang wie ihren gestochen, nicht am Rücken, sondern an der Wade, und zusätzlich mit zwei Vögeln über dem Meer oben rechts, ansonsten aber identisch; er kenne diesen Menschen schon lange, meinte Benski, wobei er grinste, als würde er ein Geheimnis teilen, und falls sie die Tattoos mal vergleichen wolle, könne er Linda gern die Nummer geben.

»Klar, warum nicht«, sagte sie tonlos, als sie Benskis Studio am Ehrenfelder Bahnhof verließ, und wusste bei aller Liebe nicht, warum sie sich auf einem unbekannten Bein ein vertrautes Motiv anschauen sollte, doch jetzt steht da auf ihrem Handy ein Name, den sie schon mal gehört hat, also – warum nicht?

Sie spielen ihre Lieder zur Zeit am Rande der Innenstadt: Gewerbegebiet, schläfrig-schäbig. Die Band hat ihren Namen so oft gewechselt wie den Probenraum, aktuell heißen sie

›Haiger Burbach‹, sie machen viele Pausen, in denen trinken sie Unmengen von alkoholfreiem Weizenbier.

Linda hatte mehrere Anläufe für ihre SMS genommen – formuliert, gelöscht, korrigiert, zurückkorrigiert –, und als sie getippt hatte, hallo, ich hab von deinem Bein gehört und wollte, da schickte ihr von irgendetwas abgelenkter Daumen die Nachricht raus, ehe sie fertig war. Eine Antwort kam, noch während sie zur Überraschung der frühstückenden Mitbewohner hörbar fluchte über ihre Wurstfingrigkeit: benski hat schon erzählt komm einfach vorbei. sammy, und eine rote Nadel im digitalen Stadtplanauszug markierte den Standort des Mannes mit der sonnentätowierten Wade.

Sammy lebt und singt als Sammy Flandergan, und die nächste Live-Tour macht er mit den Jungs und Mädels von Haiger Burbach, das steht schon mal auf einem Plakat an der rostig lauten Eisentür zur alten Lagerhalle, in der sie ihr Line-up proben und wo vier Ventilatoren am Anschlag rotieren, während der August aufs Dach knallt wie eine brennende Baggerschaufel.

Es quietscht, als Linda die Tür öffnet, und sie lässt sie nicht hinter sich zufallen, sondern sagt »Hallo!« in den Raum hinein und dann noch »Hi!« und »Tach!«

Eine Frau mit Drumsticks in den Gesäßtaschen ihrer kurzen Jeans eilt ihr entgegen: »Hi! Du bist sicher die Heike und hast die Entwürfe dabei?!«

»Ääh … nee?«

Linda hält mit einer Hand noch immer die Tür auf, als würde sie das Tageslicht nie wiedersehen, falls sie sich jetzt hinter ihr schließt.

»Dann«, hört sie eine männliche Stimme, die hinterm Klavier auf einem Podium hervorzukommen scheint, »dann bist du sicher die Linda und hast einen Sonnenaufgang von meinem Bruder.«

»Benski ist dein Bruder?«, fragt Linda, und die Stimme von Sammy Flandergan geht mit einem breiten Lächeln auf sie zu.

»Halbbruder. Anderer Vater. Willst du da stehen bleiben?«

»Hm?«

»Wir machen gerade Pause, weil unser Saxophon schon wieder aufs Klo musste. Und wir haben nullprozentiges Weizen. Falls du durstig bist.«

Er trägt eine Mütze mit irgendeinem Vereins- oder Band-Logo, er ist barfuß, sein weißes langes Hemd ungleichmäßig hochgekrempelt. Lindas Blick fällt, sie kann es nicht verhindern, auf seine Beine, denn die schwarze Leinenhose geht bis zu Sammy Flandergans Knöcheln. Er bemerkt es und kommentiert es nicht und gibt ihr seine Hand, kühl vom gekühlten Bier.

»Ich wollte euch nicht stören«, behauptet Linda, »und ich muss nix trinken.«

Sie schließt nun doch, vorsichtig, die schwere Tür und sagt in den hohen halbdunklen Raum hinein: »Hallo. Linda.«

Haiger Burbach murmeln mehrheitlich »Hi, Linda«, die Schlagzeugerin stellt sich als Carla vor: »Sorry, wir haben ein paar Graphiker angefragt wegen Entwürfen fürs neue Album, aber irgendwie ist der eine verreist, die andere schwanger und so weiter, jedenfalls, ich dachte, du bist …«

»Ich *bin* Graphikerin!«, unterbricht Linda schnell und hoch.

»Echt?«

Sammy Flandergan, der brauner ist als im Internet, mustert sie, als sähe sie nach einer anderen Berufsgruppe aus. »Und hast du schon mal ein Cover oder so was gemacht?«

»Klar«, lügt Linda, »schon öfter. Beziehungsweise, kann ich auf jeden Fall, also, käme drauf an, aber was stellt ihr euch denn vor?«

»Na ja …«

Sammy lässt den Blick zu Carla wandern, und Linda fragt: »Oder kann ich vielleicht doch so 'n Bier? Und … zuhören?«

Eine Stunde später hat Linda eine Handvoll neuer Lieblingslieder: Sie hat in die letzten Akkorde von *Tiefkühltage* geklatscht, hat den Refrain mitgesummt bei *Hupkonzert* und *Ich spring in eure Pfützen*, hat stumm gestaunt, als Sammy *Dich zu kneifen* gesungen hat oder *Im Fluge beieinander*. Auf der Rückseite eines zerknitterten alten Tourplakats hat sie wie nebenbei mit einem Sparkassenkuli ein Albumcover entworfen: *Hinter jeder Kurve* steht da am oberen Rand und unten *SAMMY FLANDERGAN mit Haiger Burbach*. Auf das leere Weiß in der Mitte zeigt ein Pfeil, neben dem steht, in ganz kleinen schiefen Buchstaben: *Dies ist kein Sonnenaufgang*.

Als Linda Bernikov zehn Jahre alt war, gern oft allein und unbekannterweise die beste Freundin des kleinen Zauberers mit der Brille, da lag sie immer bäuchlings auf dem Bett mit ihrem weißen Block, bunte Stifte um sich verstreut, ihr linker Zeigefinger am CD-Player auf den Tasten mit den zwei Pfeilen, und spulte vor bis zu Harrys erstem Besenflug. Malte ein ums andere Mal ihr großes Bild vom großen Quidditch-Spiel, spulte vor und spulte zurück, zeichnete und radierte, die Zunge im Mundwinkel verkeilt.

Sie war an solchen Nachmittagen gar nicht zu Hause in der Wohnung, auf diesem grünen Bettlaken, ein paar Meter neben Hausaufgaben und Nudelauflauf – nein, dieses Wattenscheid war nur der Muggelort, wo ihre Mama augenrollend ständig neue Stifte kaufen musste, aber sie, Linda, sie lebte in wahrer Wirklichkeit in dem steinwunderalten Internat, zwischen Wald und See und Traum, hoch aufragend über der Phantasie, wo man schlafende Drachen nicht kitzeln soll.

Fünfzehn Muggeljahre später möchte sie springen zu der Stelle, an der alle den Probenraum verlassen – alle bis auf den Mann, der singen kann und der ihr – endlich und in Ruhe und ganz aus der Nähe – seinen Unterschenkel mit Meer und Licht zeigen wird: Sammy Flandergan und das Halbbruder-Tattoo.

Linda wird ihn anschauen und fragen, warum er da noch diese zwei Vögel hat, und was sind das überhaupt für Vögel? Wenn er ihr das mit den Kranichen erklärt und so cool er kann das Brecht-Gedicht über die Liebe und den schönen Himmel aufsagt mit ein oder zwei Lücken, dann wird Linda vielleicht an Tim denken müssen und an Herrn Faber im Deutsch-LK; so wird sie Sammys Frage nicht hören, ob sie sich nicht auch noch zwei Vögel von Benski neben die Sonne stechen lassen will. Er fragt noch einmal und rückt etwas näher an sie heran, so dass sie sieht, wie viele dunkle Wuschelwirbel er wirklich unter dieser Kappe versteckt und dass sein Dreitagebart schon älter als eine Woche sein muss. Und seine Nase zuckt, wenn er blinzelt. Zwei Vögel, warum nicht – ihr Hals ist trocken, der Mann ist sehr nah.

In den Tagen bis zum ersten, seltsam kurzen Kuss wird sie am WG-Küchentisch und im Probenraum auf dem farblosen Sofa mehr CD-Cover skizzieren, als Sammy jemals Songs schreiben kann; auch beim siebten Mal wird sie noch loslachen, sobald er den Refrain anstimmt »Man steigt nie zweimal in denselben Schuh« und wenn sie alle ganz leise a cappella singen »Raus in den Garten, trauriges Kind, die Caprisonne scheint«. Das schönste Lied aber wird immer das letzte sein, bevor sie gegen Mitternacht den Bauscheinwerfer hinterm Klavier ausstöpseln: wenn Carla und der Rest von Haiger Burbach auf ihre Mopeds und unbeleuchteten Mountainbikes steigen oder zur U 35 schlendern, um noch ein paar Stationen Richtung

Herne zu fahren, durch die Tunnel des Feierabends, mit Menschen, die heute noch keine Lieder gesungen, aber vielleicht auf die Ohren geladen haben für unterwegs.

Zu zweit, während ein Tag zum nächsten wird, werden Linda und Sammy zufrieden sein, weil sie ahnen, was passieren wird, weil es anders ja gar nicht sein kann, denn sie sind noch so jung; sie singen ja nicht laut, weil sie Angst haben, sie singen laut, weil man nur einmal jung stirbt. Das iPhone in der Hand, wird Linda im Bett leise zum Fußende herunterrobben, und mit dem Rücken zu Sammy – der natürlich noch schläft auf der weggestrampelten Decke – wird sie versuchen, beide tintenblauen Sonnen zusammen zu fotografieren: den Rücken und das Bein, die beieinanderliegen. Das wird eines der wenigen Fotos sein, die sie nicht löscht an dem Tag der großen Fotolöschaktion, Jahre später.

Am Ende einer kalten Nacht wird Sammy ein kurzes Lied nur für Linda geschrieben haben, mit Edding auf dem Deckel eines Pizzakartons: Es kostet ihn zwei Thermoskannen Kaffee und heißt *Drachenkitzeln*, fünf Minuten acht Sekunden Sehnsucht nach jetzt und hier.

Ihre Neugier, die sie Spaß nennen, und ihr Feuer, das sie Kunst nennen, wird locker reichen für die paar Jahre mit Höhen und Bässen. Sie werden einander die Hand führen: Linda wird die Griffe lernen für ein Riff von Kurt Cobain, trainiert ihre Anschlaghand, das Plektrum zwischen den Lippen, lässt die Leersaiten schwingen. Sammy wird den Kohlestift überm Knie zerbrechen, wenn er Lindas Vorlage nicht nachzeichnen kann, wird Geduld verfluchen als die langweiligste Tugend neben der Keuschheit und will doch zu seinem auch noch ihr Talent, will können, was sie kann mit Kreide, Rakel und Acryl, und alles wissen über Licht und Schatten.

Wenn sie sich berühren, ist es, als würden sie einander durchwühlen, ihre Umarmungen sind Kraftsport. Jeder allerletzte Kuss vor dem Schlafen wie der Schlussfirnis auf der Leinwand, das Gitarrensolo am Ende eines matschigen Festivals. Sie lieben sich krachend und schenken sich nichts.

Nach ein paar Jahren sind sie vernarrt in die Gewissheit, dass sie nicht weiter planen müssen als bis zu ihren dreißigsten Geburtstagen; die werden ohne Zweifel wie Meteoriten einschlagen in ihr junges Leben, verglühen in Rausch und Desaster.

Wenn sie das überstehen sollten, *wenn sie nur nicht vergehen und sich bleiben*, dann können sie sich auch versichern gegen Tod und Tragik, können sich feiern und einrichten mit Schnittblumen, Babys und sandfarbener Sitzgruppe. Anstoßen mit fleckenfreien Gläsern. Auf dem Standesamt würden sie schließlich mit einem letzten Schütteln, Schäumen und Ploppen kapitulieren vor der nicht zu bremsenden Zeit und was sie aus ihnen gemacht hat.

Doch wenn Linda mit schnellem Vorlauf den Moment erreicht, an dem sie gerade erst neunundzwanzig sind und sich neuerdings kratzen mit jedem genervten Blick, sich plötzlich selbst am meisten hassen für jeden Vorwurf und Zweifel, dann werden die Farben grell und wirsch, weil beide ahnen, was passieren wird, weil es ja anders gar nicht sein kann: Aufmerksam und furchtbar abgeklärt wird die junge Frau Bernikov beobachten, wie der karibische Rum nach jedem Probentag ihren Freund erst zum Lächeln und später um den Schlaf bringt; wie er hinter der Bühne bei jedem Auftritt die Tabletten mit dem stillen, stillen Wasser seine Kehle hinabjagt; wie er raucht, anstatt zu essen, und wegschaut und geht, anstatt zu reden. Wie gottverlassen er singt, wenn er sich unbeobachtet fühlt, das wird sie lange im Gedächtnis behalten, und da sucht sie schon Halt bei einem andern.

Eines Sonntags wird Linda würgen müssen vor Trauer um Sammy Flandergan, nachdem alles längst vorbei ist – auf dem Klo im Kino, und schuld sind Lady Gaga und Bradley Cooper. Sie senkt den Kopf und heult die Jackenärmel voll, vorm Gesicht verschränkt, ihre Finger bohren sich in die Schulter, da, wo zwei Vögel fliegen sollten.

Voll von Träumen sein

Ziemlich genau in dem Moment, als Linda Bernikov aus dem Augustlicht in die Industriehalle hineinblinzelt, sinkt ein paar Straßen weiter ihr Exfreund Tim Fellner feierabendschwer auf die Bank am Schachtisch zwischen Spielplatz, Kiosk und Paketzentrum. Er hat was zu essen mitgebracht und stellt fest: »Das hätten wir aber früher auch nicht gemacht, oder? Spontan ein Bier zusammen trinken? In den Sommerferien?«

»Ich hab zwei gekauft. Für jeden.«

Victor Faber deutet auf vier braune Flaschen, die im Schatten des Schachtischs auf dem Boden bereitstehen, und reicht Tim die Hand: »Hallo. Schön, dass das geklappt hat.«

»Auf jeden Fall. Arrabbiata war korrekt?«

Tim stellt die dampfbeschlagene Tüte mit den Nudelschalen ab und schüttelt Fabers Hand.

»Arrabbiata ist perfekt, danke, was bin ich Ihnen denn schuldig, Tim?«

»Die Flasche da«, antwortet Tim mit erschöpftem Grinsen, als Victor den Flaschenöffner bereits im Anschlag hat. »Die Nudel geht aufs Haus.«

»Oh.«

»Als ich meinem Chef erzählt hab, ich treff mich mit meinem alten Deutschlehrer zum Scrabble-Spielen im Park, am Freitagabend, da hat er so 'n Darmspiegelungsgesicht gemacht und wollte kein Geld für die zwei Portionen.«

»Ach.«

»Guten Hunger, Herr Faber.«

Bei den ersten fast noch heißen Nudeln, bei schäumenden Schlucken vom fast noch kalten Bier sprechen sie nur ein paar Halbsätze über die Eltern, Kinder und Junkies, die vorüberziehen, und über die acht Männer auf dem Boulefeld unter den Birken, die Eistee trinken aus Thermoskannen und nicht über- oder miteinander lachen.

Victor ist nur hier, weil ihr Fußballplatz heute durch irgendein Jugendturnier belegt ist, und Tim, der jetzt mal besser an seiner Seminararbeit über die Erdbeben-Novelle säße, fragt irgendwann: »Sie sind jetzt aber nicht freiwillig früher zurück aus Boston, oder?«

»Mhm«, macht Victor und lässt offen, ob er ›Ja, genau‹ meint oder ›Doch, schon, wieso?‹.

»Aha«, sagt Tim.

»Familiär«, schiebt Victor hinterher, um alles und nichts zu erklären, dann sagt er: »Also, ich fand's ja lustig, was Sie auf Facebook geschrieben haben, mit dem Foto von dem Scrabblebrett.«

»›Beziehungsstatus: Bingo‹?«

»Genau, das war doch witzig.«

»Das war aber am ersten Abend, als noch alles tutti war.«

»Bitte?«

»Da war alles okay, das war – das hat sich dann kurzfristig geändert mit Linda, hab ich Ihnen ja gemailt. Aber inzwischen bin ich –«

»Klar, klar.«

Victor fällt ihm ins Wort wie ein Hausarzt, der kurzzeitig vergessen hat, dass der Patient mit dem hartnäckigen Husten letzte Woche schon in der Sprechstunde war: »Also, ich hab die Linda Bernikov ja immer gemocht, muss ich sagen, die war immer so …« Er hält inne, um eine Nudel runterzuschlucken. »Ja, ich weiß auch nicht.«

Als Tim nichts sagt, fällt Victor noch ein: »Aber eigentlich mochte ich den ganzen Kurs.«

Er hält Tim seine Pilsflasche entgegen. »Aber das wissen Sie ja. Oder …«, er kneift die Augen halb zu, »sollen wir du sagen? Sind schließlich Ferien?!«

Tim lacht freundlich und stößt an. »Absolut.«

»Ja, ist doch super. Victor.«

»Prost, Victor, du hast da Soße an der Flasche.«

Als bei den Boulespielern die Eisteevorräte zur Neige gehen und nur noch ein einzelner Vater – die Krawatte eilig in die Hosentasche gestopft, das Businesshemd drei Knöpfe weit geöffnet – seine nimmermüde, strahlend blonde Tochter am Fuß der Rutsche mit ausgebreiteten Armen empfängt, da hat Victor das Scrabblespiel noch immer nicht aus der Satteltasche geholt. Es gibt einfach zu viel zu besprechen, ehe der Tag zu Ende geht, so viel nachzufragen über die Studien und Sabbaticals und Menschen ihres Lebens – fünf oder sechs verflogene Jahre nach dem Schulabschluss, der für die Schüler ein fettes Kreuz ist ganz rechts auf der Zeitleiste und für ihre Lehrer ein Punkt auf einem Kreis.

»Was ich ja nie verstanden habe, Tim, das können Sie … kannst du mir sicher erklären: Warum wurde da bei euch so unheimlich viel getrunken in der Oberstufe? Ich meine, es ist dann doch nur die Schulzeit, die zu Ende geht?!«

Tim nickt heftig, ohne Victor Faber anzuschauen.

»Schulzeit, absolut!«

Dann blickt er auf und grinst und pustet in den Flaschenhals.

»Für mich ist es ein Wunder, dass wir nicht noch viel mehr gesoffen haben. So 'ne krasse Zeit, Victor, so krass!«

Einer der Kugelwerfer verlässt die Anlage, seine zügig eng gesetzten Schritte verraten nicht, ob er besiegt oder beleidigt wurde oder ob er bei der Hitze von Eistee Durchfall bekommt. Das rutschende Mädchen mit den leuchtenden Locken, das niemals schlafen muss und heute nicht mehr baden will, heißt Polly oder Pollydiemamawartetschon, und dort drüben an der Ampel ruft jemand: »Ey! Bleib doch mal stehen jetzt! Ey!«

Wenn Oberstudienrat Faber was getrunken hat, guckt er bisweilen so, als wolle er die Hausaufgabe zur nächsten Stunde erläutern.

»Tim«, sagt er mit diesem Blick, der die Welt in Fragen und Antworten unterteilt: »Darf ich dich noch was fragen?«

»Klar, was denn?«

»Wieso hast du dir damals die Haare abrasiert? War das so was wie 'ne Wette?«

»Erinnerst du dich zufällig an meinen Vater?«, fragt Tim zurück. »Abiball? An der Karaokemaschine?«

»Ah ja, oh. Lustig, lustig.«

»Ich wollte nicht warten, bis ich ihm immer ähnlicher werde.«

»Ah was! Und ich hätte wetten können, es war 'ne Wette.«

»Ja, ja, hast recht, das war es auch: Ich hab mit meiner neuen Freundin, damals, Lucia, mit der hab ich gewettet, dass ich immer und jederzeit Rilkes *Panther* fehlerfrei aufsagen könnte, sogar wenn sie mich nachts weckt.«

»Aha. Interessant.«

»Sie hatte drei Versuche. Einmal hat sie mich tatsächlich um Mitternacht geweckt, da war ich todkrank und um acht mit Erkältungssaft eingepennt. Das zweite Mal mitten im Elfmeterschießen, Champions-League-Finale, Bayern gegen Chelsea, da hätte ich mich fast in der zweiten Strophe verhaspelt, als Schweinsteiger verschossen hat. Na ja …«

Tim zögert und beißt sich auf die Unterlippe.

Victor deutet amüsiert auf Tims Glatze. »Und wie hat sie's dann doch noch geschafft, dass du einen Fehler gemacht hast?«

»Ähm, da ... wie heißt das ... da schweigt der Gentleman?«

Jetzt muss Victor laut lachen. »Haha, ach so, beim – verstehe, aaah ... das ist sehr gut, sehr, sehr gut, haha, super, super Geschichte.«

»Du hast gefragt. Prost.«

»Prost.«

Einige schweigsame Schlucke später – ihre Blicke sind der alten Frau gefolgt, die ihre späten Einkäufe an der Boulebahn vorbeischob – sagt Victor noch einmal, dass das eine wirklich sehr interessante Wette sei, aus seiner Sicht als Mann und Lehrer.

»Interessant?«

Tim dreht die Plastikgabel wie einen Schraubenzieher in die längst kalten Tagliatelle. »Also, ich find's ja eher peinlich. Aber – was würdest du denn machen, ich meine, mal ehrlich, Herr Lehrer, wie beeindruckt man als Germanistikstudent eine Frau, die Hofmannsthal und Dürrenmatt und Episches Theater nicht kennt, die aber tausendmal wichtigere Sachen abrufen kann, wenn's drauf ankommt?!«

Denn die Frau, auf die Tim stolz ist, ist eine Frau, die dabei hilft, Menschen zu retten, oder dabei ist, wenn ein Leben zu Ende geht, die Verbände wechseln kann und Bettpfannen und Kanülen. Einmal musste und konnte Lucia einem achtjährigen Jungen leise und klar beschreiben, was spinale Muskelatrophie ist, nachdem der Oberarzt mit einem Hustenanfall aus dem Zimmer gegangen war.

»Diese Frau«, sagt Tim und untermalt seine Bewunderung mit erhobenem Besteck, »die kann Sachen aushalten, bei denen dir Mittelhochdeutsch keinen beschissenen Millimeter weiterhilft. Ernsthaft, Victor. Und ich liebe das. Dass es was gibt, wofür ich sie bewundern kann. Und nicht irgendwas, sondern so was! Und Linda – Linda war … Linda ist nicht so.«

»Ja«, sagt Victor und öffnet bedächtig für jeden ein weiteres Bier mit dem Flaschenöffner an seinem Schlüsselbund.

Mit einem Stöhnen stellt Tim fest, dass er keinen Appetit mehr hat, zumindest nicht auf das weiche Brokkolizeug zwischen seinen Nudeln. »Brokkoli ist eh komisch. Als ich klein war, gab's nur Blumenkohl.«

»Bei uns Kohlrabi.«

Victor prüft beiläufig das Etikett auf seinem zweiten halben Liter Kioskbier, der mindestens genauso lange haltbar sein müsste wie der erste. »Oder Rosenkohl.«

»Meistens«, setzt Tim noch einmal an, »… also, früher, na ja – ich hab versucht, Lucia zum Lachen zu bringen, indem ich mich selber über Sachen lustig mache, die in der Uni so passieren. Referate, wie man vorschriftsmäßig zitiert, Ringvorlesungen, alles Mögliche, das so unfassbar unwichtig wirkt, wenn jemand an Schläuchen hängt und nicht mehr gehen, schlucken, atmen kann. Oder … oder wenn so 'n kleines Mädchen einen krassen Unfall hat und dann – verstehst du, was ich meine?«

Victor nickt. Sein Bier ist noch haltbar bis Nikolaus, und er weiß gar nicht, wie eigentlich alles werden soll an Weihnachten, aber auch sonst.

Sie brauchen Nachschub vom Kiosk. Tim zählt acht Knoblauchscheiben zwischen den Gemüseresten und verrät, dass er stundenlang schwärmen könnte, wie ehrlich und herzhaft seine Freundin Lucia das Leben dem Grübeln vorzieht; wie sie manchmal viel weniger geredet hat und dabei viel witziger war als er, wenn sie zum Beispiel neue medizinische Fachbegriffe erfand: Während er über hermeneutische Zirkel redete, schaute sie ihm tief in die Augen und wiederholte todernst Sachen wie ›thyroxines Septum‹ oder ›hepatologische Grünholzfraktur‹.

Er müsste zu beschreiben versuchen, dass bei Lucia oft nur eine hochgezogene Braue den Übergang markierte von ziemlich lustig zu unaufschiebbar sexy und dass er zwischen ihrem Mund und ihren Brüsten … - aber das muss er ja auch nicht ausführlicher erklären, Victor Faber ist nicht blöd, er hat das mit dem Panther schon verstanden.

Heute, an ihrem halben freien Freitag, hat Lucia nach dem seltsamen Telefonat mit Pablo wie in Zeitlupe den Frühstückstisch abgeräumt, die Kühlschranktür hinter sich zugedrückt und sich dagegengelehnt.

»Ich finde«, hat sie gesagt und eine Pause eingelegt, damit Tim sie ansieht, »dass du als Freund für mich da bist und mit frischen Brötchen zum Frühstück vorbeikommst und … und dass du dich anständig benimmst und versuchst zuzuhören, na ja, und wie du mich seit Wochen tröstest wie … ein Freund – das finde ich gut. Das ist echt gut.«

»Aber?«, fragte Tim und wunderte sich, wie seine Stimme bei nur zwei Silben brechen konnte.

»Aber ich finde, wir könnten jetzt mal wieder …«

»Ja?«

»Ich finde, wir könnten Sex haben, das –«

»Dass es eine Lust ist?«, unterbrach er sie und stand so schnell auf, dass der Küchenstuhl unter ihm umkippte. »Dass es nur so kracht?! Dass …«

»Das … könnte ich jetzt gebrauchen, meinte ich.«

»Ach so. Okay.«

Ob sie ihm das mit Linda also verziehen habe, wollte Tim wissen, als er zwei tastende Schritte auf Lucia zuging.

»Sag ich dir hinterher, Blödmann. Vielleicht haste ja was Neues gelernt. Honigschlecker.«

Viel später und betrunkener gesteht Tim seinem Lieblingslehrer von damals noch, dass er so oft so viel lieber in einem großen Auto auf den Straßen von Amerika als in den Hörsälen der Germanisten säße: ein großes Land entdecken von Diner zu Diner, dick werden mit Vollbart und Kreditkarten, von einem Ozean zum anderen ohne das Semesterticket und den Karriereplan. Weil ihm nämlich ein ausgereifteres Bild von Freiheit partout nicht einfalle. Die Golden Gate, natürlich, auf Hawaii und kaputte Hosen könne er getrost verzichten.

Früher, als kleinerer Tim, das weiß er noch, da hat er oft ahnungslos und doch traurig vor dem CD-Player seiner Eltern gestanden, wenn Udo Jürgens am Ende jedes Mal wie selbstverständlich heimging. Jahre später hat er noch einmal nach der CD gesucht, die rauf- und runtergelaufen war, während Elke Fellner am Bügelbrett gestanden oder die frisch gewaschenen Gardinen wieder in die Plastikschiene eingehakt hatte. Inzwischen hörte sie meistens Radio. Was von Udo Jürgens geblieben war, drehte sich blitzend im Kirschbaum und sollte gefräßige Stare abschrecken.

Tim möchte nicht fliehen für immer. Nur irgendwann mal weit weg sein für lange Zeit. Augenblicke sammeln wie Paninibilder. Gipfel, Wellen, alte Steine. Und einmal da stehen, wo John Lennon erschossen wurde, zum Beispiel.

»Am Central Park?«, fragt Victor. »Warum?«

Er ist vor kurzem erst dort gewesen.

»Warum, warum … Keine Ahnung, warum – meine fünf Minuten Ruhm oder so?«

»Das waren fünfzehn Minuten. Und Andy Warhol.«

»Weiß ich doch. Wo wurde der noch mal erschossen?«

»Andy Warhol ist tot?«

»Ist er nicht?«

Sie denken wortlos nach, sie sind noch überraschend durstig, sie haben ihre Fäden verloren.

Victor wollte noch erwähnen, dass Tim in seiner römischen Mail ›arrivederci‹ falsch geschrieben hat, vergisst das aber. Der Platz um sie hat sich geleert, an diesem Tag sind alle Spiele gespielt. Tim sitzt krumm und wie abwesend da. Pollys Vater muss seine Krawatte aus der Hosentasche gerutscht sein, sie liegt im Sand vor der Rutsche, eine Taube überprüft, ob man sie fressen kann. Nein.

»Und deine Freundin«, fragt Victor schließlich, »will die auch weg vom spießigen Bohnerwachs und so? Macht ihr die Route 66 zusammen, ja?«

»Lucia«, erklärt Tim leise, »Lucia ist gern in Spanien. Wenn sie Urlaub hat.«

»Ah.«

»*Immer* wenn sie Urlaub hat. Den ganzen Urlaub. Bei ihrer Familie. Die Großeltern und so.«

»Ah so.«

»Und viele Cousinen. Großtanten auch. Sie kennt das ganze Dorf.«

»Na ja«, Victor steht gemächlich auf und sucht sein Gleichgewicht in einem Punkt am Horizont, »Familie ist doch schön. Und Spanien auch, oder?«

»Ja, total«, antwortet Tim. »Total schön.«

Das Buch

7. SEPTEMBER 2018 – KÖLN

»*Wundenlecker*, echt?«

»Ja, *Wundenlecker*, hier – das eins, zwei, drei, vier, fünfte Lied: *Wundenlecker*. Ist doch ein toller Titel.«

Eva mag das Booklet-Design für das Album von Lindas neuem Freund, aber als Titel, sagt sie mit der Faust unterm Kinn, hätte ihr *Wundenlecker* irgendwie besser gefallen, besser als *Hinter jeder Kurve*. Und sie hat sich Videos von Sammy Flandergans Auftritten angeschaut, die unkontrollierten dunklen Haare, meint sie, passen zu seiner Stimme, und die wilde Verliebtheit passt sehr gut zu Linda.

»Ja!«, stimmt Linda ihr zu. »Ja, oder? Total!«

Mit schweren Zungen und ›Sollen wir nicht mal was zusammen …‹ hatte es angefangen, einige wortreiche Kurznachrichten später hatten Eva und Linda beschlossen, bei Kaffee und Keksen alle Ideen für ein gemeinsames Buchprojekt zusammenzuwerfen – irgendwas mit Text und Bild, das kann doch nicht so schwer sein –, und waren sich einig, dass sie das Ganze aber sofort, falls ihnen nichts Vorzeigbares einfallen sollte, ad acta legen und auf eine Flasche eiskalten Rosé bei *Orange is the New Black* umsteigen würden. Oder Linda würde halt nüchtern und ohne Auftrag nach Bochum zurückfahren und es noch rechtzeitig zur Probe von Haiger Burbach schaffen.

Als sie dann vom ersten Keks bis zum letzten Regionalexpress zusammensaßen, warf Linda die Frage in Evas Wohnzimmer, was denn mit einem Kinderbuch sei; sie könne doch mehr als ein Umschlagbild für Evas neuen Roman malen, sie könne doch eine ganze Geschichte von ihr illustrieren, so von Anfang bis Ende, wie cool wäre das?

»Hmm«, macht Eva, »Kinderbuch hab ich noch nie …«

»Ja, dann!? Irgendwas mit Tieren oder so! *Detlef, der Delfin* oder *Die kleine Eule mit dem* … – keine Ahnung! Was meinste?«

Und wieder machte Eva ihr Denkgeräusch – »hmm …«, bevor sie plötzlich ihren Cappuccino wacklig auf die Tischplatte stellte – »ich hab dir das Tier überhaupt nicht gezeigt – das muss doch von dir sein!«

Damit eilte sie in den Flur, nahm das gerahmte Poster von *Der Pate* von der Wand und öffnete geräuschvoll den dahinter versteckten Sicherungskasten.

»Hier«, sagte sie auf dem Weg zurück ins Wohnzimmer, wo sie Linda das alte Blatt mit dem alten Tier entgegenstreckte: »War das deins? Sorry, ist ziemlich privat, aber es war in dem Kasten, ich dachte, vielleicht willst du …«

»Ja.« Linda starrte auf die Zeichnung. »Das hat Tim für mich gemacht. Ganz am Anfang und …«

»Ja?«

»Egal.«

Eine Sonne, eine Blume, ein Mammut.

»Okay«, sagte Eva, »egal.«

Linda räusperte sich und tastete nach den Zigaretten in ihrer Hosentasche. »Ich wollte eigentlich gar nicht rauchen heute.«

Eva schwieg und versuchte, leise zu atmen.

»Den Zettel«, erklärte Linda, »den hab ich in dem Kasten gelassen. Weil …«

Alles nicht schön, aber alles für dich.

»Damit man weiß, welche Sicherung zu welchem Dings gehört. Deswegen.«

Eva stand neben dem Sessel, ihre linke Hand nur ein paar Zentimeter von Lindas Schulter entfernt.

»Ich dachte nur –«, doch was genau Eva gedacht hatte und ob sie Linda nun trösten oder ablenken sollte, das wusste sie nicht.

Du bist nämlich schön und alles für mich.

»Okay …«, Linda räusperte sich, als hätte sie mehr als nur einen Fremdkörper auf den Stimmbändern, und schlug mit klarer Stimme vor: »Lass uns ein Mammutbuch machen, Eva!«

»Echt?«

»Für Kinder!«

Eva schluckte. »Oder für Romantiker …«

»… was ja das Gleiche ist, nur halt in Klein. Beziehungsweise Groß. Komm, anfangen!«

Und so spannen sie zwischen den gespreizten Fingern ihrer frischen und eigenartigen Freundschaft den Faden einer Geschichte: von dem Mammut, das den Mut nicht verlieren darf, denn dann wäre es ja nur noch ein Mam-.

Während Linda auf DIN-A2-Blättern mit weichem Bleistift weiches Fell schraffierte, kümmerte Eva sich um ein zu frühes Abendessen. Zwei Stunden nach der Dreierpackung Miracoli brauchten sie mehrere Lagen Eiskonfekt, um den groben Handlungsbogen festhalten zu können, bevor sie erste Textpassagen mit den feinen Krümeln einer Dose Paprikachips dekorierten.

Als Linda noch ein letztes Mal in die Gummibärchentüte griff, um sich eilig auf den Weg zum Bahnhof zu machen, da hatten sie eine Geschichte im Kopf über den Trost der Freundschaft in Wald und Kindheit und riefen sich winkend über die Straße noch zu:

»Nächstes Mal hab ich Mammutentwürfe dabei!«

»Nächstes Mal hab ich was Gesundes im Kühlschrank!«

Eva schloss die Tür und stand im halbdunklen Flur. Sie hob Marlon Brando vom Eichenparkett auf, hängte ihn wieder an die Wand und ging ins Bad, um den Überresten dieses Tages in ihren Zahnzwischenräumen mit Seide zu Leibe zu rücken.

Eine Woche später redet Linda ganz viel über die Zeilen und Melodien von Sammy Flandergan, während Eva konzentriert zuhört, Wassermelone isst und mit keiner Silbe das Mammutstofftier erwähnt, das 1994 auf sie aufpassen sollte und das Schlimmste nicht verhindern konnte.

Euch kann nichts passieren.

Sie hat kurz und vertrauensselig gezuckt letzte Woche, dann aber geschwiegen. Kein Wort zu Linda über Victor Faber, der damals in Evas Leben und neulich im Tankshop war. Keine Worte über kein Kind, das die Seiten in diesem Kinderbuch nie umblättern wird.

Denn Linda malt an diesem Freitag so beneidenswert unaufhaltsam, malt große braune und andere Tiere, sie ist eine verliebte und kreative Sternschnuppe am helllichten Tag, sie ist die pure Freude, ihre Ideen purzeln, sie will weiter, weiter, weitermachen. Den Mut und den Trost und die Freude in allen Farben festhalten und nicht mehr loslassen.

Linda lebt und muss nicht alles wissen, so hat Eva es Helena am Telefon erklärt, als sie im Garten auf und ab ging und von der Buchidee berichtete: von dem süßen und bitteren Tier, ausgestorben und immer noch da, das sie mit dieser tollen jungen Frau verbindet.

»Natürlich war das Zufall, was sonst?«

Eva hat ihrer alten Freundin von dem Mann erzählt, der jahrelang verschwunden schien und dann spätabends noch tanken musste; von einem Freitag, der mit Schokolade endete in einer klipp und klaren Nacht; von dem Frühstück danach und all den übersprungenen Gefühlen, von souveränem Verdrängen. Und sie hat von diesem Zittern gesprochen, wenn die Erinnerung zurückkommt und sich mit scharfen Krallen anschmiegt wie die Familienkatze, wegen der man Zettel an den Laternenpfählen aufgehängt hat, die ganze Straße runter.

Helena hat gesagt, was sie immer sagt (»Ich freu mich auf dein nächstes Buch«) und was sie noch nie gesagt hat: »Keine Angst haben, Evi. Angst vor der Liebe, so was ist im Universum nicht vorgesehen.«

Eva rupfte ein störrisches Blatt aus der Kirschlorbeerhecke und hätte um ein Haar den Igel geweckt.

»Ich weiß nicht, ob das Angst ist, ehrlich. Victor und ich, das ist okay und vorbei, glaube ich. Damals hab ich geträumt, wir ... Ich hab halt schlecht geträumt, Helli. Ich hätte besser träumen müssen.«

Irgendwas

ZUR SELBEN ZEIT – BOCHUM

Endlich Regen. Nicht kühl, aber schmutzig. Endlich. Die Sommertage verdampfen. Victor hebt langsam den Arm, streckt seinen Handrücken nach den satten Tropfen aus. Er möchte ein bisschen nass werden, bevor er zurück in die Wohnung geht.

Das Scrabblespiel ist ihm eingefallen, das Scrabblespiel steckt seit jenem Abend mit Tim Fellner, als sie gar nicht gespielt haben, noch in der Satteltasche. Falls es niemand geklaut hat. Aber wer klaut Spielekartons aus Fahrradtaschen in einem abgeschlossenen Innenhof? So was ist wirklich dreist. Victor geht im Kopf die Liste der Verdächtigen durch: Dem Frührentner mit dem GEO-Abo und der Natascha aus dem Hochparterre wäre es zuzutrauen, die ist ja nun sehr offensichtlich so mittelmäßig erzogen, dass sie nicht mal grüßt, und was ist ein Brettspieldiebstahl anderes als kühne Unhöflichkeit? Aber auch das kinderlose Pärchen aus der 28 hat Victor im Verdacht, die sind auffallend oft im Innenhof und reparieren oder putzen ihr Tandem, wie leicht wäre da ein unbeobachteter Griff zum Gepäckträger des Nachbarn, und schon verschwindet schnell und ohne Zeugen die flache Pappschachtel in dem eingerollten alten Teppich, auf dem sie eben noch so scheinbar harmlos knieten, schraubten und polierten.

Victors Pullover wird unangenehm nass. Er muss sich selbst, sein ganz sicher nicht entwendetes Buchstabenspiel und die galoppierenden Gedanken zurück ins Trockene bringen. Er muss jetzt, da alle Kollegen wieder in der Schule sind, da er nicht vermisst oder da er zumindest vertreten wird, etwas tun, mit Sinn und Verstand. Vorher aber muss er, heute und unaufschiebbar, seine Mutter besuchen.

Vor drei Monaten, am ersten Freitag während der Russland-WM, wollte Victor die Zeit zwischen zwei Spielen für seinen letzten Besuch vor dem Sabbatical nutzen, wollte auf Wiedersehen sagen und es auch so meinen, ein Jahr ist eine lange Zeit, fünftausend Kilometer Entfernung ist ein Sonnensystem. Und Ursula Wilhelmine Faber skypt nicht. Sie simst nicht, schreibt keine E-Mails und diktiert keine Briefe; nur von Zeit zu Zeit schaut sie die Welt mit einem Lächeln an wie einen Film von früher mit feiner Musik, den sie gerne noch einmal von vorne anschauen würde.

Ägypten hatte die Auftaktbegegnung gegen Uruguay verloren, Victor fuhr mit ein paar Blumen, die ihm selbst gefielen, über Altenbochum Richtung Harpen und stand zwanzig Fahrradminuten später am Eingang des Seniorenheims vor Annabel Philipps, die ihn nach kurzem Stutzen erkannte und mit einem Nicken sagte: »Ein kleiner Strauß.«

»Ja …«

»Für mich, Herr Faber?«

»Äh, nee – ja! Genau! Warum nicht, hier, bitte schön, Sie … Sie haben hier ja auch immer so viel …«

Die Pflegerin schaute ihn fragend an.

»Arbeit. Viel Arbeit haben Sie und Mühe. Danke, dass Sie sich immer so viel Mühe geben.« Victor überreichte am ausgestreckten Arm die Blumen. »Mit meiner Mutter.«

Wieder nickte Frau Philipps, dann informierte sie ihn, dass er umsonst gekommen und seine Mutter nicht da sei.

»Wie, nicht da, die ist doch immer da. Hier sind doch alle immer da.«

»Unsere Bewohner machen heute einen Ausflug. In den Chinesischen Garten.«

»Ausflug«, sagte Victor, »echt? Wieso das denn? Und wohin?«

»In den Chinesischen Garten.«

»Ja, das hab ich verstanden.«

»Sie haben gefragt, als hätten Sie's nicht verstanden«, stellte Frau Philipps fest.

»Ja, Entschuldigung«, antwortete Victor etwas lauter und hob hilflos die Hände, »ich meine nur, wieso …«

Er ließ die Hände wieder sinken. »Ach, ist auch egal, ich bin dann nur erst mal … verreist.«

»Ich könnte versuchen«, bot die Pflegerin an und betrachtete die Köpfe der Blumen im dünnen Papier, »Ihrer Mutter was auszurichten, aber –«

»Jaja, ich weiß. Ich weiß.«

»Oder lassen Sie ihr doch was hier. Irgendwas. Worüber sie sich eventuell freut?«

Victor starrte die Blumen an und überlegte. »Ich überlege«, sagte er.

»Wenn Ihnen was einfällt, ich bin da drüben im Aufentha–«

»Nee, ich weiß!«

Er hielt die Pflegerin am Ärmel ihres Kittels fest und griff nach seiner Brieftasche, aus der er zwischen Kreditkarte und Führerschein ein vergilbtes Foto mit den Fingerspitzen herausnahm: Marie, strahlend, fast fletschte sie die Zähne, auf ihrem weißen T-Shirt eine glitzernde Vierzig, und sie umarmte ihren Sohn schwitzkastengleich; Nick, damals zehn und für den Fotoapparat unsichtbar gekitzelt von seiner Mama, musste lachen, als Victor abdrückte. Nick. Er hatte Maries Augen, ihren Blick ohne Zweifel.

»Hier, das ist … das ist meine Frau«, erklärte Victor der Pflegerin. »Und mein Sohn, Nick.«

Annabel Philipps sagte: »Schönes Foto«, und Victor ergänzte: »Wir lassen uns gerade scheiden. Also, demnächst.«

»Oh …«

»Aber das Bild ist ganz gut geworden, oder? Hab ich gemacht.«

Frau Philipps nahm es ihm vorsichtig aus den Fingern. »Da wird sich Ihre Mutter freuen. Über das Foto, meine ich.«

»Ja, sie mochte Nicki. Einziges Enkelkind. Kleine Familie. Tja.«

»Manchmal«, sagte die Pflegerin mit einem verstohlenen Blick auf die Wanduhr hinter Victor, »manchmal nachmittags beim Kuchenessen oder wenn Musik läuft, dann zählt sie Namen auf, nur so für sich. Und ›Nick‹ ist meistens dabei.«

»Prima. Das ist doch … immerhin.«

Victor murmelte noch eine Verabschiedung, holte tief Luft und klimperte mit dem Fahrradschlüssel in seiner Hosentasche. Er drehte sich um, marschierte schnurstracks auf sein Rad zu, das er gar nicht abgeschlossen hatte, dann fiel ihm ein, er sollte auch wieder ausatmen, und ihm wurde so schwindlig, dass er sich auf dem Sattel abstützen musste.

Wie eine Eilmeldung schoss ihm der Gedanke durch den Kopf, dass er das WM-Spiel um siebzehn Uhr gar nicht schauen musste. Auch seine Mutter, sein Sohn, vermutlich seine Frau und Abermillionen anderer Familien würden nicht Marokko gegen Iran einschalten, dachte er, sondern andere Dinge tun. Die Seerosen betrachten, zum Beispiel, und den Wasserfall im Chinesischen Garten. Oder Namen aufzählen, Fotos machen, der Vergänglichkeit Grimassen schneiden.

Und er, er würde an diesem Freitag noch einmal seine Schuhe schnüren, würde Fußball spielen mit seinen 99ern; nichts anderes wollte er freitagabends tun, solange sie ohne fremde Hilfe einen Fuß vor den anderen setzen konnten und solange sie noch wussten, dass das Runde der Ball ist und das Leben den Lebenden gehört.

Weil es nicht aufhört zu schütten, so als habe der Septemberhimmel einiges nachzuholen, ist Victor heute mit dem Auto nach Harpen gefahren. Er winkt, kaum dass er ausgestiegen ist, durch den Regen Richtung Eingang, obwohl noch niemand überhaupt bemerkt haben kann, dass er da ist.

›So, da bin ich schon wieder‹, würde er zu der Pflegerin sagen, falls sie nicht freihätte, ›aber heute ohne Blumen!‹

Annabel Philipps hat ihren freien Tag, und Victor Faber verbringt eine halbe Stunde bei der Frau, die ihn geboren und ihm vor fünfzig Jahren die Worte beigebracht hat, die ihr selbst nun fehlen. Abwechselnd essen sie acht Stücke Schokolade, seine Mutter wiederholt schwer verständliche Fragen nach Leuten, von denen er nie gehört hat, und er spricht, so ruhig er kann, vom Wetter, den Nachbarn und der endlosen Baustelle neben der Schule.

Als er sich verabschiedet, fällt sein Blick auf das alte Foto aus seiner Brieftasche: Frau Philipps hat es für seine Mutter auf die Kommode neben der Tür gestellt, es war offenbar an eine schlanke leere Porzellanvase gelehnt und ist umgefallen, Victor stellt es wieder auf.

»Ah, das Foto!«, bemerkt er laut.

Ursula Faber hat ihrem Sohn den Rücken zugedreht, zeigt aus dem Fenster, wo der Gärtner mit Getöse den Liguster trimmt, und sagt fröhlich: »Schokolade, ja?«

LIGUSTER, fällt Victor ein, die Hand schon auf der Türklinke, acht Buchstaben.

Dann hält er noch einmal inne, nimmt das Bild von Marie und Nick, stopft es in die Jackentasche und zieht die Tür hinter sich zu.

Warum machen die das?

Es ist ein schweres Wort, Greta muss es noch nicht beherrschen, aber weil ihre Mama es nun mal benutzt hat, soll die es noch mal wiederholen: »Illegal. Il-le-gal.«

»So wie egal?«

»Nein, Schatz«, erklärt Kathy und schüttelt das kleine Kopfkissen auf, »mit ›egal‹ hat es eben nichts zu tun. Es bedeutet ›verboten‹. So, Kopf zurück.«

»Verboten. So wie Kinderriegel nach dem Zähneputzen?«

»Noch viel verbotener. Wer was macht, das illegal ist, und dabei erwischt wird, der wird bestraft und vielleicht sogar eingesperrt. So, und du sollst dich jetzt ausruhen, hat der Dok–«

»Aber die Leute in dem Auto, Mama? Die Ihlegan? Die werden nicht gestraft, oder?«

»Doch.« Kathy presst ihre Zähne aufeinander. »Die werden ganz bestimmt bestraft, Greta, aber …« – noch mal atmen, dann weitersprechen, sie kriegt das hin –, »aber erst wenn die Polizei sie gefunden hat.« Ganz bald, ganz sicher.

»Aber«, sagt Greta mit ihrem Moment-mal-Mami-Gesicht, »wenn das verboten ist, so schnell mit dem Auto zu fahren gegeneinander – warum machen die das dann?«

Kathy hätte gern eine Antwort. Am liebsten eigentlich zwei: eine, die sie selbst begreift und sich immer wieder halblaut vorsagen könnte, wenn sie in ihrem Schweiß aufwacht nach drei Stunden Schlaf im Stockdunkeln, keuchend, verstört; und eine, mit der Greta leben kann, wenn sie wächst und begreift und nachfragt.

Das Warum ist an jedem neuen Tag ein Griff in den Elektrozaun. Kathy möchte diese Typen fragen, wie sie das nur tun konnten, und möchte zugleich niemals in deren Nähe kommen. Sie möchte auf einem Blatt Papier, das man falten, weglegen und wieder hervorholen kann, in brauchbaren deutschen Sätzen lesen und verstehen, wer diese Raser waren. Und was eigentlich deren Mütter dazu sagen, dass sie schneller über die Prinz-Regent-Straße fahren, als eine Piratin mit dem Rad auf irgendeinen rettenden Mast klettern kann.

Doch niemand hat ihr bisher sagen können, warum der eine viel zu schnelle Unbekannte den anderen viel zu schnellen Illegalen ausgerechnet an der Ecke Knappenstraße überholen musste und dabei den völlig unbeteiligten Fahrer in dem schwarzen Mini abdrängte; der konnte genauso wenig begreifen, was geschieht – da hatte er die verdammt nochmal am völligsten unbeteiligtste Greta Ziemer schon durch die Luft gewirbelt –, lag auf der Seite, kotzte in seinen Airbag und dankte dem Gott, an den er glaubte, für das Blut, das gerann, und für das Bewusstsein, das er nur kurz verlor.

Es ist fast Mittag, ausruhen möchte Greta sich gar nicht, sie möchte ihre Mama Dinge fragen, und die möchte, dass Roland vom Getränkemarkt zurückkommt und ihr beim Antworten hilft.

Kathy tritt ans Fenster, sieht Victor vor dem Hauseingang im Regen stehen. Die Leute von der Polizei behaupten, dass sie fahnden und machen und tun, und Hinweise kriegen sie auch, aber die ›mutmaßlichen Täter‹ hätten es irgendwie geschafft, sehr schnell von der Königsallee in Richtung A 448 zu verschwinden, und verschwunden, das seien sie noch immer.

Greta scheint nun doch müde, sie hat ein zweites Kissen zu

sich herangezogen: Höhle bauen. Gestern, vor ihrer letzten Nacht in der Klinik, hat sie so leise, als solle es niemand hören, gesagt, dass sie Angst hat vorm Einschlafen, weil sie von diesem Geräusch geträumt hatte. Und dass sie alle in dem gelben Haus wohnen würden und nicht nach draußen könnten, weil es da viel zu laut war.

Ob Greta durchschlafen würde, wenn sie wüsste, dass die Bochumer Polizei ›regelmäßig direktionsübergreifende Kontrollmaßnahmen gegen verbotene Kraftfahrzeugrennen im Straßenverkehr‹ durchführt? Oder dass einmal ein Junge, den sie schon kennt, ganz lange und mit geschlossenen Augen die Stelle hinterm Ohr küssen wird, wo man die Narbe noch sehen kann, lebenslang? Ob sie furchtlos schlafen könnte, wenn sie wüsste, dass sie in all den Wochen seit dem 11. Juli oft mehr Hoffnung ausstrahlte als ihre Mama, dass irgendwann sie, Greta, es war, die den Schwestern und Ärzten Mut gemacht hat mit all ihren Blicken und Fragen?

Dem mitgenommenen Hasen Schluffi Schluffinski hat Greta etwas von ihrer Decke abgegeben, beide liegen warm und still. Auf dem Tisch neben ihrem Bett steht eine halbe Tasse Tee und ein angebissener Kokoszwieback, ihre Mutter setzt sich ans Fußende des Bettes und legt die Hand auf Gretas Decke.

Die Superheldin ist nach Hause geflogen, zum Glück.

Ob-La-Di, Ob-La-Da

21. SEPTEMBER 2018 – KÖLN

Man musste was tun, man konnte was tun, Marie ist noch da.

Früh wach, mit dem Kopf überall, der Körper liegt in einem Bett in Köln-Lindenthal. Es ist noch still. Marie will die Hähne wecken, alle, sie will die Sonne einschalten und den Tag feierlich eröffnen, Gottes Live-Show für Jung und Alt, wegen des großen Erfolges noch einmal verlängert.

Und sie hat an jedem Morgen neue Ideen, weil es ihr immer noch bessergeht, als sie hätte befürchten können. Befürchten liegt ihr nicht, hat sie ihrer Schwester und deren Kollegen in der Klinik erklärt, sie mache sich zwar die Sorgen der anderen, lieber allerdings eigene Pläne für die Zeit nach der erfolgreichen Tumorbehandlung. Aber erst mal: gehen durchs Grüne, einen Fuß vor den anderen setzen, der Tag ist jung.

Der Stadtwald ist eine riesige Flasche voll vom besten Sauerstoff, den es derzeit auf dem Markt gibt: hochprozentig und bekömmlich, tief und leicht zugleich, kann er, so raunt man, Gesundheit erregen. Marie Faber-Schiemann lässt es drauf ankommen. Noch sind hier die meisten Blätter lebendig grün, die Baumkronen dicht, die Kastanien an den Zweigen.

Wie lange so ein Sommer dauert, denkt Marie bei ihrer täglichen Runde um den See, das ist ja auch immer eine Frage der Einstellung. Wer die ersten braunen Blätter sieht, der friert auch schneller und schaltet die Heizkörper ein, die glucksend aus ihrem Sommerschlaf erwachen.

Marie hat beschlossen, dass sie mindestens so atmungsaktiv sein will wie ihre neue Jacke für diese Spaziergänge. Weil der Verkäufer in dem Outdoor-Laden immerzu davon sprach, das Modell sei ›perfekt für Ihren Körper … und für den Übergang‹, vermutete sie, dass man ihr die verlorenen Kilos und den täglichen Schlagabtausch mit dem Karzinom ansah.

Der verkauft mir eine 160-Euro-Jacke, obwohl er genau weiß, dass ich sie nicht mehr oft anziehen kann, grummelte sie stumm in der Anprobekabine und wusste wieder, warum sie schon als gesunde Frau nicht gern shoppen gegangen war, aber … – da stand, als sie den Vorhang beiseiteriss, der Fachmann vor ihr, und sein Lächeln war so echt und stark wie der Baum, den irgendwer mitten in diesen großen Verkaufsraum gepflanzt hatte, um ihn als abenteuerliche Wildnis zu dekorieren.

»Passt Ihnen. Steht Ihnen. Bringt Sie durch die ungemütliche Jahreszeit. Ehrenwort.«

Jetzt kam er auch noch mit seinem Ehrenwort, und Marie wollte ihm gerade erklären, dass Gemütlichkeit ja immer auch eine Frage der Einstellung sei, als er hinterherschob: »Unnnnd: Wir haben ja unsere Jackenwoche, da bekom–«

»'tschuldigung«, unterbrach Marie, »was haben Sie?«

»Jackenwoche: Da kriegen Sie die zweite Jacke zum halben Preis?« Seine Stimme ging unpassend nach oben.

»Ist das jetzt eine Frage?«

»Das ist ein Sonderangebot.«

»Ich soll die Jacke zweimal kaufen?«

»Oder eine für Ihren Partner?«

»Der ist in Bochum«, antwortete Marie reflexartig und zog sich die schwere Kapuze über die Haare.

»Da gibt's doch auch Herbst.«

»Wir lassen uns scheiden.«

»Das tut mir leid.«

»Muss es nicht. Was kostet denn nun diese Jacke«, sie schob den Reißverschluss mehrmals schnell rauf und runter, »wenn ich allein rausgehen will?«

»Hundertsechzig Euro«, sagte der Fachverkäufer, »hundertneunundfünfzigneunundneuzig ganz genau.«

»Ach, trotz Jackenwoche, oder wie?«

»Das … tut mir leid.«

»Das muss es nicht. Sie machen hier ja nicht die Preise, oder?«

»Ich mache die Beratung.« Er verzog wieder das gutgelaunte Gesicht.

»Okay, und was raten Sie mir, Herr …«, sie beugte sich vor, um das Schild an seinem Wollpullover entziffern zu können, »Herr Hartwich?«

»Ich … ich rate Ihnen, nehmen Sie unbedingt die Jacke und … öhm, und trinken Sie unbedingt nach der Arbeit ein Freitagskölsch mit mir und meinen Kollegen«, er deutete durch die große Front aus Glas und Stahl Richtung Straße, »bei Pommes-Paul.«

Er blickte sie erwartungsvoll und, wie ihr schien, etwas ängstlich an.

»Bei Pommes-Paul«, wiederholte sie.

»Ja!«

»Ein Kölsch?«

»Genau.«

»Nach der Arbeit?«

Er nickte und holte Luft, da sagte sie:

»Ich arbeite gerade nicht.«

»Ah.«

»Unbezahlter Urlaub.«

»Oh.«
»Wegen Krebsbehandlung.«
»Das tut mir leid.«
»Mir auch. Aber danke.«
»H-heißt das ›ja‹? Achtzehn Uhr?«
»Jjjaaa, ich … ich nehme erst mal die Jacke. Nur diese eine.«

Später beobachtete sie, hinter einem Plakatdisplay versteckt, Herrn Hartwich und eine Handvoll Outdoor-Kolleginnen und -Kollegen an einem Stehtisch neben der Eingangstür von Pommes-Paul: Sie schienen in guter Stimmung, vermutlich war die Jackenwoche bis hierhin ein Erfolg gewesen. Marie schaute ihnen auf die Münder und erkannte nicht, worüber sie scherzten. Leere Gläser wurden rasch ersetzt, Herr Hartwich warf mehrfach einen Blick auf die Uhr und sah sich um, dann war auch schon der Kellner wieder da. Der Outdoor-Fachverkäufer hatte sich selber zu einer Jacke geraten, die Marie gefiel, und auch die Art, wie er seinen Kollegen zuhörte und sie ausreden ließ mit munterem Blick, mochte sie.

Nach zehn Minuten machte sie sich auf den Weg zur Straßenbahn, die sie nach Lindenthal zurückbringen würde. An diesem Abend hatte sie die Villa für sich allein, für ihre Schwester und ihren Schwager war Premieren-Abo-Tag im Schauspielhaus. Marie würde derweil das Beste von den Beatles ein bisschen, wirklich nur ein bisschen lauter aufdrehen, als Richard es für gewöhnlich tat, würde in dessen Lesesessel vorm Fenster versinken mit Cocktailtomaten und einer großen Schale mit Nüssen, würde vielleicht Nick noch eine Mail schreiben und auf jeden Fall dem Himmel beim allmählichen Verdunkeln zusehen. Und am nächsten Morgen gleich nach dem Frühstück würde sie noch einmal in das Outdoorgeschäft gehen und sich beraten lassen, um etwas zu kaufen, was sie nun wirklich nicht brauchte.

Auf der großen Wiese zwischen den Kieswegen reckt sich etwas Braun-Rotes zwischen hohen Grashalmen auf, ein Augenpaar richtet sich auf Marie; sie versteht den verhuschten Blick so, als habe ihr hier jemand etwas wahnsinnig Wichtiges auszurichten, aber auf halber Strecke zwischen dort und hier den Wortlaut der Botschaft vergessen. Dann schlägt es zwei Haken und ist fort für immer.

Ein grauhaariger Mann, Tennisschläger auf dem Gepäckträger, fährt mit krummem Rücken an Marie vorbei und ranzt am Telefon irgendwen an, der nicht zum Arzt gehen will. Zwei Schüler tragen schwer an ihren fabrikneuen Tornistern, der Kleinere von ihnen holt einen Apfel aus der Jackentasche, lässt ihn in den Mülleimer neben der Parkbank fallen und sieht für einen Sekundenbruchteil Marie in die Augen.

»Bei uns«, erzählt der Größere, ohne anzuhalten, »gibt's heute Fisch.«

»Magst du Fisch?«, fragt der andere ungläubig.

»Weiß nicht.«

»Ich auch nicht.«

Dann sind sie hinter der Kurve Richtung Friedrich-Schmidt-Straße verschwunden.

Marie streckt sich und nimmt noch einen mächtigen Schluck von dem guten grünen Stadtwaldsauerstoff. Sie füllt jetzt, ehe sie zurückspaziert zum Haus von Richard und Andrea, jeden Tag ihre Lungen bis zum Bersten mit einem Vorrat an Puste, der ihr nicht ausgehen darf, solange die Ärzte nicht den Daumen heben, weil endlich der Krebs da ist, wo sie ihn haben will: weg.

Weg, weg, weg.

Sie verträgt die Behandlung besser, als Andrea ihr prophezeit hat, schmiedet mutigere Pläne, als Richard erwartet hat; möchte allein irgendwohin fahren und mit einem Haustier zurückkommen, warum nicht. Sich versetzen lassen in eine andere Dienststelle, mal woanders für Ordnung sorgen, sobald bei ihr selbst wieder alles in Ordnung ist, warum nicht?

Neuerdings ist sie geradezu süchtig nach den Online-Immobilieninseraten, will irgendwo in der Nähe eine Wohnung suchen und ein zweites oder drittes Leben finden. Ständig checkt sie die aktualisierten Ergebnisse: zwei oder drei Zimmer mit viel Licht, eine Wanne zum Wegdösen und ein Backofen, nach dem man sich nicht bücken muss, dann nämlich wird sie Andrea und Richard zum Dank für alles auf Flammkuchen spezial einladen und ihnen vom dunklen Wein einschenken, der im Edeka-Regal ganz oben steht – staubig, schwer, beruhigend. Nur was spezial sein soll am Flammkuchen spezial, das muss sie sich noch überlegen, das hat sie nur schon mal so angekündigt.

Die Blätter schimmern restfeucht vom letzten Regen, ein paar Böen streifen die Äste. Ein Mädchen in postgelben Gummistiefeln hat seine Mutter abgehängt und steuert unbeirrt auf die Pfütze vor Maries Bank zu, den Kopf gesenkt, zum Sprung bereit. Wenn die Kleine in den nächsten fünf Sekunden mit Anlauf da reinspringt, wird Marie nicht sauber bleiben.

Ja, überlegt Marie und verfolgt den Laufweg des Mädchens, wenn ich jetzt nicht aufstehe, dann werde ich gleich ein bisschen schmutzig. Und vielleicht sollte ich mir auch ein paar Gummistiefel kaufen bei Herrn Hartwich. Man weiß ja nie.

Sie bleibt sitzen und schließt die Augen.

Es fühlt sich gut an, alles ernst zu nehmen und nichts zu schwer. Sie ist der Medizin dankbar für die Medizin. Man muss was tun, man kann was tun: Marie ist noch da.

Die Wespe übrigens

Die Wespe übrigens ist heute gestorben. In Düsseldorf. Sie ist jetzt auch so tot wie der Lkw-Fahrer Ricardo Santos.

Auf der Erde

28. SEPTEMBER 2018 – BOCHUM

Seit drei Wochen wohnen und schlafen Roland, Kathy und Greta Ziemer wieder unterm selben Dach. Und Schluffi Schluffinski natürlich auch.

Aber Gretas Schlaf endet oft nach ein paar Stunden, schluchzend setzt sie sich auf, so gut sie kann, ihre Narben pochen und lauter noch das Herz. Mit diesen Träumen soll sie nicht allein sein, Kathy und Roland übernehmen abwechselnd die Nachtwache an Gretas Bett, trösten und flüstern und streicheln und wieder von vorn.

Draußen glimmt der Tagesanbruch, als Roland zum zweiten Mal aufwacht, weil auf dem Liegesessel der Arm unterm Oberkörper eingeklemmt und eingeschlafen ist. Er schüttelt das Kribbeln aus den Muskeln und blinzelt auf Gretas bunte Wanduhr: Die freundliche Eule zeigt zwanzig vor fünf, Rolands Nacht dürfte vorbei sein.

Er zieht die Wolldecke wieder zu sich, die auf den Boden gerutscht ist, wickelt seine Füße noch einmal ein und lauscht zum Kinderbett, wo seine Tochter gleichmäßig atmet. Auf dem Smartphone checkt er wie immer zuerst die Ergebnisse der Spiele, die er am Abend nicht zu Ende geschaut hat, und dann die Lokalseiten mit den News vom Tage: jeden Morgen die schlimmsten Unfälle, verheerendsten Wohnungsbrände und dreistesten Einbrecher im ganzen Ruhrgebiet. Heute wie gestern und am Tag davor und am Tag davor: nichts Neues über die »Horror-Raser von der Prinz-Regent-Straße« – andere, aktuellere Kollisionen zwischen Mensch und Metall stehen fett auf den Seiten, auf denen stehen müsste, dass die Raser vom 11. Juli gefasst sind und wegen versuchten Totschlags vor Gericht gestellt werden und dass sie zum Teufel nochmal nicht wieder rauskommen, bevor Greta ein glücklich ausgewachsener Mensch geworden ist. Wenn überhaupt.

Neben dem Sessel auf dem Boden stapeln sich die Bücher, aus denen sie Greta abwechselnd vorlesen, und obendrauf der E-Reader für Rolands wache Stunden zwischen Sonnenaufgang und Frühstück: Seine Bibliothek ist ein Sammelsurium von Fachbüchern zu Trainingsmethoden, Mannschaftstaktik und Belastungssteuerung, dazu ein paar Krimis und die Lebensgeschichten großer Sportler oder Staatsmänner; und seit ein paar Wochen kauft er – unregelmäßig und ohne ein Wort darüber zu verlieren – nacheinander alle Bücher, die Eva Winter bisher geschrieben hat.

Seit vorgestern hat er die ersten achtzehn Prozent gelesen von *Rocket und das Meer*: Er hatte diesen Hund mit dem coolen Namen Rocket gleich gemocht, wie einen alten Kumpel aus der Grundschule; ob er die Menschen in dieser Geschichte mag, weiß er nicht so genau. Der Roman ist nicht spektakulär, einige Male hat Roland sich schon gewundert, dass er sich noch nicht langweilt: Ein Typ namens Jonny und eine Frau, die Vera heißt, die kennen sich noch keine vierundzwanzig Stunden, da läuft ihnen beim Strandspaziergang ein Hund zu …

… und er ging nicht wieder weg. Er schaute sie an und bellte sie an und ging nicht wieder weg. Trottete mit gegen den Wind, blieb stehen, wenn sie stehen blieben. Mit den weißen Fellstreifen über den Augen erinnerte er Jonny an den frechen, lustigen Waschbären aus *Guardians of the Galaxy*, also riefen sie ihn Rocket, als er mit zwei, drei Sätzen auf eine Möwe zu-

schoss, und Rocket bellte noch einmal und ließ die Möwe in Frieden.
Schweigend zogen sie weiter, flache Wellen schwappten neben ihnen über die Fußspuren dieses Tages, und Rocket strich um ihre Beine. Sie wussten nicht, woher er gekommen war. Über den tiefen Weg hinter den Dünen, der zum Parkplatz führte? Wartete dort sein Herrchen, und warum kam der sein Tier nicht suchen? Lief dieser Hund jeden Nachmittag irgendwem Fremdes hinterher so wie heute diesem Paar, das noch keines war, zwei Zufallsmenschen zwischen Hoch- und Niedrigwasser?

Roland hebt den Blick von den digitalisierten Buchstaben. Greta hat sich ganz langsam auf die Seite gedreht, sie schläft weiter. Es ist so früh, erst in fünf Stunden kommt die Hausärztin, um nach ihr zu sehen. Jetzt hat er die Zeile verloren, aus Versehen vorgeblättert und offenbar nichts Wichtiges verpasst.

Von da an trotteten sie zu dritt, als wäre es immer schon so gewesen, Meter um Meter am kühlen Meer entlang an einem endlosen Nachmittag in der Mitte ihres Lebens.

Aus jener unsortierten Zeit, als er Eva Winter kennenlernte, weiß Roland neun Jahre später nicht mehr viel: Er kann sich erinnern, wo sie überall Sex hatten, aber nicht mehr an den Grundriss ihrer Wohnung; dass sie öfter zusammen beim Griechen aßen, aber nicht mehr, was sie bestellt hat; und dass sie einmal unvermittelt bei der zweiten Flasche Wein ihren zerknickten Personalausweis hervorgeholt und ihm mit dickem Grinsen eine wunderschöne Fußmassage versprochen hatte, wenn er ihren wunderschönen zweiten Vornamen erraten könne.

»Wieso nur die Füße?«, sagte Roland und: »Mathilda vielleicht?«

»Nö«, gab Eva zurück und erklärte: »Weil du damit auf der

Erde stehst«, dann quittierte sie jeden seiner Rateversuche mit einem Kopfschütteln.

»Maria. Sieglinde oder so? Martha, Irma, Irene, Beate. Nee. Barbara! Barbara? Nein? Dorothea! Elisabeth? Greta? Nee … Charlotte!«

Er bemerkte eine Reaktion in Evas Gesicht, ein Zucken, ganz kurz nur, und schloss, dass er ins Schwarze getroffen hatte: »Ha, Eva Charlotte! Schöner Name … Fußmassage gewonnen!«

Siegesgewiss nahm er ihr den Perso aus der Hand und las: »›Eva *Sophia* Winter‹. Oh, ich dachte, ich lieg richtig. Aber – auch schön.«

Er hatte falschgelegen, und manchmal wüsste er gern, was aus dieser Frau geworden ist, während er sich verliebte in Kathy, die damals noch Reschke hieß, und in die Idee einer Familie; während er Talente entdeckte und förderte, sich öfter rasierte und Rafting-Urlaube plante; während er Fußballspiele immer und wieder anschaute, um ein besserer Trainer zu werden, und von Taschenbuchkrimis zu elektronischen Biographien wechselte – was hat wohl in all der Zeit Eva Winter gemacht, die Frau mit den Geschichten, die oft so komisch traurig war?

Der Roman über den frechen Hund am Strand ist nicht die Geschichte, die Roland erwartet hat, aber was er erwartet hat, weiß er auch nicht. Er liest ein paar Seiten, gähnt und muss zurückwischen, weil er den Inhalt schon wieder vergessen oder gar nicht erst aufgenommen hat. Bei vierundzwanzig Prozent entdecken Vera und Jonny an ihrem endlosen Strand plötzlich vor sich ein Buch …

… das niemandem zu gehören schien: In seinem matten, dunklen Einband lag es im Sand neben einem glatten Stein und einer zerrupften Feder. Kein Besitzer weit und breit, und als Vera sich bückte, um Autor und Titel auf dem Rücken erkennen zu können, bellte Rocket und stellte die Ohren auf und bellte noch mal. Vera sah sich um, ob nicht doch jemand auftauchte, der es vielleicht weiterlesen, abholen, in sein Zuhause oder die Bücherei tragen wollte. Rocket beschnüffelte eingehend Feder, Stein und Buch, und am Wasser rannten zwei warm eingepackte Kinder entlang, die einen Drachen steigen ließen über dem ansonsten menschenleeren Strand.

Vera schlug vor, auf dem Rückweg noch einmal nach dem herrenlosen Buch zu sehen.

Gehen wir denselben Weg zurück, fragte Jonny, und Vera nickte: Der Titel kommt mir bekannt vor: *Am Tag vor Silvester*.

Ja?

Ja.

Es gab keinen Hund: Eva Winter hatte gar kein Haustier, da ist sich Roland unter seiner nachtblauen Wolldecke ganz sicher. Aber heute könnte er nicht mehr mit Gewissheit sagen, ob sie sich vielleicht eines gewünscht hatte, ob sie irgendwann einmal gern einen Hund wie Rocket gehabt hätte oder eine Katze. Und hatte die kleine Eva Winter, die er niemals kennengelernt hatte, in den Siebzigern ein eigenes Tier gehabt? Sie mochte Coldplay, Altbier und die *Simpsons*, aber was war mit Haustieren? Hatte sie von frühen Meerschweinchen gesprochen? Einem Hamster? Ein Wellensittich, so was hätte er sich doch gemerkt. Oder?

Hatte er aus seiner eigenen Kindheit noch Dinge in Erinnerung, von denen er sich wünschte, dass andere ihn danach fragen und die Antwort nie vergessen würden? Was wusste Kathy über ihn, und wie nannte sie ihr 1988 eingeschläfertes Pony? Wo bleiben die Jahre, die Namen, die Tiere? Er weiß nicht mehr, wie seine Klassenlehrerin aus der 3a hieß. Und er mochte sie. Oder nicht? Wahrscheinlich war es überhaupt die 3b. Wann ist all das unwichtig geworden, woraus einmal die komplette überschaubare Welt bestand? Wann kriegt der Sinn des Ganzen so tiefe Risse?

Immer öfter schaut Roland rüber zum Bett, ob seine Tochter nicht aufgewacht ist. Und begreift mit jeder Seite, die er nun lustlos überfliegt, weil er das Buch nicht vorzeitig abbrechen will, dass er so lange, lange schon ein Erwachsener ist und dass das nichts anderes bedeutet, als dass er vielen Menschen aus seiner Vergangenheit nicht noch einmal begegnen wird. Nie wieder oder nur aus Zufall.

Um sieben Uhr in der Früh hat er sich bis zum letzten Kapitel geklickt. Bei neunundneunzig Prozent steht noch ein ganz schöner Satz über Rocket und die Wellen in der Dunkelheit, darunter das Wort ENDE. Rolands Fingerkuppen liegen jetzt ruhig auf dem Display, irgendetwas hält ihn davon ab, den E-Reader auszuschalten. Dann fällt ihm ein, dass er in jedem ihrer Bücher die Angaben zur Autorin aufmerksam durchgelesen hat, so als könnte eine achtzeilige Vita ihm verraten, wie es ihr ergangen ist. Ihr Studium wird erwähnt und ein Preis und ein Stipendium. Kein Wort davon, dass Eva Winter ein Kind hätte oder ein Haustier.

Roland ist müde und hat nur einen Vornamen, so wie seine Frau auch; Greta heißt Greta Sophia und schläft heute etwas länger.

Und später?

Die Wespe taucht auch später nicht noch mal auf, sie ist endgültig raus.

Was hast du gemacht?

BOCHUM

»Was is 'n heute für 'n Tag?«, nuschelt Ruby, mit triefnassen Haaren in den roten WG-Kühlschrank gebeugt, und Linda zeigt auf den Katzenkalender neben dem Backofen: »Achtundzwanzigster.«

Ruby, der für seine Eltern Marvin Rubecke heißt und Frauen mag, dreht fragend den Kopf zum Küchentisch, an dem die Mitbewohner sitzen, Milan vor einem grünen Smoothie und Linda vorm Laptop: »September?«

»Klar, September.« Linda hat aufgehört zu tippen. »Ruby, willst du dich nicht föhnen oder so?«

»Hm. Ganz sicher nicht August?«, fragt Ruby zurück.

»September«, antwortet Milan. »Ganz sicher.«

»Du föhnst dich doch sonst immer«, ergänzt Linda, was Ruby erneut ignoriert, um festzustellen: »Dann brauchen wir neue Milch.« Er stellt einen Milchkarton auf die Arbeitsplatte.

»Was 'n das?«, fragt Milan.

»Das ist 'ne Erinnerung, dass wir neue Milch brauchen.«

»Das ist keine Erinnerung, das ist 'ne abgelaufene Milch, die in der Gegend rumsteht.« Milan schlürft aus einem Coke-Glas seinen frostigen Saft wie heißen Tee.

»Ja«, erklärt Ruby, »damit wir nicht vergessen, neue zu kaufen.«

»Und wie lange«, fragt Linda dazwischen, »sollen wir uns daran erinnern?«

»Ja, was weiß ich, bis wir … dazu kommen, dass wir dran denken.«

Milan schaut seinen Mitbewohner durchdringend an: »Merkste selbst, ne?«

Ruby stöhnt demonstrativ auf. »Is' gut, ich geh ja schon, Maaaann …«

Augenrollend befördert er die Packung in die Abfalltonne, fingert einen Zehn-Euro-Schein aus seiner Jeanstasche und fragt im Gehen: »Sonst brauchen wir nix, oder?«, woraufhin Linda und Milan gleichzeitig »Kekse!« sagen.

In der Tür stößt Ruby beinahe mit Eva Winter zusammen.

»Eure Klospülung …«, setzt sie an, »ich weiß nicht, ob die immer so –«

»Jaa!«, sagt Linda, und Milan ruft Ruby hinterher: »Willst du echt mit nassen Haaren raus?« Zu spät.

Als die Wohnungstür zufällt, lächelt Eva in die WG-Küche hinein. »Ich dachte schon, ich hätte was kaputt gemacht.«

»Nee«, erklärt ihr Milan, »das war Tina.«

»Ah.«

»Und Axel wollte es reparieren«, fügt Linda hinzu.

»Und jetzt?« Eva nimmt sich einen Stuhl und setzt sich neben Linda.

»Ja, jetzt sind beide in Kambodscha.« Mit dieser Auskunft räumt Milan sein Glas in den Geschirrspüler und verabschiedet sich.

»Bibliothek?«, fragt Linda.

»Baumarkt.«

Eine halbe Stunde später, bei Kaffee mit Milch und Keksen, die Ruby wortlos samt Kassenbon auf den Küchentisch gelegt hat, um sich dann schlurfend zurückzuziehen: Gerade haben sie sich am Laptop durch den Vertragstext für ihr Mammutbuch geklickt, da bekommt Eva eine Nachricht von ihrem

Lektor und übersetzt: »Die hätten gern schon mal einen aktuellen Lebenslauf, Linda.«

»Von mir?«

»Ja. Also, von uns.«

»Aber dich kennen die doch schon.«

»Bei mir ändert sich nur der Satz ›Eva Winter lebt in Bochum‹.«

»Sonst ist dein Leben noch wie beim letzten Buch?«

»Das Leben ist nach jedem Buch anders, aber das muss nicht ins Internet.«

»Okay«, Lindas Finger umschließen ihren warmen Kaffeebecher, »und was soll ich schreiben?«

»Nichts Besonderes«, antwortet Eva, »›Linda Bernikov ist unter Illustratoren und Graphikern längst eine Legende Komma‹ …«

Linda muss lachen und will etwas ergänzen, aber Eva ist schneller: »Donnerwetter Punkt.«

»Bis dahin super.«

»Also«, Eva zieht die Tastatur zu sich heran, »was hast du gemacht?«

»Hm?«

»Was du getan hast, um ein vollwertiger Arbeitsmensch zu werden. Bist du irgendwo aufgewachsen, oder was hast du zum Beispiel genau an der Uni gemacht?«

»Essen. Trinken.«

»Wie wär's damit: ›Linda Bernikov, geschmiedet in den Feuern von Mordor‹ –«

»Wo?«

»Okay, noch mal: ›… geboren in Essen, Studium in Köln, lebt als freie Künstlerin‹ …?« Eva hebt die Augenbrauen, da Linda schweigt. »Ja, und?«

»Wie, und?«

»Ja, *wo* halt?!«

»Wo?« Linda wedelt mit den Händen. »Weiß ich doch nicht, wo ich gerade wohne, wenn unser Buch gedruckt wird. Deswegen ja ›*freie* Künstlerin‹.«

Eva lässt einen durchgebrochenen Keks in ihrem Mund verschwinden. »Bleibst du hier in der WG?«

»Pffft. Was weiß ich?! Bleibst du in Junkersdorf? Bleiben die Vögel im Süden? Keine Ahnung, Eva, schreib doch einfach: ›Linda Bernikov lebt und zeichnet überall. Das Mammut-Buch ist ihre erste Arbeit mit der unfassbar talentierten Eva Winter –‹«

»Ja, sicher!«

»… ›und schon jetzt ihre Lieblingsgeschichte seit *Harry Potter*, und …‹« Linda verschränkt die Arme, Eva schaut ihr gespannt auf den Mund.

»Und?«

Linda sagt langsam: »… ›und ihr erstes Kind‹ –«

»Oh, sorry«, unterbricht Eva, wieder mit Blick auf ihr Handy, »jetzt schreibt er gerade noch, ein Foto wäre auch schön. Hast du ein Foto?«

»Jetzt lass mich doch mal eben formulieren. Also: ›Und ihr erstes Kind‹ –«

»Mhmmm, lecker! Kauft der Ruby immer so leckere Kekse für die WG?«

»Nee, normalerweise kauft Bernadette die Kekse. Hafer-Vollmilch irgendwas.«

»Bernadette?«

»Das Zimmer hinten links neben dem Bad. Ist aber gerade am Kellnern.«

»Hatte ich auch mal«, sagt Eva, »einen Kellnerjob.«

»Menno!« Jetzt muss Linda sich neu konzentrieren.

»Also: … ›und ihr erstes Kind wird … Hermine heißen!‹ So! Kann man deinem Lektor doch so mailen, oder?«

Eva kaut, schluckt, nickt.

»Dem David kann man alles mailen, der findet erst mal alles gut.«

»›Erst mal‹? Ja, und dann?«

»Dann geht er nach Hause und liest noch mal genau.«

»Echt?«

»Und irgendwann …« Eva macht eine Pause und will nach einem weiteren Haferkeks greifen, Linda hält ihre Hand fest.

»Was, Eva? Was macht er denn irgendwann?«

»Irgendwann fängt er an, Fragen zu stellen.«

»Krass.«

Keine fünf Minuten nachdem sie ihr stark gekürztes Leben getippt und rausgeschickt haben, antwortet Evas Lektor, er finde das ›erst mal alles gut so‹. Er wolle es aber zu Hause noch mal genau lesen.

Als Eva dann mit Dutzenden von Studenten und noch mehr Pendlern am Abend in den Regionalexpress steigt, leuchtet eine Nachricht von David auf ihrem Handy auf, mit dem vertrauten Glühbirnensymbol neben dem dicken roten Fragezeichen: Und wenn Hermine ein Junge wird?

Eva wird von einem Rucksackträger angerempelt und hebt den Blick vom Display. Alle abgewetzten signalblauen Stoffsitze sind schon belegt. Aber eine Frau, die vielleicht halb so alt ist wie sie und sich eine selbstgedrehte Zigarette hinter jedes Ohr geklemmt hat, bemerkt Evas suchenden Blick und bietet freundlich ihren Platz an.

Ein Haltegriff baumelt direkt in Evas Blickfeld, den packt sie, während der Zug ruckend anfährt, und sagt zu der Frau: »Ich falle nicht um.«

Lieferschwierigkeiten

»Hi! Na?«

»Na?«

»Na?«

»Lucia hat schon geschrieben, dass du mich anrufen wolltest.«

»Echt? Ja, cool. Ja, wir sind gerade wieder … Hat sie dir dann wahrscheinlich auch erzählt. Na ja, ich bin jedenfalls total –«

»Pass auf, Timmy, ich hab gerade echt viel am Hacken, und momentan ist die Maria auch nicht zu erreichen.«

»Wie, Maria ist nicht – ach so, ja klar, keine Maria, alles klar, weiß ich Bescheid!«

»Hör mal, ich … ich meld mich, wenn … ich meld mich einfach, okay?«

»Okay, cool!«

»Hau rein, Alter.«

»Tschüs, Pablo!«

VIER

An den Feiertagen

Ach, ich dachte, ich finde
nie mehr heim ins Weihnachtsland
Vielleicht kannst du mein Lotse sein

GUNDERMANN, *LINDA*

Mitten im kalten Winter

ZEHN JAHRE SPÄTER: 22. DEZEMBER 2028 – KÖLN

Die Kälte ist fies, weil sie nass ist. Vom Glühwein auf dem Weihnachtsmarkt am Clarenbach ist ihm etwas warm und etwas übel geworden, aber Eva scheint der nachmittägliche Alkohol reichlich übermütig gemacht zu haben, denn sie beschließt und verkündet ohne Vorwarnung, dass sie noch auf den Spielplatz will. Ihre Wangen glänzen im Nieselregen.

»Komm, Victor, nur fünf Minuten!«

Na schön, denkt Victor, na schön, jetzt ist sie für fünf Minuten das überdrehte Mädchen, dem man nichts abschlagen kann.

»Schaukel, Wippe oder Rutsche?«

Ihre Antwort saust durch die Luft: »Schaukel! Oder nee, Wippe! Nein, jetzt weiß ich: Rutschen will ich!«

Victor zieht seufzend seine Mütze bis zu den Augenbrauen, er hat seit Jahren Angst vor Stirnhöhlenvereiterung, obwohl Eva meint, Krankheiten mit so langen Namen seien heutzutage und in seinem Alter gar nicht mehr relevant. Dann setzt er manchmal einen ernsten Blick auf, antwortet mit einem Satz, der beginnt mit »Also, meine Osteopathin meint …« und endet auf »… jedenfalls, solange ich das noch kann«.

Er sieht sie an, wie er sie tausendmal angesehen hat, wortlos glücklich, und als sie merkt, dass er ihr keinen erfüllbaren Wunsch verwehren wird, solange ihre Worte durch seinen Kosmos hallen, klettert sie auf die nasse Rutsche und schaut zu ihm, ob er auch zu ihr schaut. Natürlich reißt sie auf dem wilden, zwei Sekunden langen Ritt die Arme hoch und juchzt, und nach dem dritten Mal steht sie wacklig wieder auf und hält sich den Bauch: »Jetzt ist mir schlecht.«

»Vom Glühwein.«

»Oder von der Wurst.«

»Hmm. Die Maronen?«

»Oder die zweite Wurst.«

»Stimmt.«

»Die mit Pommes.«

»Vielleicht auch von den gebrannten Mandeln.«

»Ich hab Durst, Victor.«

»Mach dir am besten Kamillentee zu Hause.«

»Nee, ich meinte – sollen wir uns nicht ein bisschen betrinken heute?«

Victor runzelt die Stirn. »Es wird gleich dunkel.«

»Ja, eben! Wir trinken bis acht oder halb neun, dann Taxi ins Bett.«

Victor weiß nicht und will nicht fragen, welches Bett sie meint. Ob sie von jeweils einem Taxi und dem jeweils eigenen Bett spricht – ihres immer noch in Junkersdorf, seines seit einer Weile auch in Köln, aber in der entgegengesetzten Richtung in Klettenberg – oder ob sie das Betrinken bis acht oder halb neun vorschlägt, um anschließend zu zweit im selben Bett zu landen, stimmungsvoll, aber noch nicht zu müde, um … – er muss sie fragen. Er muss fragen. Sobald sie hier fertig sind, muss er ein Erwartungsklärungsgespräch mit Eva führen. Sonst gibt es wieder Missverständnisse, Enttäuschungen, das volle Programm.

»Victor, was ist? Erst wippen, dann trinken?«

Beides, ahnt Victor, macht vermutlich zu zweit mehr Spaß und mit Eva am allermeisten.

»Jetzt komm schon«, ruft sie ihm zu, »bevor mein Hintern noch kälter wird!«

Sie hatten sich in den letzten zehn Jahren, wenn sie gerade wieder einmal dachten, sie könnten einen zweiten gemeinsamen Anlauf nehmen, jeweils einmal und stocknüchtern enttäuscht. Und betrogen um die Hoffnung, die sie nie hatten aufgeben wollen.

Es war, als hätten sie mit unsichtbarer Tinte ihren Pakt unterzeichnet: Wir wollen kompliziert bleiben. Bis 2028 müssen wir uns immer abwechselnd in die Arme von irgendwem stürzen, mit dem uns kein Pech und Schmerz verbindet.

Nach dem Wiedersehen an der Tankstelle, das sie ›zufällig‹ nannte und er ›Schicksal, was sonst‹, haben sie sich zunächst ein paar Schritte hinausgewagt auf den gerade erst zugefrorenen See ihrer gemeinsamen Zeiten und sich verängstigt angeschaut, sobald unter ihnen ein Knacken grollte.

Sie schrieben sich lange Textnachrichten, wenn einer schniefend mit der Bettdecke bis zum Kinn die hartnäckigste Erkältung des Winters ausbrütete; kopierten Links zu skandalösen Neuigkeiten, über die sie sich beim gemeinsamen Mittagessen ereifert hätten, wenn sie gemeinsam zu Mittag gegessen hätten; sie dachten jetzt ohne längere Unterbrechungen aneinander, und dabei mieden sie das Wort ›Freundschaft‹ – höflich und rücksichtsvoll und selbstverständlich –, wie man am Abend auf Knoblauch verzichtet, wenn für den nächsten Morgen ein Zahnarzttermin im Kalender steht.

Eva hätte ganz einfach sagen können: Okay, dann lass uns doch zusammenziehen, Victor.

Hat sie nicht.

Was sie sagte, war: »Nach Köln, echt? Na, dann hör ich mich mal um. Wie viele Zimmer brauchst du?«

Und er glaubte, er brauchte nur eines, solange es das Zimmer wäre, in dem auch sie sich befand, aber für diese Antwort war die Realität im Jahr 2020 noch nicht schwärmerisch genug.

Doch als ihm eine eigentlich harmlose Mieterhöhung ins Haus stand, war der Moment gekommen, in dem Victor Faber begriff, seit wann er nun unvorhergesehen allein lebte. Zu viele Waschbecken, zu großer Kleiderschrank, leeres Kinderzimmer. Und zwei Menschen, die ihm wirklich etwas bedeuteten, wohnten neunzig Kilometer weiter südlich. Von der Frau, die die Dinge ordentlich geregelt mochte, war er inzwischen rechtskräftig geschieden, die andere würde vielleicht sagen:

Okay, dann lass uns doch zusammenziehen, Victor.

Sie sagte es nicht. Noch nicht.

Aber das war ihm damals auch egal, er wollte nicht so tatenlos allein in seiner eigenen Nähe bleiben, und als das Schuljahr 2020/21 begann, hatte sich Oberstudienrat Faber nach Köln versetzen lassen; nun lebte er in einem praktischen Appartement mit dem Rücken zur Vergangenheit, aus der sein Sohn sich verabschiedet zu haben schien, und war den beiden Frauen, die er wirklich geliebt hatte, räumlich fast so nah wie seinem neuen Arbeitsplatz.

Dort organisierte er zum Einstand ein zermürbend langes Scrabbleturnier und wurde dafür am letzten Tag vor den Ferien mit der Oldschool-Medaille des Schülerrates ausgezeichnet. Woraufhin er eine Dankesrede hielt, die eigentlich gar nicht vorgesehen war, und sowohl Pythagoras als auch Willy Millowitsch zitierte. So hatte er sich auf der Oldschool-Kandidatenliste für das nächste Jahr direkt wieder ganz nach oben katapultiert.

Nachdem er die ersten Aufsätze der 7d korrigiert hatte, beschloss er, Zeichen setzen zu wollen, und zwar an der richtigen Stelle: Er erklärte einen Mittwoch im Oktober zum ›Kommaschutztag‹ und musste daraufhin mit einigen lässig gekleideten Elternvertretern Gespräche über Sinn und Zukunft des Deutschunterrichts führen; danach warf der Oberstudienrat knarzig seine Sporttasche ins Auto und machte sich auf den Weg nach Bochum zu den 99ern.

Es war seit Monaten das erste Mal, dabei hatte er sich doch vor dem Umzug vorgenommen, er würde sein Kollegium nicht vermissen und seine Mitspieler nicht im Stich lassen. Jeden verdammten Freitag wollte er sich auf den Weg machen, es waren ja nur Kilometer, die konnte man überwinden, andere Leute pendelten auch, und er wollte eine Fernbeziehung mit Jojo, Sebi, Storchi und den anderen, sie durften sich nicht auseinanderleben.

Doch es kamen Wochen, in denen er es freitags einfach nicht schaffte und auch keinem der Kicker am nächsten Morgen im Hiltroper Getränkemarkt über den Weg lief. So verpasste er manche Neuigkeit, große und kleine. Sven war befördert und Mischko ausgezogen, größeres Auto, kleinere Wohnung, die Dinge nahmen ihren Bochumer Lauf. Es wäre zu schön gewesen, wenn Victor den Lebensrhythmus der anderen mit einer Zeitschaltuhr von Köln-Klettenberg aus hätte steuern können. Wenn alles so geblieben wäre, wie er es hinter sich gelassen hatte.

Wegen einer vorübergehenden Vollsperrung kam Victor an jenem Herbstfreitag erst an, als die Fußballer gerade den Platz verließen. Fünf Minuten lang beantwortete er am Spielfeldrand Fragen nach Frau, Schule und Wohngegend, dann hörte er noch eine Stunde lang den alten neuen Gesprächen zu und sagte wenig. Als schließlich Jojo fragte »Wer will kein Pils mehr?«, und Sven anmerkte: »Was'n eigentlich mit der Weihnachtsfeier?«, nahm Victor eilig Abschied und drehte auf der Rückfahrt Bruce Springsteen immer lauter, bis ihm dessen alte Stimmbänder leidtaten.

In der Woche darauf hatte sich in der Kölner Südstadt eine Hobbybasketballmannschaft gefunden. Keine Stollenschuhe, kein Schnaufen unter Flutlicht, kein Dudelsack voll alter Geschichten: Zwei Dutzend Menschen, die noch gar nichts von Victor Faber wussten, lobten seine Übersicht im Angriffsspiel und verabredeten sich per Doodle-Umfrage für den 1. Dezember zum Eisstockschießen. Das hatten sie noch nie gemacht.

»Ich auch nicht!«, rief Victor in die Runde, als alle schon auf dem Weg zu den Duschen waren, »ich hab das auch noch nie gemacht! Ist doch schön.«

Seinen Neuanfang hatte Victor nie Neuanfang, sondern immer nur Umzug genannt, und die Nähe zu Marie – die in Köln anfangs nur medizinische Hilfe, aber keine schöne Wohnung gefunden hatte – schien praktisch allenfalls bis zu jenem verkorksten Treffen 2022 bei Andrea und Richard im Wintergarten: Marie, von der Victor nun immer geschieden sein würde, sagte ihm in sein betroffenes Gesicht, er solle sein Mitleid wieder einpacken, weil er es für sich selber brauchen werde, und er erwiderte, wenn sie so unfair sei, müsse er ja auch nicht mehr Richard anrufen, um sich zu erkundigen, wie sie sich halte.

»Du hast *was* –? Wie ich mich *halte*?«

»Na ja, wie du –«

»Du redest hinter *meinem* Rücken mit *meinem* Schwager, sag mal, spinnst du?«

»Was heißt denn Rücken, ich meine, ich konnte dich doch wohl schlecht selber fragen, ob du … wie du …«

Marie schüttelte den Kopf, stand auf und wartete, dass ihr Mann dasselbe tat. Schließlich ging sie voraus durch die Küche und den dunklen Flur, öffnete ihm wortlos die Haustür und ließ ihn hinaus.

»Bist du mit dem Auto?«

»Zu Fuß.«

»Das ist weit.«

»Ja. – Marie, ich –«

»Mann! Warum guckt du immer auf meine Brüste? Sie sind noch da, Herrgott.«

»Sorry. Blöd. Blöd von mir!«

»Victor. Wir … wir müssen anders leben. Du wolltest die Scheidung, du wolltest nicht die Scheidung, wir sind geschieden, du ziehst nach Köln, du willst mich bedauern, aber nicht fragen – wie lange soll das so gehen? Weißt du was? Du hast ein nicht so gutes Gewissen, weil wir uns nicht mehr lieben. Aber da gehören zwei dazu, das müsstest du doch kapieren!«

Zwei erwachsene Menschen, dachte er, die sich eingestehen müssen, dass sie sich bis zu ihrem Tod nur noch sehr viel seltener treffen werden, als sie irgendwann mal gedacht haben.

Umständlich wickelte sich Victor ein schwarzes Tuch mehrfach um den Hals. »Wir … wir gratulieren uns zu Geburtstagen, oder?«

»Meinetwegen. Aber ich will nicht dein blasses, krankes, schlechtes Gewissen sein, das geht nicht. Kannst du bitte nicht mehr hier aufkreuzen? Kannst du dich bitte so verhalten, als würden wir nicht drei, sondern dreihundert Kilometer auseinanderwohnen? Vielleicht möchten wir jetzt entscheiden, dass wir uns nur in Notfällen anrufen oder über Nicki sprechen, ja?«

Ihre Stimme war dünner geworden und jetzt kaum noch zu hören gegen den abendlichen Verkehr auf der Friedrich-Schmidt-Straße.

»Ja?«

Victor schwieg in sein dunkles Halstuch hinein, er blickte erst wieder auf, als er merkte, dass Marie auf die Unterlippe beißend eine Antwort erwartete.

»Ja«, sagte er schließlich, hob die Hand, um Maries Schulter zu berühren, ließ sie aber wieder sinken. »Du hast recht. Das ist das Schlimme mit dir, Marie, du hast immer recht und immer die besten Vorschläge. Du hast immer schon gewusst, was ich denke und was ich will – und am allerbesten verstanden und formuliert, was ich nicht will. Das hat sich oft komisch oder schlecht angefühlt, aber …«, Victor räusperte sich, »aber ich bin dir dankbar, dass du die Sachen sagst, die irgendwer ja sagen muss.«

Er nickte knapp und ging langsam rückwärts Richtung Straße, wo sich die Autos meterweise vorwärtsschoben.

»Tschüs, Victor.«

»Tschüs, Marie.«

Bevor er sich umdrehte, sagte er: »Du warst immer das beste schlechte Gewissen, das ich mir vorstellen konnte. Und – ich freu mich ehrlich … dass ihr noch da seid, also du und –«

»Maaann!«

Sie musste lachen und schluchzen zugleich. »Hau ab jetzt!«

Er rührte sich nicht. »Komm, Victor, geh!«

Und darüber mussten sie beide lachen, und hinter Victor flackerten Scheinwerfer über den blätterverklebten Asphalt. Auf schummrigen Wegen nach Hause, alle müssen immer nach Hause.

In unregelmäßigen Abständen und selten gleichzeitig sind Eva und Victor in den Jahren, die vergangen sind, Menschen begegnet, die ein klares Interesse an klaren Verhältnissen zeigten: der Moderator, der Eva in sein abgeschiedenes Ferienhaus einlud und ihr einen Schreibtisch baute, den er ein halbes Jahr später, als er die Rücklichter von Evas Leihwagen noch sehen konnte, schnaubend als Sperrmüll an die Straße hievte; Bettina Krositzky, die eine Menge verstand von Kunst, Bio, Wintersport und die Victors höflich endgültige E-Mail vorm Fernseher las, während des Neujahrsskispringens, immer wieder und immer wieder, verletzt und verstört, weil sie so verliebt war und er so lieb. Ein winziger Norweger stürzte in den Schnee und verlor den Helm, Bettina Krositzky fühlte seinen Schmerz.

Sie war eine Kollegin, die gut zu Victor passte, und sie hätten ihr Leben wohl gerecht geteilt und als ein angenehmes Fest dekoriert – in einer anderen Zeit vielleicht, in einer Welt ohne Wachmammut und Sommernachtsschokolade. So aber fehlte für eine Bettina-Krositzky-Zukunft immer das letzte bisschen Freiheit im Herzen, denn Victor konnte nie den Gedanken verbannen, dass er so nicht alt werden wollte:

Nicht ohne sie, dachte er bang und bitter, nicht ohne Eva.

Mit jedem neuen Manuskript, das sie tippte, überarbeitete und schließlich abgab, begriff Eva Winter in ihrem sechsten Jahrzehnt besser, von welchen Rissen ihre Mauern durchzogen waren und welches Grün sich nie mehr daran hochranken würde. Das Haus ihres Lebens stand und wackelte nicht stärker, als sie aushalten konnte. Die Welt ihrer Geschichten drehte und drehte sich, Eva war dankbar genug, um niemanden um seinen Job zu beneiden; aber allein sein wollte sie nicht – nicht wenn es kälter und ungemütlicher wurde, wenn all die Buchstaben sie nicht wärmen konnten an den beschisseneren der griesgrauen Tage, draußen im Sturm. Trauer und Trotz waren durch sie hindurchgegangen, Böen im Unterholz, und sie hatte sich das Lachen und die Zufriedenheit immer wieder zusammengekratzt, sie hatte zu den lichten Stellen gefunden, wo die Sonnenstrahlen sie treffen konnten.

Am Ende allen Zauderns und Wartens möchte sie gern zu Victor sagen:

Wir haben zusammengehört, wir gehören zusammen.

Und wenn er dann fragt, was eigentlich damals verdammt nochmal passiert ist mit ihnen und der Liebe und was sie falsch gemacht hätten, dann wird sie nicht lächeln: »Du warst doch dabei«, wird sie antworten. »Wir hatten einfach kein Glück.«

»Na ja, wenn es so einfach ist, dann …«

»Dann?«

»Dann lass uns nie wieder kein Glück haben, okay?«

Victor hat recht gehabt, die Dezemberdämmerung fällt ungebremst über Rutsche, Wippe und Schaukel, der Regen ist inzwischen wie ein kühler Vorhang. Die letzten Schlieren des Jahres. Eva schaukelt noch mal, nicht hoch, aber ausdauernd. Dann schwingen sie sich mit etwas Mühe auf die Sitze der Wippe.

Erst vor zwei Wochen haben sie die niemand weiß wievielte Unterbrechung ihrer endlosen Beziehungsgeschichte unterbrochen. Sie haben es noch einmal versucht, wie das schmeckt und sich anfühlt, die Lippen aufeinander, die Finger ineinander verschränkt, das Bekannte und das Nötigste leise ausgesprochen, unterm Vordach vom Theater, wo sie sich so nah waren wie zuletzt 2025.

»Und was machen wir jetzt?«, fragte Eva nach dem einen langen Kuss, bei dem man einmal rasch die Augen auf- und gleich wieder zumacht, um zu sehen, ob der andere sie noch geschlossen hält, und nach dem man erst mal durchatmen möchte.

»Wie immer«, antwortete Victor, »wir versuchen, uns so zu verlieben, als wäre es das erste oder höchstens zweite Mal.«

»Aha.« Sie legte den Kopf an seine Schulter. »Und?«

Dann, dachte Victor, stellen wir fest, dass wir älter und eigenwilliger geworden sind. Und wenn wir dann ziemlich konkrete Angst haben, dass sich in unserem Leben nichts mehr ändert, wenn wir es nicht ändern, dann … »dann maile ich wieder irgendwas, das du falsch verstehen kannst, oder du sagst irgendwas, das ich falsch verstehen will … –«

»Ja?«

»O ja, und dann krabbeln wir zurück auf unsere durchgelegenen Sofas und schlafen mit Bettina Krositzky oder – wie hieß der Typ aus dem Literaturhaus? Silvio … Silvio …?«

»Hab ich vergessen.«

»Ist ja auch egal. Jedenfalls sind wir jetzt –«

»Lamée! Silvio Lamée.«

»Jedenfalls sind wir jetzt … Jetzt hab ich vergessen, was wir jetzt jedenfalls sind.«

»Du wolltest sagen, bald ist wieder mal Weihnachten, und wir haben keine Lust, uns alleine untern Baum zu trinken.«

Victor stutzte. »Das wollte ich sagen?«

»Das oder was Ähnliches. Irgendwas mit viel essen und kuscheln.«

»Und? Machste mit?«

»Victor, ich bin weg an Weihnachten, eigentlich. Ich … da muss ich … Können wir das wann anders besprechen? Ich hab echt Hunger.«

Also aßen sie spät und viel und gut, und also vertagten sie die Frage, ob sie Weihnachten 2028 und darüber hinaus als ein Paar feiern wollten, auf den Morgen nach dem Sex und von da weiter auf den Spaziergang nach dem Frühstück und immer so weiter bis zum 22., und nun macht Eva einen kleinen Hüpfer vom Wippbalken in den Matsch und sagt: »Victor?«

»Eva?«

»Wegen Weihnachten.«

»Ja?«

»Du bist traurig.«

Victor nickt. »Na ja, ich hab …«

»Ja?« Sie lehnt sich am Schaukelbalken an, um ihre Nase zu putzen.

»Ich hab nichts für dich zu Weihnachten, Evi.«

»Okay.«

»Und zwar weil …« Victor tritt von einem Bein aufs andere. »Und zwar weil ich gar nicht wusste, ob du …« Er zieht die Handschuhe aus, als könne er die Bedeutung seiner Frage nur mit entblößten Fingern untermalen. »Willst du überhaupt mit mir Weihnachten feiern? Sind wir zusammen? Ich meine, wollen wir Weihnachten … als Familie quasi? Das meinte ich.«

Leise und zögerlich antwortet Eva: »Öhm, ich dachte, wir … du –«, und da unterbricht er doppelt so laut und deutet eine unpassende Verbeugung an.

»Willst du, Eva Sophia Winter, nach all den Jahren und … und all dem … Hin und Her überhaupt mit mir Weihnachten feiern? So!«

Mit gesenktem Blick streift auch sie ihre Handschuhe ab und geht auf ihn zu, ihre Atemwolke wirbelt zwischen ihnen durch die kalte Luft.

»Ja«, sagt sie mit leicht verwackelter Stimme, »ja, ich will … mit dir Weihnachten feiern, Victor Faber. Übermorgen und 2029 und alle Jahre wieder. Jetzt zufrieden?«

»Jetzt glücklich.«

Er nimmt ihre Hände in seine und atmet tief durch die Nase ein. »Komm, wir kaufen uns was, das riecht und nadelt!«

Eine Stunde später stemmen sie gemeinsam eine Blautanne über den grünen Zaun und durch die Terrassentür in Evas Wohnzimmer. Sie haben Sachen zum Dekorieren gekauft und Stollen und Kekse (»Nächstes Jahr backen wir aber selber, oder?!«), sie haben elf neue Serien auf Streamland und ein Scrabble Deluxe, sie haben Rotwein mit Aromen von dunkler Kirsche. Und eine Playlist, die durchgehend laufen muss (»Und ich meine wirklich, die GANZE Zeit!«) vom 23. bis zum 26. Dezember.

Als Victor an Heiligabend zum x-ten Mal mitbrüllt bei *O Come All Ye Faithful*, lernt er auch die neuen Nachbarn aus dem ersten Stock kennen, die sich mittags gern ein Stündchen schlafen legen. Knapp über dem Gefrierpunkt fällt der Nieselregen auf die kahlen Birken, in allen Räumen brennen so viele Kerzen, dass Eva einen Hustenanfall kriegt und die Fenster aufreißen muss. Sie saugt die Luft in die Lungen, schließt die tränenden Augen. Hinter ihr summt Victor *Hark! the Herald Angels Sing*, und sie möchte den Moment in die Arme schließen wie ein kleines Kind, das einen dicken Kuss neben die Nase kriegt und kichernd das Gesicht wegdreht.

Sie weint, und sie ist nicht allein und wird jetzt alle, alle Kekse essen, wohl zu der halben Nacht.

Während er am 26.12.2028 die Fonduegabeln dahin räumt, wo Eva sie seiner Meinung nach am besten aufbewahren sollte, fällt sein Blick auf den kleinen Kalender, den sie vorm Fenster zwischen dem Topf mit der Minze und einem Nutellaglas voller Kopfschmerztabletten aufgestellt hat: *Drache und Kranich. Zeichnungen von Linda Bernikov.*

Victor starrt auf die Ziffern unter den Wochentagen wie auf einen tickenden Countdown.

Schon wieder ein Familienfest rumgebracht wie ein Belag ohne Sandwich: keine Eltern mehr und der Sohn am anderen Ende des Wohlgefallens. In der Mitte zwischen überlebt und auseinandergelebt fühlt sich Victor beim Aufräumen wie ein Familienmensch ohne Familie.

Jede Spülmaschine, denkt er, ist zu groß für uns zwei, wenn keine Leute zu Besuch kommen; jedes Weihnachtsfest so lang, zuckrig und leuchtend, dass es Eltern verboten sein müsste, dergleichen tot zu verpassen. Und kein Kind, findet Victor, dürfte eine eigene Familie mit eigener Spülmaschine gründen in Massachusetts.

Er schaut durch das Dunkel vor der Scheibe rüber zur Lichterpyramide im Nachbarhaus und wirft sich das Geschirrtuch über die Schulter.

»Bist du müde?«

Eva streckt aus dem Flur den Kopf herein, sie trägt die flauschig-weiße Pudelmütze, die Victor ihr geschenkt hat.

»Nein«, antwortet Victor, ohne sich umzudrehen, »ich bin unlogisch und ungerecht.«

»Ja?«

»Vielleicht rufe ich Nicki doch noch mal an.«

Eva versucht ein Lächeln. »Vielleicht hättest du damals nach Boston zurückfliegen sollen.«

»Hat Marie auch gesagt.«

»Marie war krank.«

»Ich war stur. Oder unentschlossen. Oder beides.«

Victor zuckt mit den Schultern, er kann den Blick nicht abwenden von den wunderbaren Nachbarweihnachtslichtern, und Eva fragt: »Sollen wir morgen mal zum Friedhof?«

»Mal sehen. Der Kalender da, der ist schön. Und ich kenne die sogar, die Linda Bernikov.«

»Linda? Die kennt mittlerweile jeder, Victor. Und ich hab bestimmt mal erwähnt, dass wir vor zehn Jahren oder so ein Mammu–«

»Eva?«

Abrupt dreht Victor sich zur neuen, alten und ewigen Gefährtin seines Lebens um. »'tschuldige, aber hab ich dir das mit dem Foto von meiner Mutter erzählt?«

»Foto? Mutter?«

Und dann erzählt Victor – nicht ohne vorauszuschicken, dass sie bitte keine interessante Geschichte erwarten solle, ihm sei nur gerade etwas eingefallen, woraufhin Eva an ihm vorbei nach dem Korkenzieher greift und einen guten, nein, doch besser sehr guten Wein öffnet. Ausgiebig trocknet er sich die längst trockenen Hände und schildert ihr den Heiligabend vor zehn Jahren, an dem er seiner Mutter zum letzten Mal nichts zu Weihnachten schenkte.

Mehrfach hatte Victor nachgefragt und zu verstehen versucht, wie wichtig diese nachmittägliche Weihnachtsfeier für die Heimbewohner und das Personal sei.

Der Heimleiter fragte zurück, wie Victor darauf komme, dass eine solche Feierstunde für die Senioren und seine Mitarbeiterinnen nicht wichtig sein solle, oder ob ihm, Victor, womöglich wohler wäre, wenn die Veranstaltung nur zehn Minuten dauerte; falls Victor etwas Besseres vorhabe, so erklärte Herr Rubecke, dürfe er zumindest darauf zählen, dass seine Mutter sein Fernbleiben sehr wahrscheinlich, wie schon im letzten Jahr, nicht bemerken werde.

»Aber Ihre Leute«, wandte Victor ein, »zum Beispiel die Frau Philipps und auch die … Kollegin mit dem gefärbten …«, er deutete auf seinen Hinterkopf, »die machen sich ja Mühe das ganze Jahr über und arbeiten hier sogar an Weihnachten.«

»Ja«, sagte Rubecke gedehnt.

»Nur falls die an einem solchen Tag mit den Senioren vielleicht lieber unter sich sind und Angehörige da eher stören würden –«

»Herr Faber, wir laden die Angehörigen ein«, schnaufte Rubecke in seinem Drehstuhl, »aber wir holen sie nicht zu Hause ab. Wenn Sie nicht kommen, kommen Sie nicht.«

Victor stand aus dem Besuchersessel auf.

»Eigentlich wäre ich ja in den USA. Bei meinem Sohn.«

»Wenn Sie in den USA sind, sind Sie in den USA.« Herr Rubecke hatte jetzt schon mehrfach auf seine Armbanduhr geschaut.

»Nein, ich *wäre*, aber jetzt bin ich ja doch hier und … Kann man denn irgendwas beitragen, als Angehöriger, also, soll ich eine Geschichte vorlesen oder so?«

»Eine Geschichte.«

»Ich bin Deutschlehrer«, fügte Victor hinzu.

»Herr Faber, haben Sie Ihrer Mutter früher viel vorgelesen?«

»Ich ihr? Nein«, Victor schüttelte den Kopf, »eher umgekehrt, ganz früher. Sie meinen, ich soll lieber nicht –«

Rubecke nickte. »Wir singen ein Lied oder zwei, je nachdem, wie schnell Herr Spengler anfängt zu randalieren ...«

»Er randaliert?«

»... er wirft mit Plätzchen, soweit er noch kann. Zumindest die letzten drei Jahre.«

»Er mag keine Weihnachtslieder?«

»Das wird's sein, ja. Also«, Rubecke erhob sich ebenfalls, »wenn Sie *Am Weihnachtsbaume* ... mit uns singen und ein bisschen neben Ihrer Mutter sitzen, dann ist das fein, und jetzt entschuldigen Sie mich bitte.«

Victor gab dem Heimleiter die Hand und versprach zum Abschied, er werde da sein bis zum Schluss, festlich, lieb und mild.

Also schaute Victor Faber am 24. Dezember 2018 um vierzehn Uhr im Gemeinschaftsraum des Harpener Seniorenheims mit den Alten himmelwärts. Es gab keine Randale, Herr Spengler hatte eine Urenkelin auf jedem Knie und war der Frieden selbst, »süß«, sagten alle, »süß«.

Breitbeinig saß Victor neben seiner Mutter, die ein schickes dunkelgrünes Kleid trug und Hilfe beim Heben der Kaffeetasse brauchte. Wer singen konnte, sang. Mehrfach schaute Ursula Faber ihr einziges Kind an, und Victor erkannte seine eigenen Züge in ihrem Stirnrunzeln und ihrem Nicken, während er zusammen mit Frau Philipps jeweils die nächste Strophe anstimmte. Gern hätte er nach dem Ende weitergesungen, seine Mutter redete nicht mehr mit ihm, mit niemandem, gern hätte er die Gabel im Butterkuchen verkantet und immer weitergesungen und noch einmal von vorn nach ›Gottes Segen blieb zurück‹. Er müsste nicht diesen überheizten Raum verlassen, seine Mutter müsste nicht zurück in den sprachlosen Winter ihres Lebens, wenn diese Weihnachtsfeier, wenn dieses wundervolle Lied nur ewig andauerte.

Wie traurig sich die Menschen selber machen, indem sie Dinge so vernünftig beenden zur rechten Zeit, ging es Victor durch den Kopf, und dann duckte er sich, weil zwei Vanillekipferl auf ihn zuflogen. Herr Spengler hatte die Hände im Schoß und summte.

Der Ausmarsch der Angehörigen begann um 15 Uhr 01, da hatte Spenglers Enkelin ihren Töchtern unter Strafandrohung den Spaß am Keksewerfen endgültig ausgetrieben, und Victor sagte: »Tschüs, Mutti«, wobei er länger als sonst Ursula Fabers dünne kalte Finger festhielt.

»Süß«, sagte sie mit fahlem Blick, zog rasch ihre Hände weg und wartete offenbar, dass er fortging.

Die Pflegerin Annabel Philipps lächelte ihn an. »Frohes Fest, Herr Faber!«

»Gleichfalls«, murmelte er, als würde er über den Sinn ihrer Worte noch nachdenken müssen.

Victor drehte sich um und steuerte auf die Toiletten im Foyer zu, dann bog er kurzentschlossen in den Seitentrakt ab – *08 bis 18* stand auf dem Plexiglasschild an der Wand – und betrat das Zimmer Nummer 12; mit fahrigen Fingern kramte er das Foto heraus, das Marie und Nick zeigte, um es wieder neben die Vase auf der Kommode zu stellen und sich schleunigst aus diesem Staub zu machen.

Schön und gut ist ihr Jahr 2029 geworden, nachdem Eva und Victor mit dem allerletzten Puder auf dem Christstollen auch die lächerlichen Zweifel an ihrer Liebe vertilgt haben und ein offiziell zufriedenes bis glückliches Paar geworden sind.

Und als wolle die Zeit für sie nun schneller laufen, wo endlich alles geklärt scheint, ist schon der nächste Jahreskalender hinfällig, Weihnachten vorbei. Es ist bereits fast dunkel, als Eva Victor aus einem späten Mittagsschlaf weckt.

Er blinzelt in das gedimmte Schlafzimmerlicht. »Welcher Tag ist heute?«

»Öhm, Donnerstag? Der Siebenundzwanzigste.«

»Echt? Welches Jahr?«

»Immer noch zweitausendneunundzwanzig.«

Victor reibt sich über die Wangen. »Oh, Weihnachten schon vorbei? Sind wir noch zusammen? Ich glaub, ich hab schlecht geträumt.«

»Du hast wahnsinnig tief geschlafen«, stellt Eva fest.

»Du meinst wahnsinnig laut?«

Sie lacht. »Du hättest nicht die ganze Nacht das Manuskript lesen müssen.«

»Aber ich wollte wissen, wie deine Geschichte endet, Eva.«

Victor hatte erst wenige Stunden geschlafen, als sie an diesem Morgen nach Bochum aufbrachen zur ›Drei-Gräber-Tour‹.

»Ab dem zweiten Mal ist es Tradition«, hatte Eva beschlossen, und so standen sie wie schon 2028 am Tag nach Weihnachten mit wetterfesten Schuhen an den letzten Ruhestätten der Fabers und Winters und später vor einer stolzen Pappel im Westerholter Wald mit der Nummer 0611. Sie senkten den Blick und dachten an spröde Makronen, an die Überreste der Entenbrust, an blassgrüne Fichtennadeln auf dem Parkett; sie dachten an den Moment, in dem ihre Wintersohlen auf dem Boden im Flur wieder quietschend zum Stehen kämen, an die fest umschlungene XL-Tasse mit dem ersten Ingwertee des Nachmittags.

Dass es untröstlich kalt sein muss unter der Erde, dachten sie, und dass die Toten keine Ahnung haben, was ›zwischen den Jahren‹ heißen soll, und keine Ahnung vom Klicken des Stabfeuerzeugs, wenn die Lebenden ihre Winterwelt in das

Licht von dicken blauen Kerzen tauchen. Eva und Victor schauten auf Gräber und sprachen kein Wort.

Auf dem Rückweg machten sie wieder einen Zwischenstopp, um gierig zwei traditionell triefende Cheeseburger und geriffelte Pommes zu essen.

»Puh, das war nicht gut«, stöhnte Eva und überprüfte im Rückspiegel ihr Kinn auf Spuren von Mayonnaise.

Victor nickte und klatschte einmal in die Hände, ehe er den Motor startete.

»Aber schön war's! Und jetzt will ich nach Hause.«

Eva beobachtete, wie konzentriert er ausparkte.

Nach Hause, dachte sie, da wohne ich.

Nach der Rückkehr von der Drei-Gräber-Tour ist Victor eher aufgekratzt als erschöpft, er pustet seit einer Minute unaufgefordert Evas Hände warm und kündigt nun feierlich an, heute auf sein Nickerchen verzichten zu wollen.

Ein Gedanke an langsamen Sex unter mehreren Decken geht durch Evas Kopf: »Und was machen wir dann jetzt?«

»Vögeln oder spielen?«, schlägt Victor vor. »Trivial Pursuit oder Scrabble?«

»Erst vögeln?«

»Ja!«

»Ich bin für Scrabble.«

Als Victor gegen sechzehn Uhr mit achtundfünfzig Punkten in Führung liegt und Eva beim Nachdenken beobachtet, fragt sie mit zerfurchter Stirn, ob es mehrere Libidos gebe, und Victor verneint.

»Aber«, gibt Eva zu bedenken, »wenn ich da«, ihr Finger schnellt vor und zeigt auf den rechten Rand des Spielbretts, »wenn ich da L-I-B-I-D-O-S anlegen darf, dann bekomme ich ziemlich viele Punkte.«

»Mhm. Aber das gibt's nicht.«

»Aber ich würde halt mehr Punkte bekommen.«

»Mhm.«

»Ich weiß sonst nämlich gar nicht, wohin mit der Libido, Vic.«

»Mhm, versteh ich. Also, du könntest doch hier –«

»Na, na, na – nicht helfen!«

Evas Hand umschließt Victors ausgestreckten Pädagogenzeigefinger.

»Aber«, setzt Victor noch einmal an, »wenn ich jetzt sagen würde, dass ›Libidos‹ im Duden steht, würde ich dir doch auch helfen?«

»Ja, aber du sagst es ja nicht.«

»Weil's nicht drinsteht!«

»Dann gilt deine komische Schnecke da auch nicht!«

»Och Evi, was ist denn jetzt falsch an ›Kauri‹?«

»Ich weiß nicht, wie die aussieht, und du konntest es nicht beschreiben.«

»Aber das ist ein Wort!«

»Du kennst nur das Wort und nicht das Ding, und so willst du gewinnen?«

»Ich«, wandte Victor noch beherrscht ein, »habe vorhin K-L-A-B-A-U-T-E-R gelten lassen. Weil du dich so gefreut hast über das Wort. Klabauter, ohne -mann!«

»Und ich hab Kekse gebacken. Für dich.«

»Evi …«

»Was?«

»Ich meine … – was ist«, fragt Victor nicht mehr ganz so ruhig, »mit deinen ›Sesamspeisen‹ hier?«

Sie hält seinem Blick stand: »Was soll damit sein? Das ist was zu essen, und da ist Sesam drin!«

»Und das gilt dann also? Dann kann ich aber auch ›Mohngerichte‹ anlegen, oder wie? Oder ›Kümmelmahlzeiten‹?! Hm? Oder … oder ›Rosinenimbiss‹! Ja? Wie du meinst.«

Eva stemmt die Unterarme auf die Tischplatte. »Ich möchte jetzt streamen.«

»Nein, *ich* möchte jetzt streamen!«

Sie funkeln sich an, doch keiner macht Anstalten, die Buchstaben vom Brett zu räumen. Nach fünf quälenden Sekunden sagt Eva: »Dann ziehe ich die Libidos halt zurück.«

»Danke«, seufzt Victor dankbar.

Ein paar Spielzüge später hat Eva ihren Freund überrumpelt, als sie unter seinem senkrechten Auto noch M-A-T-I-K platzieren konnte; sie stellen fest, dass Hyänen wertvoll sind, aber hier nicht verlängerbar, er möchte sie knutschen und würgen, weil sie aus einem E-U-C-H eine unglaubliche Eucharistie macht; in der zweiten Runde kreuzt sie seine sieben Thymian-Buchstaben mit Rosmarin und tanzt um den Tisch; auf S-K-I-L-I-F-T folgt S-C-H-I-M-Ä-R-E, sie F-L-Ö-Z-E-N und F-L-Ä-Z-E-N mit verdoppeltem Umlaut, sie hören einfach nicht auf, sie holen die Salzstangen raus.

Um neunzehn Uhr zieht Eva einen einfachen Berg und Victor glückliche A-M-O-T-T-E-N. Zweiundsechzig Punkte.

»Du, Eva?«

Sie heftet den Blick aufs Brett. »Mhm?«

»Wir können auch kniffeln …«

»Nix!«

Eva steigt von Wein auf Sambuca um und wieder zurück, das Wachs läuft heiß aus den dunklen Kerzen, Victor liegt klar vorn und mümmelt getrocknete Mangoscheiben. Es läuft keine Musik mehr.

Mitternacht ist schon vorbei, als Eva strahlend T-H-E-M-E-N auf O 9–14 legt und Victor die unfassbare Dreistigkeit besitzt, als letzte Buchstaben aus dem Beutel S-N-H-Y zu ziehen und sie so lange klackernd und murmelnd neben A, C und R zu verschieben, bis er sich mit seinen Chrysanthemen als Sieger des Abends schmückt.

»Nein.« Eva schüttelt wie in Zeitlupe den schweren Kopf. »Nein. Du ... blöder ... Arsch. Du unfassbares, geniales –«

»Ich liebe dich auch, Evi.«

»Nenn mich nie wieder Evi, wenn du mit einem Y-Bingo gewinnst.«

»Versprochen.«

»Nächstes Jahr Weihnachten will ich Skilanglauf.«

»Versprochen.«

Behutsam sammelt Victor die Spielsteine ein und bettet sie im Samtbeutel zur Nachtruhe.

»Wir sind betrunken, wir gehen schlafen«, beschließt Eva, »morgen habe ich Kopfschmerzen und möchte wirklich lieber streamen.«

An vielen wunderwarmen Nachmittagen zwischen irgendwelchen Jahren werden diese Frau und dieser Mann noch zusammen vor dem Beamer sitzen, jeder eine Hand auf der Jogginghose des anderen, und seelenruhig durch den gemütlichen Stoff ihre Geschlechtsteile streicheln, während sie sich *Mamma mia* anschauen. Colin Firth sieht immer noch ganz gut aus, wie er so über den letzten gemeinsamen Sommer singt, und sie schmunzeln über die Angst vorm Altwerden, die Angst vor einem langsamen Tod.

Als Eva Winter sich das erste Mal in Victor Faber verliebte – das muss '92 oder '93 gewesen sein, als Linda Bernikov und Tim Fellner gerade krabbeln lernten, als erstmals Menschen, die Eva kannte, nach Leipzig zogen und der Dudelsack Eröffnung feierte –, da lehnten sie auf der Germanistenparty im Foyer vor den Hörsälen nebeneinander am selben Tisch: Ohne voneinander Notiz zu nehmen, sprachen sie rechts und links mit unterschiedlichen Leuten, und Victor klemmte Eva den Finger ein, als er, um etwas fachlich Bedeutsames beidhändig darlegen zu können, seine Bierflasche schräg hinter sich auf die Tischplatte knallte an der Stelle, an der Eva sich abstützte. Als sie aufschrie, zuckte er wie unter Schmerzen zusammen, und sobald er sich aufwendig entschuldigt hatte, lauschte sie seinen Ausführungen zu Heinrich von Kleist, sah auf seine Lippen und dachte: Er liest viel, und er redet viel. Wie das wohl sein wird, wenn wir zusammen alt werden.

Sie kürzte ihre Gedanken und seinen Vortrag ab, indem sie die Hand ausstreckte und sagte: »Eva. Magister.«

Er schüttelte die Hand nicht, sondern beugte sich vor, um auf die leicht geröteten Finger zu pusten: »Victor Lehramt«, sagte er dann, »mir tut das total leid mit deinen Fingern, die sind ja eigentlich sehr schön.«

Bei ihrer dritten Mensaverabredung – kurz bevor sie in seinem Wohnheimzimmer zum ersten Mal die kalte Haut an Rippen und Hüfte und dann zögerlich den ganzen Rest berühren sollten – kam es ihr so vor, als würde Victor, der schon die vegetarischen Maultaschen kaum angerührt hatte, weder weiteressen noch ihr zuhören können, sondern nur auf den Löffel in ihrer Hand starren. Sie hielt inne, mitten in einem Satz über das Meer vor Portugal, und er schüttelte sich und sagte: »Tut mir leid, ich hab dir gar nicht mehr zugehört, ich hab nur auf den Löffel in deiner Hand gestarrt.«

»Wieso, was ist mit dem Löffel? Willst du was von dem Milchreis oder wie?«

»Ich … ich hab ja den Schokopudding.«

»Aber warum isst du denn nichts?«

»Ähm, weil … wegen dir, glaub ich.«

Eva spürte, wie sie rot wurde, senkte den Blick und lud viel zu viel Apfelmilchreis auf ihren Teelöffel. Leise sagte sie: »Ich wollte dir nicht auf den Magen schlagen oder so.«

»Ist schon okay, Eva Magister. Puh, ich glaube«, er grinste verlegen, »ich glaube, Hunger geht durchs Herz.«

Wenn sie sich heute beim Essen gegenübersitzen, packt Victor manchmal seinen Stuhl und rückt damit um den Tisch herum, dreht Eva zu sich und schaut sie durchdringend an, Knie an Knie. Nimmt ihre Hände, sucht in ihren grünen Augen nach der Zeit, die sie nicht zusammen verbracht haben, und will sie nicht loslassen, auch wenn das Essen kalt wird.

Eva drückt den Rücken durch, die Gabel in der Hand, und bemüht sich, Victors forschendem Blick standzuhalten, nicht zu lachen und an nichts zu denken.

Die Frisur etwas kürzer, etwas grauer, Victors Wangen eher weise als rosig, die Haut geht mit der Zeit. Schweigend mustert Eva seine Stirn, Augen und Mund, ein Spiegel all dessen, was war und hätte sein können. Der Mann ihres Lebens ist in diesem Moment so heilig ernst und schön, dass sie meint, eine gewaltige und beeindruckende Landschaft müsse hinter ihm vorbeiziehen zu klassischer Musik. Vierundzwanzig Mal schlägt ihr Herz, bevor sie wieder spricht.

»Victor?«

»Mhm?«

»Die Lasagne.«

»Lecker, wie immer sehr lecker.«

Eva blinzelt. »Sie wird kalt.«

»Mhm.«

»Vic, ich mag nicht, wenn du mich so lang anguckst.«

»Mhm.«

»Mann! Los, jetzt setz dich wieder da rüber, sonst …«

Er hebt die Augenbrauen. »Sonst was?«

»Sonst …«, ihr fällt keine brauchbare Drohung ein, sie möchte doch was Warmes essen *und* endlos so angehimmelt werden, »sonst …«, stammelt sie, »… singe ich dir ins Gesicht!«

Jetzt muss Victor blinzeln. »Du … singst mir ins Gesicht?«

»O ja!«

Im Kopf skippt und scrollt er durch dreieinhalb Jahrzehnte, fünfhundertundacht Lachkrämpfe und Albernheiten in Liebe und Gerangel: »Das hast du noch nie gemacht.«

»Da kannste mal sehen.«

Und Eva schmettert, keine zwanzig Zentimeter vor Victors bebenden Nasenflügeln, an allen Tönen vorbei: »And caaan you feel the looove tonight …«

Victor zieht eine Grimasse, als hätte er in etwas Saures gebissen, dann sagt er: »Das war … wundervoll.«

»Gar nicht!«

»Doch.«

»Nee!«

»Doch.« Er lässt ihre Hände los. »Du machst mich staunen, Eva Winter.«

»Du redest Blödsinn, Victor Faber. Außerdem haben wir vergessen, Basilikum zu hacken.«

Nur ein paar milde Winter später wird Victor mit überraschtem Gesichtsausdruck gegen den erst halb geschmückten Baum an der Terrassentür taumeln, in die Nadeln greifen und mit der Tanne gegen die Scheibe sinken.

Es ist das Herz. Es ist immer das Herz. Und Victor verdankt sein Überleben einem schnellen Notarzt und souveräner Kardiologie. Der Schmerz strahlt aus, er ist schockierend und grell, aber er streckt ihn nicht nieder. Victor wird gefunden, gerettet, operiert und zurück aufs Spielfeld geschickt. Von diesem Tag an wird sein Motor als stotternder Motor weiterlaufen, der öfter Pausen braucht und nur das gute Öl verträgt. Doch mit den richtigen Tabletten in der richtigen Dosis kann das Altersleben so falsch nicht sein. Das reicht für viele Atemzüge, reicht bis kurz vor neunzig.

Das ist doch gut, dass das Herz noch kann, solange der Mensch noch will.

Im Sommer seiner Pensionierung wird Victor eines Abends auf der Hollywoodschaukel vorschlagen, sich einen Hund zuzulegen, und Eva wird fragen: »Wieso nur einen?«

»Wieso … wie … wie viele Hunde brauchst du denn?«, stammelt Victor. »Ich meine, möchtest du? … wollen wir?«

»Na ja …«

»Zwei?«, schlägt er schließlich vor, »oder …?«

»Zwei!«, bestätigt Eva. »Hakuna und Matata!«

Victor nickt langsam, felsenfest, und nimmt sie in den Arm.

»Weißt du noch, wann du das erste Mal erwähnt hast, dass du einen Hund möchtest?«

Sie schüttelt den Kopf.

»Aber ich.«

»Aber du. Dachte ich mir.«

Nur zu gut wissen sie beide noch, wie selten sie sich nach ihrer Trennung überhaupt begegnet sind, so unwahrscheinlich wie unvorbereitet. Und natürlich gab es 2009 in Bochum mehr als einen Orthopäden, zu dem man mit Knie- oder Schulterproblemen hätte gehen können, aber in jener Woche hatte nun mal Victor irgendeinen blöden Ausfallschritt beim Basketball mit den Elftklässlern gemacht und Eva nur unter Schmerzen ein halbes Kapitel tippen können, und für Freitag hatten beide Privatpatienten mit dem, was manche Glück nennen, noch einen Termin bekommen.

Eva erklärte der Sprechstundenhilfe Frau Tremmel gerade, warum sie acht Minuten später als bestellt erschienen war, wedelte dabei mit einer kleinen bunten Plastiktüte und zeigte wenig Verständnis, dass sich das Zeitfenster für ihre Behandlung soeben geschlossen haben sollte.

»Hier schließt sich gar nix, Frau Winter, aber wenn Sie nicht da sind, sind Sie nicht da, und jetzt müssen Sie leider warten, bis alle durch sind, die pünktlich waren.«

»Ich will – puh ...« Eva wand sich, um nicht unhöflich zu werden, holte tief Luft, und dann hörte sie eine vertraute Stimme: »Willst du mein Fenster?«

Sie wirbelte herum. »Victor!«

»Hi!«

Sie umarmten sich ohne nachzudenken so heftig, wie man einen Menschen in Flammen mit einer Decke zu löschen versucht. Frau Tremmel verdrehte die Augen und klickte mit ihrem Kugelschreiber.

»Was machst du denn hier, Evi?«

»Ich hab ... ich war ...«

Sie fischte eine Plastikverpackung aus ihrer Tüte. »Ich dachte, ich steige jetzt mal auf elektronische Zahnbürste um.«

»Ah.«

»Und ich glaub, meine Schulter muss geröntgt werden oder ins CT.«

»Shit.«

»Ja, und du?«

»Knie. Basketball.«

Da ihnen mehr als eine Stunde Wartezeit auf filzbezogenen Stühlen blieb, flüsterten sie sich zwischen den Studenten mit Bänderrissen und den Beamten mit Tennisarmen durch die letzten fünfzehn Jahre, mit nahezu überzeugender Leichtigkeit und Neugier: Victor war jetzt verheiratet und hatte einen Sohn – wow, toll, ein Sohn –, der hieß Nick und war schon zehn, Eva hatte gerade eine super Reise und einige nicht so super Buchkritiken hinter sich – ach, wie doof –, und ja, einen Mann oder zwei hatte es auch gegeben in ihrem Leben, aber sie hatte sich fest vorgenommen, bevor es mit dem nächsten Liebhaberdarsteller halbwegs ernst würde, wollte sie sich lieber einen Hund anschaffen: treu, knuffig, unkompliziert, so stellte sie sich das vor. Drei unentschlossene Wochen später sollte sie dem Lächeln von Roland Ziemer begegnen.

»Ein Hund«, sagte Victor, rieb sich die puckernde Patellasehne und wusste nicht, wie er die Frage stellen oder umgehen konnte, ob Eva jetzt mit neununddreißig definitiv einen Hund oder definitiv keine Kinder haben wollte – »da kommst du natürlich viel raus, mit so einem Hund«.

Eva schmunzelte und nickte und schaukelte zwischen ihren Beinen die Elektrozahnbürstentüte, vor und zurück, vor und zurück.

»Herr Faber bitte«, schepperte schließlich die Stimme von Frau Tremmel aus dem weißen Lautsprecher über der weißen Tür, als außer ihnen schon niemand mehr im Wartezimmer saß.

Victor stand auf: »Mach's gut, Eva. Also, auch mit deiner Schulter.«

»Ja, du auch … mit dem Knie.«

Sie zögerte eine Sekunde zu lang und stand nicht auf, um ihn zum Abschied zu umarmen. Das nächste Mal würden sie sich erst Jahre später über den Weg laufen.

»Die Zahnbürste, die hatte ich tatsächlich vergessen.«

Eva rückt auf der Hollywoodschaukel näher neben Victor. Die Laternen zwischen den Johannisbeersträuchern werfen etwas Licht auf den Rasen zu ihren Füßen.

Victor räuspert sich, und er tut das auch als pensionierter Beamter noch immer auf diese unnachahmliche Art – so wie neulich, als er Eva erklärt hat, dass und warum sie aus B-A-R-I-T-O-N keine ›Baritonleiter‹ machen darf, nach den Regeln des Spiels: ein bisschen höflich klingt er, ein bisschen besserwisserisch und ein Drittel liebenswert, mindestens. Eva würde ihren Mann unter Hunderten von Räusperern erkennen.

»Na ja«, sagt er, »es war ja nur ’ne Zahnbürste, und ich hab mir doch schon immer die unwichtigen Sachen gemerkt.«

»Ja«, stimmt sie kaum hörbar zu und drückt seinen Arm, »das hast du.«

Er legt seine Hand auf ihre und ist sich sicher, dass noch ein Eva-Kommentar zu den wichtigen und unwichtigen Dingen ihrer Beziehung folgt, doch seine Frau ist jetzt ganz still, und sie scheint ein bisschen zu frösteln.

»Evi? Alles gut?«

»Mhmm.«

»Hey … Was denn?« Er sucht ihren Blick. »Wirst du krank? Wenn du krank bist, musst du mir das sagen.«

»Nee. Ich meine, ich hab gerade – Weißt du, ich dachte halt, unsere … na ja, unsere Geschichte wäre zu Ende.« Ohne große Eile läuft eine Träne über ihre linke Wange.

Immer weint sie links zuerst, denkt Victor, und er sagt: »Ist sie offenbar nicht.«

»Nein, Victor, das ist sie ganz sicher nicht.«

Sie schnieft, und ein Lächeln kämpft sich durch. »Ich bin auch nicht traurig, ich hab einfach nur …«

Er sieht sie fragend an.

»Ich hab so lang auf uns gewartet.«

Und wenn sich jetzt einer der beiden bewegt, nur ein kleines bisschen, dann wird die Schaukel quietschen, links unten im Gestell.

Nach Vereinbarung

VIELE, VIELE JAHRE ZUVOR: 21. DEZEMBER 2018 – KÖLN

Wieder nichts. Zu klein, zu teuer, zu unrenoviert. Die letzte Besichtigung für dieses Jahr.

Zum siebzehnten Mal heute schaut Marie auf die Uhr. Sie hat noch Zeit, könnte einen Abstecher zum Weihnachtsmarkt am Clarenbach machen und sich mit gebrannten Mandeln trösten, wo sie schon mal unterwegs ist, aber dann geht sie doch schnurstracks zurück.

Noch immer ist Maries Heimweg kein Weg in ihr eigenes Heim. Es ist nicht nur so, dass sie sich immer noch wohl und willkommen fühlt bei Andrea und Richard, sie hat auch »nicht so großes Glück« bei der Wohnungssuche: Der Neubau in Müngersdorf, in dem sie die Wohnung im zweiten Stock mieten wollte, wird wegen irgendeiner Insolvenz nicht fertig; die drei riesigen Zimmer rund um die Marienburger Badewanne, ausgerechnet, waren schlicht nicht bezahlbar; und dann hatte sie schon die feste Zusage für eine wunderschöne Bleibe auf der Dürener Straße, sehr nah bei Klinik und Verwandtschaft, da stimmte einfach alles, und es hieß ›Haustiere nach Vereinbarung‹.

Maries funkelnder Überlebenswille ermutigte sie von jetzt auf gleich, Andreas Putzfrau zwei Kätzchen aus dem frischen Wurf abzunehmen, und sie freute sich auf die Gründung einer schnurrenden WG zum Jahreswechsel. Ihre Lachfalten glänzten, als sie dem Vermieter bei einem zweiten Termin zum Ausmessen der leeren Räume erklärte, wie sie eine spielfilmlange Liste mit Katzennamen angelegt habe und dass wir Menschen uns das, völlig zu Unrecht, immer so leicht vorstellten: einem Lebewesen einen Namen geben, das dazu selbst nicht in der Lage ist.

Der Vermieter nahm sein Handy vom Ohr, lächelte mit austauschbarer Höflichkeit und schickte zwei Tage später anstelle des Mietvertrages eine Absage per Kurznachricht, denn er habe die Wohnung nun doch an einen älteren Herrn aus dem Viertel vergeben. Ohne Haustiere.

Über zwei Ecken beziehungsweise Golfspieler fand Maries Schwager heraus, dass der ältere Herr nicht älter als sie war, aber die besseren Verbindungen hatte: Der Mann war frisch getrennt von seiner Frau, die weder bei der Frage, was an Rosenmontag außerehelich erlaubt sei, noch wer das gemeinsame Haus auf der Stelle zu verlassen habe, irgendeine Art von Spaß verstand.

Und so sind sie jetzt zu fünft in der Villa am Stadtwald, denn bis Marie etwas Neues findet, teilt sie sich das große Gästezimmer mit den zwei wild gefleckten Mitbewohnern John und Paul. Und heute erwarten sie hohen Besuch aus Übersee.

Zuhause

ETWAS SPÄTER AUF DER A 1

Ein seltsames Land zwischen den Städten. Nick Faber kann sich noch erinnern, dass irgendwer das über Amerika gesagt hat, als klar war, dass Nick das Stipendium bekommen und ans College gehen würde: mit einem Fernsehbild von den USA in seinem jungen Kopf und dem verwegenen Traum von einer Karriere – in einer Sportart, die dort, wo er aufgewachsen ist, weniger Leute spielen, als Korschenbroich Einwohner hat.

Seltsam zwischen den Städten kommt ihm jetzt auch Deutschland vor. Die Autobahnen zwischen Ruhr und Rhein sind Psychotests, und er hat schon reichlich Aggression auf der linken und Depression auf der mittleren Fahrspur gespürt. Rechts sind Lkws. Viele Umzugswagen heute. Offenbar ziehen viele Leute von, zum Beispiel, Bochum nach Köln. So wie seine Mutter, aber die hat ja immer noch Sachen bei Victor in der Wohnung und irgendwo anders eingelagert. Irgendwann, das sagt und schreibt sie Nick seit Monaten, irgendwann zieht sie so richtig um, nicht nur mit vier Koffern. Aber gerade erst letzte Woche hat sie wieder eine Wohnung nicht bekommen.

»Bist du eventuell zu kompliziert, Mama?«, hat er sie noch vor ein paar Tagen gefragt und sah, wie auf dem Skype-Bildausschnitt hinter ihr eine Katze, winzig wie ein Mogwai, auf die Stuhllehne hechtete.

»Nee, Nicki, kompliziert ist der Wohnungsmarkt. Aber

wenn ich so ein blödes Karzinom in den Griff kriege, werde ich mich ja wohl von Immobilien nicht unterkriegen lassen. Jetzt sag doch mal, wann kommst du denn am Freitag?«

Er wusste es noch nicht. Er wusste, dass er in Frankfurt landen und ein Auto mieten würde mit seinem fast noch unbenutzten Führerschein, den er beim Crashkurs während seines letzten Winterbesuchs gemacht hatte; er wusste, dass er mit diesem vollgetankten Auto zuerst nach Bochum fahren wollte, aber er konnte ums Verrecken nicht sagen, ob er tatsächlich seinen Vater besuchen würde. Ihm fehlte jede Lust auf die Merkwürdigkeit zwischen ihnen. Da war jetzt eine Macke in ihrem Vater-Sohn-Verhältnis, das sie für glatt und stabil gehalten hatten.

Erst als Victor nach anstrengendem Hin und Her entschieden hatte, »fürs Erste« nicht nach Boston zurückzufliegen, obwohl Marie ihn in der Behandlungsphase nicht um sich haben wollte, da begriff Nick, dass er seinem Vater zu mindestens achtzig Prozent die Schuld gab an der Trennung, die seine Eltern ihm immer verkauft hatten als »für uns beide okay« und »gemeinsam beschlossen«.

Warum blieb Victor, wenn nicht aus beschissenem Schuldgefühl? Warum zog er seinen Sabbatical-Plan nicht durch, warum kommentierte er von Bochum aus jedes Spielergebnis und ließ Nick mit dem Eindruck allein, dass er sich mehr für den Baseballprofi als den Sohn interessierte? Warum konnten seine Eltern nicht gesund und unkompliziert Urlaub und Ferien haben wie andere Leute auch und mit ihm Weihnachten feiern? Er hatte doch Zeit und Erinnerungen und Geschenke im Gepäck, warum musste sich so eine blöde Variante der Wirklichkeit vor seine Wünsche schieben. Warum war da, wo Nick noch bei seinem Abflug Richtung Amerika vor ein paar Jahren ein cooles Gefühl von Familie gehabt hatte, jetzt dieser beschissene Knacks?

Er wollte sich gern zu Hause fühlen in diesem Land und zwischen all den mittelgroßen Städten. Alte Plätze, alte Freunde – alles wiedersehen und über die Schulzeit lachen und von seiner neuen Scheinwerferwelt schwärmen. Geschenkpapier zerreißen und kreuz und quer auf dem Boden zwischen Wohnzimmer und Küche verteilen, so wie sie es früher gemacht hatten. Zu viel essen und trinken und einfach mal auf die Profisportlerfitness pfeifen. Und *Stirb langsam* gucken in stiller Nacht mit drei Sorten Mini-Magnum und ausschlafen, bis das Land seiner Kindheit in aller Weihnachtsruhe wieder erwacht.

Kurz hinter Hubbelrath überholt Nick einen Fernbus, Studentengesichter mit halb offenen Mündern hinter der Seitenscheibe.

Die Zeit ließe sich nur zurückdrehen, wenn seine Eltern sich mit aller Kraft an die sturen Zeiger hängen würden. Aber sie haben wohl alle Kraft oder Lust verloren, und deswegen hatte Nick nur eine halbe Stunde mit seinem Leihwagen an der Ecke Steinkuhlstraße gestanden in Sichtweite der Wohnung und einen Präsidentendollar geworfen, ein ums andere Mal, bis die Münze ihm aus den Fingern und zwischen die Sitze rutschte.

Richard Nixon war keine Hilfe, Nick Faber musste allein entscheiden, ob er seinen Vater jetzt überraschen oder später enttäuschen würde. Nicks letzte Mail von Mitte November, das wusste er ja, war irgendwas zwischen vage und feige gewesen; erwarten jedenfalls würde ihn dieses Jahr in der Schadowstraße niemand.

Irgendwann hatte er Hunger bekommen und das Problem vertagt: Erst mal würde er beim *Bifteki-Bistro* halten, wenn's das noch gab, und was Fettiges gegen den Jetlag bestellen, danach bei seinem alten Kumpel in Riemke vorbeischauen, von dem er seit Monaten nichts gehört hatte, später nach Köln fahren zu Andrea und Richard. Zu seinem Papa konnte er immer noch. Morgen oder übermorgen. Oder Heiligabend.

Noch ein Fernbus voll dösender junger Menschen, müde von all den Gedanken. Da rollen die großen Kinder des Landes in ihre beleuchteten Dörfer. Eltern warten und scherzen und backen und kaufen Getränkemärkte leer. Leise rieselt die Heimat.

Pablo war nicht zu Hause. Er war nicht zu Hause, weil die Polizei ihn abgeholt hatte, vor gerade mal einer Stunde. Jemand musste Pablo Santos verpfiffen haben. Jemand, der wusste, dass er eines dieser beiden brutal schnellen Autos gefahren hatte. Und nicht gebremst und nichts gestanden. Dass er geflüchtet war über die Königsallee mit all seiner Pferdestärke, raus, raus, raus aus der Stadt in Panik und Schuld und Adrenalin. Ein halbes Jahr später verraten von jemandem, der nicht fassen konnte, was Pablo getan und noch viel weniger, was er unterlassen hatte. Wer ihn anonym angezeigt hat, muss das Mädchen gesehen haben und den dünnen Faden zwischen Tod und Überleben.

Von dem Nachbarn, der Pablo bis vorhin für einen feinen Kerl gehalten hatte, erfuhr Nick die Details: Der Mann hatte mit dem Ohr an der Wohnungstür nicht nur erstaunlich viel von dem mitbekommen, was die Polizistin auf dem Treppenabsatz gesprochen hat, er konnte es auch noch erstaunlich vollständig und wortgetreu wiedergeben.

Nick musste keine Zwischen- oder Rückfragen stellen. Er musste nur irgendwie verstehen, dass der etwas pummelige Zahnlückentyp, mit dem er vor zwölf oder dreizehn Jahren die prächtigsten Wasserbomben vom Turnhallendach auf den Schulhof geworfen hatte, jetzt wegen gefährlicher Körperverletzung vor Gericht landen würde. Mindestens. Oder Mordversuch? Und Knast? Nick war durcheinander, er musste dieses neue Rasergesetz googeln.

Es fing an zu regnen, als er »Danke« und »Wiedersehen« stammelte zum Gedächtnisnachbarn, den er gar nicht wiedersehen wollte.

Ein Tag knapp über dem Gefrierpunkt. Plötzlich wollte Nick unbedingt und so schnell wie möglich mit seiner Mutter einen großen Kaffee trinken in Tante Andreas gutgeheizter Küche und durch seine coolsten Stadion-Selfies klicken; er wollte Marie mitnehmen nach Kansas City, Pittsburgh oder Detroit, wo ihr guter Sohn in diesem Sommer all die Homeruns geschlagen hatte, die ihn zu einem der besten Spieler der abgelaufenen Major-League-Saison machten.

Mit 49 km/h verließ er seine Geburtsstadt.

Während er an der Aachener Straße von der Kölner Autobahn abfährt, läuft im Autoradio *Kurz vorm Fliegen* aus Sammy Flandergans neuem Album. Nick trommelt den Refrain auf dem Lenkrad mit, nur noch sechs Minuten bis zur Raschdorffstraße, sagt das Navi. Er wird noch an einem Mini-Supermarkt anhalten: an der Regalreihe mit den Weihnachtssüßwaren entlanggehen – Lebkuchen, Dominosteine, Marzipankartoffeln –, aber da werden keine Marzipankartoffeln sein, nur eine leere Pappbox mit dem Logo des Marzipankartoffelherstellers, in der jemand ein Netz mit schimmligen Mandarinen abgelegt hat.

Rechts daneben, direkt darüber, einen Meter weiter links – nirgendwo Marzipankartoffeln, hier und heute wird Nick für seine tapfere und starke Mutter keine Marzipankartoffeln finden. Erst morgen früh kommt neue Ware, das letzte Tütchen wurde vor zehn Minuten über den piepsenden Scanner gezogen. Es verschwand knisternd in der Tasche von Eva Winters Mantel, und die ging zufrieden nach Hause, wo niemand wartete.

Schwellung

28. DEZEMBER 2018 – BOCHUM

In der kleinen Kammer neben der Küche verstaut er den Schuhkarton voll glänzend roter Kugeln und reibt sich fluchend die Kopfhaut, nachdem er gegen die Regalkante gestoßen ist.

»Was hast du mit deinem Weihnachtsbaum gemacht?«

Seine Freundin ist in die Küche gekommen und beobachtet, wie er zum Spülbecken geht und kaltes Wasser über ein Geschirrtuch laufen lässt, das er sich auf den Kopf drückt.

»Nicht so schlimm«, behauptet er, bevor sie fragen kann: »Soll ich mal gucken?«

»Der Baum ist jetzt schöner«, erklärt er mit einem Grinsen, »nur mit goldenen Kugeln.«

»Hast du die roten meinetwegen abgehängt? Weil ich gesagt hab, nur Gold wär auch schön?«

»Ja. Aua.«

»Nicht so fest draufdrücken.«

»Ja.«

»Aber … Weihnachten ist doch eigentlich vorbei«, stellt sie fest.

»Stimmt. Ich wollte einfach, dass du … ich will, dass du dich wohlfühlst.«

»Das … ist deine Wohnung.« Ihre Stimme ist leiser geworden, zarter als sonst.

»Kann ich irgendwas tun für dich?«, fragt er, »ich meine, wegen … wegen deinem Bruder?«

»Nein«, antwortet sie ohne Zögern, »das ist jetzt so. Das ging nicht anders.«

»Okay. Aber wenn du reden willst …«

Die Antwort kommt überraschend und schnell: »Will ich. Über das hier.«

Kräftig atmet sie aus, dann hält sie ihm mit geschlossenen Augen ein blau-weißes Plastikstäbchen entgegen: »Also, jedenfalls, das Ding hier ist halt positiv.«

»Watt??«

Der Zipfel des nassen Geschirrhandtuchs hängt ihm bis in die Stirn, und er begreift mehr oder weniger gleichzeitig, dass er sehr bald eine Beule und demnächst ein Kind bekommen wird.

»Aber«, er strahlt sehr hell, »aber … Weihnachten ist doch eigentlich vorbei.«

Jetzt rinnt ihr die Träne übers Gesicht, die sie eben noch zurückhalten wollte: »Na ja, das hab ich mir jetzt auch nicht unbedingt gewünscht, aber …«

»Aber?«

»Das ›Aber‹ muss von dir kommen, Mann.«

»Hä? Ach so, klar, von mir, logo: Also, du hast dir –«, er fängt ihren Blick auf und lässt ihn nicht mehr los, während er langsam formuliert und mit Vorsicht betont, »*wir* haben uns das nicht unbedingt *gewünscht*, aber – aber! … es ist …«

Er lässt das Handtuch fallen, geht auf seine Freundin zu und breitet die Arme aus, endlich ist ihm der Text eingefallen – »… es ist ein Geschenk. Ja? Ein wunschloses Geschenk!«

Sachte nickend lässt sie sich umarmen, sehr fest, er spürt, wie sie schluchzt und wie froh und munter sein Herz ihr entgegenschlägt.

»Nächstes Jahr feiern wir Weihnachten zu dritt«, flüstert Tim ganz dicht an ihrem Haar, »nur mit goldenen Kugeln«, und Lucia nickt noch einmal, und dann sagt sie:

»Jetzt muss ich schon wieder pinkeln.«

FÜNF

Bessere Tage

Wir reisen auf Schiffen
aus Träumen
in den Tag
in die Nacht

ROSE AUSLÄNDER

Bis zum Anschlag

10. JULI 2021 – BOCHUM

Mehr als tausend Tage. Roland versucht zu multiplizieren, wie viele Stunden und Minuten das sind, aber drei Viertel der Grundrechenarten sind merklich eingerostet. Irgendwann addiert der Kopf nur noch Punkte und Euros, alles andere muss man so eintippen, dass unten die richtigen Ziffern ausgeworfen werden. Rolands Algebra sind Unentschieden, Auswärtssiege und verbleibende Spieltage bis zum Saisonende. Aber heute hat seine clevere Uhr in fetten Strichen angezeigt, dass Gretas Unfall morgen auf den Tag genau vor drei Jahren passiert ist.

Und deswegen hat er seiner Tochter heute ein neues Fahrrad gekauft, es ist Zeit für neuen Mut. Zeit für zwanzig Zoll und sechs Gänge, der Rahmen in Mint dürfte durch die tiefste Nacht leuchten, der Sattel in Ponybraun, der wird Greta gefallen.

Roland hat nicht gewusst, wie fröhlich oder wirklich schön die Farben von zweihundert Rädern in einer Verkaufshalle sein können, und da waren so viele Damenräder, die nach gutgelaunten Touren am Wochenende aussahen, leicht, aber stabil, denn so ist Kathy schon lange nicht mehr. Deswegen hat Roland heute auch seiner Frau ein neues Rad gekauft, weil ganz bestimmt ein Ausflug mit der ganzen Familie sie auf bessere Gedanken bringen wird, helle Gedanken, wenigstens an Sommertagen wie diesem, wo man doch so traurig gar nicht sein kann, findet Roland.

Doch Kathy kann.

Seit vielen, vielen Monaten kann sie das Schlimme entdecken im wolkenlosen Himmel, kann losheulen, weil Roland sie lange in den Arm nimmt oder weil er sie nicht lang genug in den Arm nimmt. So oft sind die Augen rot in ihrem Gesicht, das früher nie dermaßen blass war. Manchmal merkt er, wie sie schneller und schneller spricht mit Greta, um noch etwas zu erklären vor dem Schlafengehen, bevor sie sich hastig mit Magenproblemen entschuldigt und im Gästeklo einschließt, das sie erst wieder verlässt, wenn Roland und Greta längst *Petronella Apfelmus* zu Ende gelesen haben und die freundliche Eule auf zehn Uhr steht.

Es gibt Tage, an denen Kathy funktioniert, ohne zu zucken. Da denkt Roland morgens, wenn er zum Trainingsgelände aufbricht, und abends, wenn er erschöpft und genervt seine Klamotten vor die Waschmaschine wirft, kein einziges Mal an die bitteren Schluchzer vom Abend zuvor; als Kathy sich für ihre Tochter stundenlang zusammengerissen hat, ehe sie vor ihrem Mann schließlich zusammenbricht, stundenlang nicht zu trösten.

Sie sagt, sie kann das nicht aushalten, dass ihre Angst manchmal so vage und unübersichtlich groß ist wie ein Acker und dann wieder messerscharf und klar: Meiner Tochter kann etwas passieren, sobald sie durch diese Tür geht, ich kann sie nicht beschützen, ich werde sie verlieren. Ab und an verlässt Kathy mit Greta gutgelaunt das Haus und kommt todunglücklich zurück. Nichts ist passiert, nichts kann erklären, was sich ihr zwischen Schadowstraße und Bäckerei ins Herz gebohrt hat.

Das Leben der Ziemers kreist um Ablenkung und Heulkrampf. Greta soll so unbeschwert wie möglich die Zeiten von Physiotherapie und dunklen Träumen hinter sich lassen, soll ohne nutzlosen Schmerz und alberne Sorge aufwachsen.

Inzwischen hat sie gelernt zu plappern, wenn ihre Mama diesen schweren Blick hat, sie redet über alles, was sie in der Schule erlebt hat und schmückt aus, was sich nur ausschmücken lässt, denn wenn sie nichts mehr erzählt, wird sie in ihr Zimmer geschickt, freundlich, geduldig. Von da aus hört sie die gedämpften Stimmen, die nicht mehr so klingen, wie Greta sie mag. Oft schleicht sie dann leise durch den Flur Richtung Küche, wo ihre Eltern erschrecken, wenn sie sie hinter der Tür bemerken, und dann fragt Greta, ob sie zur Oma darf. Im Garten spielen.

Wie kann das sein, grübelt Roland an jedem Morgen und Abend, dass unsere Piratin den Unfall überlebt, aber dass Kathy ihn nicht überwunden hat. Dass der eine Raser im Knast sitzt und der andere sich irgendwo am Westhofener Kreuz totgefahren hat, das hat Kathy zur Kenntnis genommen wie andere Meldungen jener Tage: Ein Förster wird Klimaminister, der Papst ist gestürzt, der Winter eingebrochen, der Dollarkurs auch. Kein Schlussstrich, keine Genugtuung, kein bisschen. Kathys Sorge ist nicht gewesen, dass diese zwei Vollidioten jemals wieder Auto fahren; ihre Sorge ist nicht nur, dass ein Mensch, den sie liebt, jemals wieder am Straßenverkehr teilnimmt. Ihre Sorge ist, dass das Leben in einem unbeobachteten Moment machen kann, was es will, und es wird schrecklich sein.

Wenn sie redet, redet sie nur noch von Angst. Und wenn sie schweigt, ist es Roland, der es mit der Angst zu tun bekommt: Ich kann ihr nicht helfen, sie will sich nicht helfen lassen, ich werde sie verlieren.

Ratlos an vielen und mutlos an manchen Tagen hat sich Roland in seine Trainerarbeit geworfen: Fortbildungen, Spiele, Lizenzprüfungen, er will besser werden, will talentierten Jungs und Mädels helfen, die ihm zuhören, die sich quälen können und ein Ziel haben.

Die Namen der Therapeuten zwischen Querenburg und Sprockhövel kann er nach all der Googelei schon runterbeten, als wäre es der Weltmeisterkader von 2014. Wenn Kathy eine normale halbe Woche rumgebracht hat, traut er sich jedes Mal zu hoffen, dass sie die Panik überwunden hat, und er will gar nicht wissen, wie, er will nur, dass es ihr bessergeht, dass es ihnen allen bessergeht. Nur einfach gut wäre schon unendlich besser.

Längst spürt auch Greta, dass nicht alles wieder wie früher wird. Wie vor dem Krankenhaus. Vor dem Krach ihres Lebens. Neulich hat sie auf die Frage ihrer Klassenlehrerin, ob die Mama beim Sportfest wieder zweite Schiedsrichterin für die Ballspiele sein könnte, geantwortet, ihre Mama hätte sicher Angst, dass irgendein Kind von einem Ball getroffen wird und tot umfällt.

Nachdem die Klassenlehrerin das, getarnt als putzige Zweitklässler-Anekdote, beim Elternsprechtag den Ziemers gegenüber erwähnt hatte, brachte Roland Greta mit ihrem rosa Rucksack und Schluffi Schluffinski zu seinen Eltern und meldete sich im Trainingszentrum für zwei Tage krank: Er lud Kathy ins Auto, um seiner nicht mehr gesunden Frau im Tausch gegen ein Wellness-Wochenende in der Eifel das Versprechen abzuringen, am Montag so lange Psychotherapeuten abzutelefonieren, bis ihr irgendeiner einen kurzfristigen Termin gab.

Greta und ihre Mama sind nicht zu Hause, als Roland die beiden neuen Räder aus dem Kofferraum stemmt, die er noch immer für ein tolles Überraschungsgeschenk hält.

Kathy ist mit Greta auf dem großen Spielplatz am Erlenkamp, denn nach dem langen zweiten Samstagsfrühstück wollte Greta nichts anderes als mit ihrem Papa ganz viele Folgen *Paw Patrol* zu gucken, bis ihre Freundin Polly aus der Musikschule sie mittags besuchen würde. Und nachdem Roland geheimnisvoll verkündet hat, er müsse in der Stadt noch etwas besorgen, hatte Kathy das halbwegs sichere Gefühl, dass sie für ein oder zwei sonnige Stunden etwas Sinnvolles mit ihrer Tochter tun sollte. Sie überredete Greta zu einem ›Frauentag‹, die bei dem Wort kichern musste und um ein paar Zentimeter zu wachsen schien.

Ein paar Kinder, die nicht im Freibad sind, bevölkern mit einzelnen Omas oder Opas die Spielgeräte: Großeltern winken und fotografieren mit den Spiegelreflexkameras, die ihre Kinder ihnen geschenkt haben, um Bilder der Enkel einzufangen für später, wenn die Alten es nicht mehr auf den Spielplatz schaffen, sondern daheim durch die Alben auf großen Tablets klicken, die ihre Enkel ihnen eingerichtet haben, damit sie die Spielplatzfotos aus gemeinsamen Sommern anschauen können. Nur dort hinten an der Rutsche kniet ein junges Elternpaar vor einem Jungen, der ein einzelnes Sandkorn zwischen seinen winzigen Fingern voller Staunen betrachtet, als könne er heute nichts Großartigeres mehr entdecken.

»Noch mal rutschen, Rico?«, fragt die Mutter und richtet sich auf, und im selben Moment, als Kathy die Frau erkennt, sagt Greta: »Mama, guck! Die Lucia!« Sie löst ihre Hand aus Kathys.

»Lucia! Halloooo!«

Lucia Fellner dreht sich um, auch ihr Mann blickt herüber zu der Mädchenstimme, die gerufen hat. Alles steht reglos, bis auf Greta, denn die läuft auf Lucia zu, und dass sie das linke Bein etwas nachzieht, ist kaum noch zu erkennen.

Greta ruft noch einmal »Hallo!«, Rico hat das Sandkorn fallen lassen, schaut hoch zu seinem Vater und fragt: »Zaufel?«

»Ja, Schatz, hier ist ganz viel Sand«, bestätigt Tim abwesend, als er bemerkt, dass seine Frau keine Farbe mehr im Gesicht hat und von dieser Frau dort drüben seltsam angestarrt wird.

Zweieinhalb Jahre lang hat Kathy gehofft, dass diese Stadt groß genug sein würde, um eine solche Begegnung zu vermeiden. Als sie damals an Silvester 2018 Lucia Santos' Brief gelesen hat in der starken, stolzen Schrift, nur ein paar Zeilen lang, mit Grüßen an Greta zu Beginn und am Schluss; als Kathy begreifen konnte, dass Schwester Lucia keinen Dank wollte, sondern eine Mitwisserin brauchte, da fühlte sich ihre Wut mit einem Mal dumpf an, und sie wusste nicht, wie sie Greta das hätten erklären können und ob sie es nicht besser bleiben ließen: Jeder Satz, der anfing mit ›Weißt du, Schatz, die Krankenschwester, die du so mochtest, die hat –‹ oder ›Die Lucia aus der Klinik, die hat nämlich einen Bruder, und der war –‹ klang nicht danach, als könnte man dieses Geständnis wie Salbe auf einer Narbe verreiben.

»Lucia«, fragt Greta, während ihre Mutter ihr wie in Zeitlupe folgt, »wieso bist du denn auf dem Spielplatz und nicht im Krankenhaus?«

Die drei Erwachsenen geben sich unvermeidbar die Hände, Tim erfährt, woher die Frauen sich kennen, er nimmt Rico auf den Arm – »Sag mal Hallo, Kurzer« – »Zaufel?«, Kathy gratuliert Lucia zu Hochzeit und Kind, Lucia will reflexartig ›Danke gleichfalls‹ sagen, doch Tim kommt ihr zuvor mit der Frage: »Wolltet ihr auch auf die neue Riesenschaukel?«

»Jaaa!«, bestätigt Greta, Kathy murmelt, sie müssten eigentlich auch gleich wieder los, »Neiiiin!«, protestiert Greta, und Lucia sagt: »Das Ding is vielleicht noch 'n bisschen hoch für unseren Furzpummel.«

»Aber nicht für mich«, kontert Tim und wendet sich an Greta: »Was meinste, fliegen wir zwei 'ne Runde?«

»Au jaaa, darf ich, Mama?«

Weil Kathy durcheinander ist und zu lange für eine Antwort braucht, ergänzt ihre Tochter: »Zwei Minuten tun nicht weh«, weil es das ist, was ihr Papa immer sagt, wenn Greta keine Lust zum Zähneputzen hat, und sie läuft mit Tim rüber zur nagelneuen Riesenschaukel.

Rico fragt: »Sand?« und antwortet direkt selbst: »Rusche!«

Er wird von Tim an Lucia weitergereicht, die ihn kurz hochhebt, um an seiner Windel zu riechen, und dann mit ihm auf eine der Sitzbänke zusteuert. Dort nimmt sie aus der Tasche am Kinderwagen eine Plastikdose mit Melonenschnitzen und drückt ihrem Sohn einen in die Hand.

»Mooone!«

»Ja, genau, Rico.«

Kathys Blicke wandern zwischen Lucia, Rico und der Riesenschaukel hin und her. Sie möchte nicht hier sein, weder doof rumstehen noch sich da hinsetzen will sie, aber was kann die Krankenschwester dafür, dass ihr Bruder Auto fährt wie ein Geistesgestörter, was kann sie dafür, dass er sich nicht gestellt hat, dass sein pickliger Anwalt ihm ein Entschuldigungsschreiben an die Ziemers diktiert hatte, das nicht aufrichtiger klang als der Dank fürs Verständnis am Ende einer Autobahnbaustelle. Strafmildernde Drecksbuchstaben auf JVA-Papier.

Lucia Santos, die jetzt einen neuen Nachnamen, aber immer noch diese unverwechselbar dichten Sommersprossen hat, von denen Greta bestimmt wieder auf dem ganzen Rückweg schwärmen wird – diese junge Frau und stolze Mutter, die sich Melonensaft von den Fingern leckt und wohl selber nicht weiß, was sie jetzt sagen soll, die ist nur die unangenehme Erinnerung an den Tag und die Stunden, die Kathy doch eh nicht wird vergessen können. Lucia kann nichts dafür.

Mit einem hauchdünnen Lächeln nimmt Kathy Platz neben Lucia, die ihr sofort und wortlos die Plastikdose hinhält. Kathy greift zu.

»Honi … mone«, schmatzt Rico, und eine Wespe flattert hinter ihm vorbei.

Die beiden Frauen schauen nebeneinander geradeaus, sie essen langsam und denken zurück. Von der Riesenschaukel winken Tim und Greta, synchron heben Kathy und Lucia routiniert die Hand, um zu zeigen, dass sie noch da sind und geduldig warten werden, bis die beiden ihren Flug beenden.

»Süß«, stellt Kathy fest und meint die Melone.

»Ja.«

»Danke.«

Lucia dreht kurz den Kopf zu Kathy, dann schaut sie gleich wieder weg.

Einem übereifrigen Großvater ist die Fotokamera in den Sand gefallen, am Klettergerüst ist eine Frau auf einen winzigen Hund getreten. Rico Fellner verzieht keine Miene und kackt seine Windel voll bis zum Anschlag.

Der Kuss

AM SELBEN TAG – KÖLN

Das ist ein guter Tag, sie kann die Sonne fühlen.

Es ist so leicht und schön, sich zu recken nach dem Schläfchen im Garten, die Beine warm angestrahlt, das Gesicht im Schatten. Wie lange hat sie geschlafen – egal, sie hat heute Mittag ein bisschen Ruhe gefunden irgendwo zwischen Schmerz und Tabletten, sie inhaliert die milde Luft. Gut.

Man weiß ja nie. Aber manchmal geht der Krebs weg. Und macht Platz für einen anderen. Und der ist böser, hartnäckiger, ein Arschloch der Unerbittlichkeit, das alle seine fiesen Kumpel mitbringt.

Marie erinnert sich noch, wie sie dieses seltsame Wort »gestreut« zum ersten Mal nicht nur aufgeschnappt hat, als es um fremde Menschen ging, auf muffig-behaglichen Feiern irgendwelcher Tanten, sondern wie sie es selbst ausgesprochen hat, und es ging um sie, um Marie Faber-Schiemann und die nicht mehr so gute Prognose: Gestreut hat der neue Krebs, der ja nicht wirklich neu ist, sich nur bisher im Hintergrund gehalten und auf seinen Auftritt gewartet hat.

Alles war gut in ihrer Brust, und sie warf um sich mit dankbarer Zuversicht, doch dann, keine fünfhundert fucking Lebenstage später, bekam sie einen Befund, auf dem in dicken dunklen Buchstaben geschrieben stand: ›Sie sind herzlich zu Ihrer eigenen Beerdigung eingeladen.‹

Marie blieb entschlossen, diese Veranstaltung abzusagen, sich von Tumormarkern und Prognosefaktoren keine Schicht und keine Nacht versauen zu lassen, sie wollte dort, wo sie war, und so, wie sie war, an diesem einen Leben bleiben.

Sie hat in einer neuen Dienststelle gearbeitet, so gut sie konnte, hat Randalierer verwarnt, Einsatzprotokolle geschrieben und mit Adam die Mülleimer an der Marathonstrecke kontrolliert; hat selber Sportarten ausprobiert und sich sogar einmal von Richard zum Schachspielen überreden lassen; sie war in der Eifel, hat auf Bachläufe hinabgeschaut und schmale Wanderwege bezwungen mit Stock und Hut und Leo Hartwich in robustem Schuhwerk; hat Fans in verfeindeten Farben an der Zufahrt zum Stadion getrennt, hat ihrem Sohn die stolzesten und längsten E-Mails hinterhergeschickt und einmal sogar einen Flug gebucht, den sie dann nicht antreten konnte. Marie hat Ärzte im Stillen bewundert und beleidigt, hat ihren Körper verflucht und vermummt, als er schwächer wurde, und ihn gefeiert und gebadet, wenn er sich aufbäumte gegen den gottverdammten Countdown.

Nach ein paar mäßig zärtlichen Monaten hatte sich Leo Hartwich anständig von Marie verabschiedet, und sie war sehr einverstanden. Er sagte, er müsse besser spät als gar nicht ein Leben an der Seite von Annabel Philipps führen, Altenpflegerin, Zufallsbekanntschaft, Drachenfliegerin und sein großes Glück.

»Sie kommt auch aus Bochum«, erklärte Leo Hartwich, als sei das für alle Beteiligten eine tröstliche Pointe, und Marie dachte:

Nach Bochum fahr ich nicht mehr.

Seit zwei Wochen ist sie wieder bei Andrea und Richard, die nötigsten Sachen hat ihre Schwester für sie aus der Zweizimmerwohnung am Melatengürtel geholt, auch John und Paul sind zurück im Gästezimmer. Marie muss sich durch einige kraftlose Stunden an jedem Tag kämpfen, da ist Einkaufen und Kochen keine Option, obwohl sie doch so gerne noch einmal Flammkuchen spezial machen würde mit Pinienkernen und schwarzen Oliven.

Ihre Schwester ist aus dem Haus zu ihr gekommen.

»Du hast geschlafen«, stellt Andrea fest. »Richard hat Kaffee gemacht.«

»Kaffee … schön.«

Marie setzt sich Zentimeter für Zentimeter in ihrem Liegestuhl auf. »Danke. Ihr seid echt so super. Und geduldig.«

Manchmal, vor dem Einschlafen, entschuldigt Marie sich leise bei allen, die sich um sie kümmern, dass sie immer noch da ist. Die drei reden nicht darüber, ob und wann Marie in ihre Wohnung zurückkehren wird.

Andrea schmunzelt und geht zurück zur Terrasse. »Es ist nur Kaffee, Schwesterherz.«

»Nee!«, erwidert Marie, »es ist … es ist … vor allem … nicht so schlimm … hier bei euch, also, ich meine –«

»Schon gut, Marie, schon gut. Du sollst dich hier so wohlfühlen, wie du kannst.« Und so leise, dass Marie es nicht hören kann, fügt Andrea hinzu: »Solange du kannst.«

Vor dem Wintergarten dreht sie sich noch einmal um und ruft: »Es gibt auch Kuchen! Willst du ein Stück?«

»Nein!«, ruft Marie zurück, so kraftvoll sie eben rufen kann, »ich will zwei Stücke! Zwei! Bitte!«

Denn die Tage mit Kuchen und ohne Grübeln waren immer schon die besten Tage.

Marie würde gern selber den langen Weg in die Küche antreten, würde Becher, Teller und Gabeln auf dem Tablett aus Akazienholz arrangieren und nach draußen tragen, aber das schafft sie nicht, nicht heute. Die Rettungsgasse ist irgendwie zu eng. Etwas knirscht und ziept und faucht. Er hat sich wirklich nicht verbessert, ihr Zustand.

Aufstehen kann sie nicht, sie muss mit ruhigem Herzschlag den Schatten der hohen Hecke beobachten, der wandert an diesem Samstag so still und groß. Sie sinkt zurück, muss versuchen einzuatmen, möglichst tief, und an Andreas leckeren Kuchen denken und all die strahlend guten Dinge, die nicht weh tun: der kühle Duft im Wald, Nicki an ihrer Hand, das Picknick damals auf der Lichtung, auch da war der Kuchen so herrlich ungesund cremig, und Victor erzählte Schülerwitze, die waren nicht so witzig – egal.

Ist denn noch Zeit? Sie stand viel zu selten barfuß auf dem Teppich aus Moos, sie ist doch gar nicht die knorrigen Stämme hinaufgeklettert bis ganz nach oben und weiter, jetzt muss sie noch einmal über die Wipfel segeln und Blätter mit den nackten Zehen streifen. Den letzten und längsten Blick des Tages auf den totenstillen See werfen und Nicki im Arm halten. Und ihr liebstes Lied, das kann sie so oft summen, wie sie will, sie hat ja fast schon abgehoben, sie muss doch Luft holen, sie will es ja, sie kann das doch, was ist das für ein Fels vor ihrem Auge.

Langsam drehen ihre starren Finger am Gashebel. Die ganze Welt ist Gegenwind. In voller Fahrt, nur einmal noch, einen Kuss in diese unfassbare Luft werfen, den soll jemand auffangen, irgendwo, und an sie denken.

Marie muss sich jetzt nicht mehr festhalten. Keine Fragen überhören, keine Gründe erfinden, keine Entscheidungen aufschieben. Einmal noch die Augen schließen, sie muss nur einmal noch die Augen schließen. Dann geht der Atem und kommt nicht zurück.

Sie kann die Sonne fühlen.

§ 315d StGB

EINE WOCHE SPÄTER – BOCHUM

Greta möchte flippern, Kathy sagt, bei Beerdigungen flippert man nicht, Roland zuckt nur mit den Schultern und lockert seinen Krawattenknoten.

Es ist kühler als draußen und stickiger, vielleicht ist die Klimaanlage im *Stiepeler Hof* ja tatsächlich noch älter als die Bundeskegelbahn, wie Polizeihauptmeister Hans-Peter Hess, die Zigarette schon im Mund, auf dem Weg zum Seitenausgang vermutet hat.

Die Raucher sind dankbar, dass sie ab und an rauchen können, während die, die keinen Grund haben, vor die Tür zu gehen, im Restaurant zaghafte Gespräche führen, wobei sie darauf achten, dass sie Marie Faber-Schiemanns Namen nicht zu oft, aber doch in regelmäßigen Abständen mit gedämpfter Stimme erwähnen.

Kathy behauptet am Tresen, sie sei seit Ewigkeiten in keiner Kneipe mehr gewesen, in der ein Flipper steht, und Verena Weidner hört ›Kneipe‹ nicht gerne, denn ihr Stiepeler Hof ist ganz allgemein ein ›beliebtes Ausflugslokal‹.

Als Maries Schwager das Schild auf dem Parkplatz sah, fragte er halblaut in die Runde, wo die Leute, die hierhin ausflögen, wohl herkämen und wohin sie abends zurückkehrten, wenn sie alles gegessen, getrunken und gekegelt hätten.

»Richard, bitte. Echt …«, rüffelte Andrea, und ein alter

Nachbar von Marie und Victor brachte den Hinweis an: »Hinterm Haus ist auch Minigolf …«

Von den wenigen Sätzen, die Nick Faber an diesem Tag zu seinem Vater sagt, lautete einer am Mittag: »Kannst du mir bitte mal erklären, wieso du dieses Teil hier gebucht hast?«

Victor erklärte schnaufend, aber geduldig, dass Verena Weidner nun mal die älteste im Sinne von beste Schulfreundin von Marie sei, gewesen sei, und so hilfsbereit wie überfallartig angeboten habe, nach der Zeremonie in der Ruhestätte Westerholt eine Feier auszurichten in ihrem Stiepeler Hof. Sie werde ›da mal ein schönes Paket schnüren‹. Es habe in Verenas Worten irgendwie so geklungen, als hätte Marie sich diesen Ort selber ausgesucht, auf dass sich all die Bochumer Schulfreunde, Kollegen, Nachbarn noch einmal um eine Kaffeetafel versammeln, um ein andächtiges Stück Kuchen zu verzehren.

»Ehrlich, Nicki, ich wusste nichts Besseres«, gab Victor zu, »ich hätte auch nicht gewusst, wo wir die ganzen … die Leute, die ihr wichtig waren – ich meine, wir waren zwar zuletzt beide in Köln, aber das wäre ja von Herten aus total unpraktisch … verstehst du?«

Nick verstand überhaupt nicht, warum er die schweißfeuchten Hände so vieler Leute schütteln sollte, die von seiner Mutter doch nicht viel mehr wissen konnten, als dass sie einen langen Kampf zu früh verloren hatte. Er war froh, Tante Andrea und Onkel Richard zu sehen, ihre Hände nicht schütteln zu müssen. In den Arm genommen zu werden.

»Mama, gibst du mir denn jetzt einen Euro bitte?«

Greta zupft an ihrer Mutter, die gerade Frau Weidner nach einer sauberen Kuchengabel gefragt hat.

»Jetzt nicht, Süße.«

»Papa …?«

Roland stöhnt, als müsse er seiner Tochter hier und jetzt ein komplettes Auslandsstudium finanzieren.

»Nee, Greta, hier sind doch jetzt alle … traurig und so, das machen wir später, ja?«

Später habe sie keine Lust mehr, behauptet Greta, tut so, als wäre sie schwer eingeschnappt, und wedelt im schwarzen Rock zurück zu ihrem Platz.

In der hintersten Ecke des Raums, den Verena Weidner ›Salon‹ nennt, steht Nick an die Fensterbank vor den schweren Gardinen gelehnt. Er versteckt sich hinter seinem Handy, um mal für ein paar Minuten mit niemandem über die Temperaturen da draußen oder hier drinnen reden zu müssen, aber als Greta auf ihn zukommt, steckt er es in die Sakkotasche.

Der Satz, den er nie gesagt hat, ist ganz einfach, er lautet, so oder so ähnlich: ›Sag mal, Greta, weißt du eigentlich, dass das ein guter Freund von mir war, der schuld ist an dem Unfall?‹

So einfach.

Nick kennt die zahnende Greta, die von Frau Ziemer abends wiegend über den Balkon nebenan und wieder nach drinnen getragen wurde; kennt die staksende Greta, die in einem Puppenwagen ihr Stofftier vom Hauseingang zur Straße schob und wieder zurück und dabei etwas vor sich hin plapperte, das nur der komische Hase verstehen konnte. Und die stolze Greta, die ihren neuen Malkasten ausgereizt hatte, um für den großen, gerade volljährigen Nachbarsjungen ein Auto zu malen in allen Farben, die es gibt, nachdem sie auf Nicks Schoß den Wagen von Herrn Faber ein paar ruckelnde Meter über den Parkplatz hatte steuern dürfen. Das ist bis heute ihr großes Geheimnis, und jetzt würde er diesem wachen, hübschen und unmerklich hinkenden Mädchen von sechs Jahren gern noch etwas anvertrauen, denn einen ehrlichen Satz zu einem freundlichen Menschen zu sagen, das ist doch nicht so schwer.

Nick sagt: »Na, Greta? Ist langweilig, oder?«

»Bisschen«, kommt es ohne Zögern von ihr.

Er lacht kurz und müde. »Mir auch.«

»Aber du bist doch ganz traurig, dass deine Mama gestorben ist, wie kannst du … kann man denn gleichzeitig traurig und langgew- … gelangweilt sein?«

»Absolut.«

Greta überlegt kurz, dann pikst sie Nicks Unterarm mit ihrem Zeigefinger. »Stimmt, stimmt, stimmt, mir ist auch langweilig, *und* ich bin traurig, weil ich nicht flippern darf.«

»Wer sagt das denn, die Frau vom Restaurant?«

»Nee«, antwortet Greta, »Mama und Papa.«

»Hm. Pass auf«, Nick testet den Türgriff am Hintereingang, wo es zu den Parkplätzen geht, und schlägt vor, »wir schleichen jetzt mal unauffällig hier raus und um den Laden rum und vorne wieder rein, und wenn Kathy und Roland dann nicht in der Nähe vom Flipper sind, dann …«, er flüstert, und sie macht große Augen, »dann flippern wir zwei 'ne Runde. Cool?«

»Cooool!«

Kein Trauergast beim Vordereingang oder am Tresen, im Restaurant scheint allgemein die Zeit für den ersten Brandy nach der letzten Torte gekommen, Nick und Greta haben es unentdeckt bis zum Flipperautomaten geschafft.

Der erste Euro gleitet in den Münzschlitz, Nick hebt Greta auf einen Barhocker vor dem Gerät, und sie zieht mit einem Grinsen den Abzug, um ihn dann zurückschnellen zu lassen, so dass die Silberkugel die Startrampe hinaufschießt und mit Klacken und Klingeln hin- und herjagt.

So viele Münzen, wie Nick diesem Mädchen geben möchte, passen in keine schwarze Anzughosentasche. Schon beim dritten oder vierten Mal verfolgt Greta den Lauf der Kugel so konzentriert, dass sie scheinbar mühelos Zehntausende von

Punkten sammelt. Amüsiert schaut Nick ihr zu und feuert sie an, bis ihm die Vokabeln ausgehen: Mit den nächsten fünftausend sei sie schon Topflipper, danach Superflipper, später Flipperstar, weitere fünftausend Punkte machten sie zum Flippersuperstar des Tages/der Woche, dann würde sie Flipperkönigin und -präsidentin (was ihr nicht so gut gefällt wie Königin), und wenn dann die Kugel immer noch nicht nach unten durchrutsche, erkläre er sie zum Flippermegastar des Jahres von Deutschland und Amerika!

»Cooool!«, findet Greta und lässt den Blick nicht von der Plastikscheibe, um die Fünftausenderschwelle zu schaffen, »krieg ich dann einen Preis? Aus Amerika?«

»Klar!«, sagt Nick und hebt kurz die Hand zu seiner Tante, die offenbar nach ihm Ausschau gehalten hat, weil er bei Obstkuchen und -bränden vermisst wird.

»Was ist der … – aaaah, oh, das war knapp! – Und was ist der Preis, Nicki?« Und sie drückt und zuckt und prustet, sie fletscht die Zähne und bezwingt die Maschine.

128 467 Punkte später sagt Nick anerkennend, dass Greta wirklich cool sei und super fokussiert gespielt habe – »was ist fokussiert?«, und dass er jetzt kurz zum Auto müsse, um ihren Megapreis zu holen: »Okay?«

»Okay.«

Keinen Millimeter hat Greta sich bewegt, als Nick eine Minute später wieder auftaucht und ihr eine schwere, mit weißem Leder ummantelte Kugel überreicht, auf der englische Worte stehen, die Greta nicht kennt – Sportbegriffe, wie Nick ihr erklärt.

»Und hier«, er zeigt auf einen steilen Schriftzug von schwarzem Edding, »hab ich unterschrieben.«

»Du?«

»Das ist mein Autogramm.«

»Danke.«

Greta dreht den Baseball zwischen ihren Fingern. »Ist das ein teurer Preis?«

Schmunzelnd wiegt Nick den Kopf. »Ich würde ihn aufbewahren an deiner Stelle, vielleicht kriegst du dafür irgendwann mal 'ne Menge Geld.«

»Echt?«

»Ja, im Internet.«

»Echt?«

»Oder … in Amerika. Könnte sein, ja. Wegen der Unterschrift. Hängt aber davon ab, wie ich die nächsten zehn Jahre so spiele, weißt du.«

Mit beiden Händen umschließt Greta ihren Megasuperpreis. »Papa sagt, Amerika ist so weit weg, und deswegen bist du irgendwann nicht mehr zu Besuch gekommen, und deswegen ist dein Papa auch weggezogen!«

»E… echt?«

Nick wendet den Blick ab, fängt sich aber schnell wieder. »Na ja, das stimmt auf jeden Fall, Amerika ist ziemlich weit weg, aber so weit auch wieder nicht. Wenn du … wenn du irgendwann groß genug bist, dann kommst du mich da mal besuchen, und dann kriegst du zu dem Ball noch den Fanghandschuh, der dazugehört, okay?«

»Versprochen?«

»Yep.«

»Und auch einen Schläger?«

Greta sieht sich als Megastar offenbar in einer guten Verhandlungsposition.

»Und einen Schläger.«

Er hält ihr die Handfläche entgegen, sie schlägt ein.

»Cool!«

Er deutet in Richtung ›Salon‹: »Ich glaub, wir müssen jetzt mal wieder zu den anderen.«

»Mhm, aber – du, Nicki?«

»Ja?«

»Ich glaub, dass du jetzt durch das Flippern nicht mehr so traurig bist.«

Er schaut sie an und findet keine Antwort, er ist ganz plötzlich selber wieder sechs Jahre alt, auf der Schadowstraße mit dem Rad unterwegs, und gleich ruft seine Mutter von oben, dass das Essen fertig ist. Da ist Greta noch nicht mal ein schreiendes Bündel, ist noch nicht auf dieser Welt, und ein Jahr ist nur eine Sekunde, Marie ist für Nick die Superkönigspräsidentin, hat er nicht gerade eben noch bei Pablo im Keller *World of Warcraft* gespielt?

Jetzt ist Nick ein großes Kind ohne Mutter. Einfach so.

»Nicki?«

Erst krabbeln die Gefühle, dann lernen sie laufen: All die Einzelbilder auf der Festplatte hinter erwachsenen Augen, der Blockbuster unserer Kindheit, ein Megamärchenfilm – und als Greta fragt »Träumst du, Nicki?«, ist hinter der Theke Verena Weidner wieder aufgetaucht:

»Wollt ihr noch Euros wechseln? Für den Flipper? Nee?«

Victor ist sich sicher, dass sein Sohn und er vielleicht nie so viel gemeinsam hatten wie an diesem Scheißtag im Sommer '21, da sie beide den Tod von Marie zu betrauern versuchen, wie man das so macht. Aber wie macht man das so, fragt er sich und stochert im Kirschkuchen herum, nach Art des Hauses.

Natürlich waren Nick und er die Ersten an der Ruhestätte, die jeder beharrlich ›Friedhof‹ nannte, und natürlich nutzte Victor die Gelegenheit, mit seinem erschreckend reifen Sohn über verpasste Gelegenheiten zu sprechen. Über die nicht gesagten Worte, die sich in drei Jahren angesammelt hatten. Nick schien zuzuhören, weil ihm dort und in jedem Moment wenig anderes übrigblieb, doch er antwortete so amerikanisch stolz und einsilbig wie ein Indianer, der sein Reservat nicht verlassen will. Irgendwann beschloss Victor, für alles Verantwortung und wenn es sein musste auch Schuld zu übernehmen, da Nick die Wut und Trauer wohl nirgends besser aufgehoben sah als bei seinem Vater.

Vielleicht musste der Junge dieses Grab unter Bäumen, diesen Vater und diesen Rest eines Zuhauses erst mal für eine Weile ganz hinter sich lassen; denn bestimmt, so dachte Victor, würde Nick auf der aufregenderen Seite des großen Teichs, wo er Freunde und Ziele hatte, schon bald nach der Landung vergessen haben, wie sauer er auf den Vater gewesen ist, der doch gar nichts dafür konnte, dass die Mutter nicht mehr lebte.

Victor würde ihm eine Nachricht schicken, morgen, mit dem Handyfoto. Er war nur kurz stehen geblieben, um Andreas SMS von unterwegs zu lesen (ein Stau bei Leverkusen, natürlich), und als er da mit dem Telefon im Friedwald stand, sah er seinen Sohn wie einen fremden jungen Mann: Den Blick in die Baumkronen gerichtet, lehnte Nick an dem Pappelstamm, die schwarze Basecap in den gefalteten Händen, die Augen geschlossen.

Die lange fiese Traurigkeit, dachte Victor, die nimmt er wieder mit. Die kann man hier unter keinem Baum fallen lassen, einfach so, die kann man nicht biologisch abbauen wie die Urnen an diesem stillen grünen Platz der Toten. Marie ist nicht mehr bei ihm und er nicht mehr bei mir.

Unbemerkt drückte Victor auf die Kamerataste.

Während sich die Terrasse des Stiepeler Hofs langsam mit Gästen füllt, die das Wochenende mit Spezi oder Bananasplit einleiten, scheint drinnen die Bundesklimaanlage komplett in die Knie gegangen zu sein. Polizeimeister Adam Wójcik und Roland Ziemer haben irgendwo zwei Schläger, einen Ball und eine Flasche Ouzo aufgetrieben und versuchen sich auf der Bundesminigolfbahn vergeblich an Hindernissen, die

Rohrhügel, Vulkan und Liegende Schleife heißen. Die weißen Hemdärmel haben sie bis an den Bizeps hochgekrempelt, Schweißtropfen perlen in ihren Armbeugen. Adam zögert mit dem nächsten Schlag, er muss erst aufstoßen. Beide spielen schon recht breitbeinig, ein Grunzen begleitet ihre Fehlschläge, die Flasche Ouzo wird bald leer sein.

»Die Schimmi«, beteuert Adam, »die Schimmi war so super. Mensch, Kollege, alles. Ohne Scheiß, ich bin katholisch, Roland, aber das ist nicht okay, dass ein Gott im Himmel sagt, für Schimmi ist schon Feierabend. Nicht okay.«

Roland nickt, denn dazu kann man nichts sagen, das passender wäre als ein Nicken. Seitdem Greta vor seinen Augen durch die Luft geschleudert wurde und im Jahr darauf seine phantastische U 15 die Meisterschaft in letzter Sekunde verspielt hat, glaubt er endgültig nur noch an den Gott des beschissenen Timings, der den Schuss nicht gehört hat und keines von Rolands Gebeten.

An Loch 8 legen sie eine Pause ein und lassen einem kichernden Pärchen mit identischen T-Shirts den Vortritt. Nachdem Adam seine schönsten Anekdoten aus den gemeinsamen Schichten mit Marie zum Besten gegeben und Fotos von seiner Familie gezeigt hat, erzählt Roland ihm vom 11. Juli 2018 und der dumpfen Befriedigung, später, nach dem Anruf, nach der Verhaftung, nach der Verurteilung.

»Ah«, brummt Adam an der Ouzo-Flasche vorbei, »Paragraph 315 d.«

»Ja, glaub schon, genau.«

»Das ist auch wirklich saugefährlich. Diese Rennen.«

»Ja.«

Roland streckt die Hand aus, Adam sieht ihn schuldbewusst an und schüttelt die Flasche, hält sie über Kopf. Zwei letzte Tropfen fallen auf die farbverschmierte Zementplatte an Bahn 8.

»'tschuldigung«, grummelt er zu dem T-Shirt-Paar und verwischt mit der Schuhsohle die Reste vom Anisschnaps.

»Schatz?«

Von der Terrasse winkt Kathy herüber, sie schaut angestrengt in die tiefstehende Sonne. Roland winkt zurück und steht auf.

»Wollt ihr schon fahren?«, fragt Adam.

»Müssen wir noch bleiben?«

Adam zuckt die Achseln. »Weißt du, ich hab so gedacht, dich hab ich heute Nachmittag das erste Mal gesehen, und Marie ist jetzt schon länger tot, als wir zwei uns kennen. Ist komisch, Roland, oder? Ich find's komisch.«

Roland klopft sich den Staub des Stadtrands von seiner schwarzen Hose.

»Und morgen«, fährt der Polizeimeister fort, »da ist sie mehr Tage tot, als ich dieses Jahr Urlaub genommen hab. Und wenn sie sieben Wochen tot ist, ist das länger als die Sommerferien von unseren Kindern. Verstehst du?«

Er setzt die Flasche an, hat vergessen, dass da kein bisschen Anis mehr rauskommt.

»Und die haben jedes Jahr Sommerferien, die Kinder, weißt du, und die … und die Schimmi«, Adams Stimme versagt für einen Moment, er muss sich unterbrechen, »die Schimmi, die ist jetzt jeden Sommer tot, und im Winter auch. Die ganze Zeit. Das ist nicht okay. Irgendwann, weißt du, irgendwann ist die Schimmi so lange tot gewesen, das reicht für ein ganzes Leben.«

Roland schaut ihn wortlos an, und Adam fragt noch einmal: »Verstehst du?«

Doch ehe Roland antworten kann, kommt vom stumpfen Kegel auf Bahn 9 ein Querschläger geflogen und trifft ihn schmerzhaft am Knie. Er schreit erschrocken auf, das Pärchen kichert nicht mehr, und Adam Wójcik sagt untröstlich:

»Nicht okay.«

Winterpause

Lieber Victor,

hast du den letzten Freitag gut überstanden, soweit man das sagen kann? Eigentlich unpassend, aber ich muss zugeben, du sahst gut aus in dem Anzug, das Schwarz steht dir besser als anderen Beamten. Hast du eigentlich gesehen, dass unser Nachwuchs zusammen geflippert hat? Eigentlich auch unpassend, aber ein schöner Gedanke, dass sie sich gegenseitig ein bisschen trösten konnten. Trost ist gut, oder? (Übrigens haben wir Greta nichts von diesem Pablo erzählt, vielleicht will Nick das eines Tages selber klären?)

Weißt du noch, wie wir nach Gretas Unfall darüber gesprochen haben, dass man sich nicht vorstellen will, wie das ist, sein einziges Kind zu verlieren? (Als wäre es eine Rechnung, die Eltern mit zwei Kindern aufmachen: Ach ja, wenn eines stirbt, ist ja immer noch eines am Leben, prima.)

Euer Kind ist ja jetzt ein echt berühmtes, zumindest auf der anderen Seite des Ozeans. Und meine kleine Piratin hat ihren starken Papa, sie wird immer klarkommen, sie hat so wenig von meiner Angst abbekommen. Ich würde dieses Monsterwort mit fünf Buchstaben auch wirklich gern aus meinem Leben verjagen, aber egal ob mit oder ohne Therapeuten – ich schaffe es nicht ganz.

In der Wirklichkeit überlebt hat Greta nur einmal, aber in meinen Träumen ist sie tausendmal gestorben. Manchmal mit Roland, manchmal ohne, zu Fuß und auf dem Rad und einmal auch in meinen Armen. Irgendwann ist die Angst vorm Einschlafen schlimmer geworden als die Träume selbst.

Ich komme nicht mehr klar, schon lange nicht mehr. Wir leben, und es könnte alles immer schlimmer sein, ich weiß, und trotzdem habe ich jeden Tag so eine Riesenangst, um alles und jeden. Angst vorm Aufwachen, Angst an jeder Kreuzung und Angst vor all den blöden Tabletten, die ich dagegen nehme. Ich kann das nicht aushalten, wenn es immer noch schlimmer wird. Es tut mir leid, dass ich das alles schreibe. Ich habe mein ganzes Adressbuch durchgeklickt. Von dir wollte ich mich mit der Wahrheit verabschieden.

Ich weiß gar nicht genau, warum ich dir maile. Vielleicht weil ich gar nicht weiß, wer jetzt in Köln deine Blumen gießt, und

3. JANUAR 2037 – BOCHUM

Kathy schließt das Textdokument und den Ordner mit den Mail-Entwürfen. Wie Victor wohl reagiert hätte, wenn sie das vor sechzehn Jahren wirklich abgeschickt hätte? Wahrscheinlich, denkt Kathy, hätte er Roland angerufen. Oder die Hausverwaltung.

Ein kurzes Piepen. Auf dem Bildschirm in der Eisschranktür blinkt das neueste Ergebnis aus der Daimler-Superliga. Hoffenheim hat gegen Potsdam gewonnen. Aha.

Schon früher, als das Ganze noch Bundesliga hieß, wusste Kathy Ziemer nicht, wo genau Hoffenheim liegt, und dann, im Frühjahr '35, als ihr Mann ihr offenbarte, er habe ein tolles Angebot aus Heidenheim – einmalige Chance, innovatives Projekt, hochmodernes Nachwuchsleistungszentrum und so weiter –, da dachte Kathy nur: Aha. Heidenheim liegt sicher auch irgendwo, und sie fragte ohne Vorwurf:

»Ich nehme an, das ist zu weit zum Pendeln? Richtig?«

»Richtig.«

Roland nahm die Flasche aus der Aqua Station und reichte

sie Kathy, die ihre Tablette schon zwischen Daumen und Zeigefinger hin- und herdrehte.

»Na ja, wenn ich wüsste, wo das liegt, wär's wahrscheinlich eher in der Nähe.«

Roland setzte sich schnaufend. »Wahrscheinlich.«

»Also, wo liegt das und wann müssen wir umziehen?«

»Jetzt setz dich doch auch mal kurz, Schatz.«

Er legte ihr lächelnd die Hand auf die Schulter.

»O Gott, so schlimm?«

Roland hatte sich vorbereitet und konnte ganz hervorragend darlegen, warum es übereilt und riskant und nicht klug wäre, wenn sie jetzt beide umziehen und die alte Wohnung aufgeben würden. Wo man doch nur zu gut wisse, wie es im Profigeschäft zugehe und dass der Vertrag von heute das Konfetti von morgen sei. Viel schöner wäre es doch, für ihn und, wer weiß, auch für Greta, wenn sie mal zu Besuch kommen möchte, die Schadowstraße als Ladestation zu behalten, gewissermaßen, wo Roland an trainingsfreien Tagen mit Kathy neue Energie tanken könne. Und sie sei schließlich längst so stabil, dass ihr ein bisschen Freiraum auch ganz guttun dürfte, sie arbeite doch jetzt wirklich gern im Homeoffice, an ihrem schönen alten Sekretär, vor dem Wohnzimmerfenster, für das Online-Reiseportal. Und überhaupt.

Irgendwann musste Kathy Rolands perfekte Argumentationskette unterbrechen und signalisieren, dass sie verstanden hatte. Sie hatte das »Okay« kaum ausgesprochen, da spürte sie zu ihrer Überraschung, wie sehr einverstanden sie mit der Aussicht auf diese Veränderung war. Dass sie sich seltsamerweise darauf freute: Der Mann, den sie dafür liebte, dass er immer bei ihr geblieben war, würde sie jetzt mal für eine Weile allein lassen. Die chemischen Verbindungen in ihrem Körper reagierten gelassen. Es hatte sogar etwas Erleichterndes, ein paar wichtige und nützliche Dinge für Roland einzupacken, und als er ein paar Wochen später mit dem Kleintransporter hupend vom Hof fuhr, da fühlte Kathy ein pubertäres Prickeln, als müsse sie jetzt sofort spur- und geräuschlos etwas Verbotenes tun, bevor ihre Eltern vom Kegelabend zurückkommen.

Als das Jahr 2035 zu Ende ging, war Kathy de facto so allein, wie sie sich damals in den Jahren nach dem Unfall gefühlt hatte.

Roland kam selten zu Besuch, dann immer seltener. Aus vielen guten Gründen. Sie probierte anfangs, ihn angemessen zu vermissen, sie überlegte sich etwas Besonderes für seine fünf freien Tage im November; als er wieder fort war, wurde ihr klar, dass sie seine nächtlichen Berührungen genossen und seine Nähe am Tag nur schwer ausgehalten hatte. Roland war weg, und er hatte Kathys Depression mitgenommen wie den alten Wasserkocher und die Ersatzgarnitur Winterbettwäsche.

Allein ging es ihr so gut wie lange nicht mehr. Allein und zufrieden sein zu können, das war Kathy Ziemers Achttausender, das war, als ließe man mit dem ruhigsten aller Herzschläge ganz plötzlich alles Schwere los.

»Alles schwerelos, mir geht's mehr als gut.«

Das erzählte sie ihrer Nachbarin Natascha und ihren alten Volleyballfreundinnen und ihrem neuen Life Coach, als sie begann, die Durchhaltemedikamente in mikroskopischen Dosen auszuschleichen; das mailte sie in anderen Worten auch an Greta in der neuen rosaroten Welt, und das sagte sie in der Fußballwinterpause am Neujahrstag 2036 zu Roland, Mann ihres Lebens, Vater ihrer Tochter.

Er gestand, wirklich glücklich sei er nicht in Heidenheim, noch nicht, und Kathy antwortete: »Lass uns bleiben, wo wir sind, ja? Lass uns jetzt erst mal so wohnen und leben und nicht viel nachdenken oder verändern, okay?«

Roland nickte lächelnd aus Gewohnheit, und das war auch schon das letzte Mal, dass sie so wie früher ein neues Jahr zwischen Bett und Badewanne begrüßten mit Schaum und Champagner.

Im Jahr darauf ist Roland Cheftrainer, seine Mannschaft sogar zwischendurch mal Tabellenführer. Kathy hat ihn zuletzt öfter online als in der Schadowstraße gesehen. Dort, zwischen Erinnerung und Aufbruch, sitzt sie nun an vielen Abenden vor dem Chatscreen, wenn in Amerika der Tag zu Ende geht, und redet mit Greta über Nick und die Welt. Und schmiedet einen Flugplan.

BOSTON

Schwer und rau liegt sie in der Hand, diese weiße Kugel mit den starken roten Nähten. Greta balanciert den Baseball auf den Fingerspitzen, während sie auf den Bildschirm vor sich schielt: Ihre videochattende Mutter in Bochum zählt Finger für Finger auf, was sie schon alles zum Thanksgiving-Dinner recherchiert hat.

»Mama, really? Wir haben doch gerade erst Weihnachten gefeiert, wir müssen doch jetzt noch nicht den Truthahn planen.«

Aber natürlich weiß sie, dass Thanksgiving 2037 nicht irgendein Abendessen sein wird, sondern dass für ihre Mutter, für sie selbst und ihren Freund ein neues Familienleben beginnen wird.

Zwei Wochen zuvor, während Kathys Boston-Besuch, peitschte weihnachtlicher Eisregen die Ostküste entlang, die ganze Stadt klapperte und knackte, und sie feierten gemeinsam mit Nicks altem Teamkollegen und neuem Geschäftspartner Brandon, der seine Frau und Eltern mitgebracht hatte. Nie haben sieben Menschen lauter und länger gelacht und gegessen.

Wann immer sie gemeinsam noch etwas und noch etwas und noch etwas Ess- oder Trinkbares aus der Küche holten, sahen die Gastgeber sich ungläubig in die Augen, denn – das waren sie, das waren Nick und Greta aus 44 801 Bochum, die in diesem amerikanischen Moment diese Version ihres Lebens lebten. Und keine andere ähnlich unwahrscheinliche.

Sie entkorkten verschwenderischen Wein, sie pressten sich für ein paar Sekunden aneinander und hielten die Luft an, sie flüsterten etwas über ›Liebe‹ und ›Ich dich auch‹, irgend etwas in ihnen wusste, sie würden Kinder zeugen müssen, um denen eines Tages begeistert erzählen zu können von diesem Abend unter allzu bunten Lampen.

Kathy beteuerte ein ums andere Mal, dass sie sich so wohlfühle, habe rein gar nichts damit zu tun, dass Roland abgesagt und seinen USA-Besuch auf einen späteren Zeitpunkt verschoben habe, sondern einzig und allein mit der unfassbar netten Gesellschaft von Brandon, Emily (»It's Allison …«), Margie und Clive. Nie habe sie sich so kitschige Weihnachten so weit von zu Hause so schön vorstellen können, aber sie habe sich viele Jahre ohnehin überhaupt gar nichts Schönes oder Überraschendes vorstellen können, und jetzt, »look at them!«, jetzt hatte sich also ihre Piratin in den großen Jungen von nebenan verliebt, und wo waren sie altogether? Nebenan? No no no, in Amerika waren sie, unglaublicherweise. »Cheers!«

»Mama, willst du vielleicht zwischendurch mal ein Wasser trinken«, fragte Greta vorsichtig, als sie den Cheesecake auf den Tisch stellte, aber ihre Mama war nicht zu bremsen: Sie habe, seitdem Greta ihr eines Tages gestanden hatte, dass sie in den Staaten bleiben wollte und warum und bei wem, von sage und schreibe vier Paaren gehört, die trotz eines Altersunterschiedes (»… significant!«) seit Jahren glücklich zusammenlebten.

»It's not about the age!«, trompetete Kathy in die Runde und erntete Zustimmung, »it's about … all the rest! Cheers!«

Bei dem Wein allerdings, von dem sie Flasche um Flasche leerten, komme es sehr wohl auf das Alter an, erklärte Nick mit einem lässigen Räuspern, sichtlich bemüht, das Gespräch von der Tatsache wegzubugsieren, dass er mit einer Frau zusammenlebte, die er als Sechzehnjähriger schon nackt gesehen hatte, während seine heute sehr durstige Schwiegermutter ihr die Windel gewechselt hatte.

Am nächsten Tag waren die drei zum Gegenbesuch bei Brandon und Allison. Bei Eggnog und Brownies redeten sie über Nicks Pläne für die Zeit nach seiner Karriere, die er im nächsten Oktober beenden würde, um dann voll einzusteigen in die Sportmarketing-Firma, die er mit Brandon gegründet hatte und in der Greta sich seit neuestem um alles kümmerte, was den Jungs zu trocken war. Brandon spann in seinem scheppernden California-Slang eine Expansionsidee nach der anderen, von Küste zu Küste würden sie den US-Sportmarkt neu erobern, bis Kathy irgendwann fragte: »Do you need any help? Maybe a personal assistant?«

Brandon reagierte erst irritiert, dann aufgeschlossen professionell, Kathy ratterte ihre »travel agent qualifications« runter, »seriously«, Greta lachte verunsichert dazwischen, und Nick murmelte: »Hmm …«

»Schatz, den Turkey und das Süßkartoffeldings machen wir zusammen, oder? Greti?«

Greta hat nur halb zugehört, jetzt schaut sie wieder in das Bildschirmgesicht ihrer Mutter, die entschlossen ist, daheim in

Bochum alles aufzugeben, die die Ehe mit Gretas Papa einfrieren wird wie die Reste eines aufwendigen Essens, die man nicht entsorgen möchte, die aber in der Kühltruhe, irgendwo hinter Salzkaramelleis und Kroketten, womöglich im Laufe der Zeit in Vergessenheit geraten werden.

»Klar, Mama, machen wir zusammen. Versprochen.«

»Versprochen, Mama«, hatte Greta augenrollend gesagt, »nach der letzten Prüfung miste ich aus. Ja-ha.«

Und so kniete an einem Frühlingstag 2035 die geprüfte Fremdsprachenkorrespondentin Greta Sophia Ziemer vor den verstopften Schubladen ihres Schranks und wühlte in den Überbleibseln einer schönen Kindheit, alles in allem.

So vieles, woran es ihr nicht gefehlt hatte, nahm längst zu viel Platz weg, und vieles davon würde sie heute und dann nie wieder in die Hand nehmen: das verwaschene Klassenfahrt-T-Shirt, die Taschenuhr von Opa Ludwig, das Memory mit Fotos von ihr und dem Jungen, dessen Namen sie zu vergessen beschloss, nachdem er ihre beste Freundin abgeleckt hatte. Ein Schlafsack, ein Vokabelheft, ein Keksrezept. Blockflöte, Schwimmflügel, Tuschkasten. *Monopoly Eisprinzessin*, erste Zahnbürste, hässlicher, sehr hässlicher Schal – danke, Oma, ich weiß, du hast es gut gemeint und lang und hart gestrickt.

Und der Ball. Der Baseball von Nick. Der Beerdigungsball, ein Geschenk, an dem der Geruch von Filterkaffee und parfümierten Nachbarinnen zu hängen schien. Und die wild zuckende Tonfolge des Flipperautomaten beim Highscore. Ob diese kleine harte Lederkugel inzwischen wohl wirklich so viel wert war, wie Nicki behauptet hatte? Immerhin war er ein Star seines Teams geworden, hatte Papa erwähnt, mehrmals in die All-Star-Mannschaft gewählt, kaum ein anderer deutscher Profisportler verdiente so viel wie er.

Sie überlegte, ob sie unverbindlich googeln sollte, was irgendwelche weiblichen Fans – bestimmt hatte ›Fabulous Faber‹ viele weibliche Fans – zahlen würden für einen signierten Ball von 2021, als Nick noch ein Nachwuchsspieler war, hoffnungsvoll, Halbwaise, die Taschen voller Flippermünzen.

Vielleicht könnte dieses fast vergessene Fundstück Greta einen Teil ihrer Reise finanzieren, denn sie wollte nicht gleich zu Hause ausziehen, sondern sich eine Auszeit gönnen nach dem Prüfungsstress, sie wusste nur noch nicht, wo. Doch als sie ihre Augen auf den Iris-Scanner richtete, um ihren Screeny zu starten, hatte sie plötzlich eine Idee, wohin sie verreisen könnte: Sie diktierte eine Nachricht mit dem Betreff Handschuh und Schläger (Megasuperflipperpreis) und musste jetzt nur noch rausfinden, wie man den besten Outfielder der Major League Baseball per Mail erreichen konnte.

Greta und Kathy haben sich in ihre Bildschirmkameras verabschiedet, ein kurzes geducktes Winken, eine Kusshand über den Atlantik. Für Mutter und Tochter Ziemer wird 2037 das Jahr der Videochats, To-do-Listen und leicht wegzuwischenden Bedenken.

Greta wird ihrer abenteuerlustigen Mama eine späte gute Nacht wünschen und sich dann zu ihrem Freund am Crosstrainer oder vor dem Beamer gesellen und seine immer gleiche Frage mit den immer gleichen Worten beantworten:

»Und? Zieht deine Mama das durch?«

»Sie freut sich. Auch auf uns.«

Wohin?

KÖLN

Neues Jahr, neues Buch, so will sie es halten, solange es geht, 2037 und in jedem Januar, der noch kommt. Doch Evas Finger brauchen heute etwas länger als der Kopf, um die Buchstaben zu finden für die Wörter für die Sätze für das erste Kapitel, das sie beenden möchte, bevor die Hunde rausmüssen.

Seit einer Weile sitzt immer der kleine tickende Dämon auf Evas Schreibtisch, und gemeinsam schauen sie fragend hinunter in den Garten, wo noch der Ball liegt, den die Nachbarjungs in ihren Skiklamotten gestern mit dem letzten Licht des Tages rübergeschossen haben: Was, wenn das dein letztes Buch ist, Eva Winter, quäkt es neben ihr, was, wenn du nur noch diese Geschichte schreibst und danach keine mehr? Vielleicht sitzt du da unten bei Wind und Wetter, schaukelst mit deinem Mann vor und zurück, redest von der schlechten alten Zeit und wartest, dass euch jemand abholt?

Nee, denkt sie und schnipst den Dämon weg wie einen Fussel, nee, selbst wenn mir nichts mehr einfällt, wir bleiben jetzt immer hier. Letzte Adresse. Z-U-H-A-U-S-E.

Es war in dem Jahr, als Eva beschlossen hatte, auf niedliche Tiere in ihren Büchern zu verzichten, und die Nichtrauchergeschichte erschienen war. Darin finden sich zwei zum großen Glück, die einander bordeauxtief in die Augen sehen, während der Rest einer Berliner Geburtstagsfeier sich für drei oder vier Zigaretten auf einen Altbaubalkon über der Pappelallee drängt.

Als Victor das Manuskript durchgelesen hatte, stellte er fest, er habe auf 256 Seiten keine einzige Anspielung auf Erich Kästner gefunden.

»Ganz genau«, erwiderte Eva, »und das war gar nicht so einfach.«

Ihr Verlag brachte die Nichtrauchergeschichte unter dem Titel *Nichtrauchergeschichte* heraus, ein überraschend großer Erfolg. Danach wusste Eva, dass sie noch einmal umziehen wollte und an nichts Falschem sparen, und machte eine Liste, über der in dicken Buchstaben stand: *Unsere letzte gemeinsame Wohnung.*

»Ach, Evi«, seufzte Victor, »wirklich?«

»Sag, was du möchtest«, antwortete Eva und schrieb:

Garten!

Hollywoodschaukel!

»Balkon«, sagte Victor, »Balkon für die Zitronen.«

Er glaubte zu jener Zeit, Vitamin C würde ihn retten, vor allem.

»Balkon für die Zitronen und einen Fahrstuhl für die Knie«, ergänzte Victor, und Eva schrieb.

»Und – oh, ich weiß, Evi – und einen Wintergarten, den ich immer vorheizen muss, nachdem ich extra vor dir aufgestanden bin, damit es da muckelig warm ist, wenn die Dame des Hauses zum Frühstück kommt.«

»Victor?«

»Eva?«

»Du bist ein hoffnungsloser Romantiker.«

»Das ›hoffnungslos‹ nimmst du zurück.«

Nachdem sie mit Evas bestem Kugelschreiber den Vertrag unterschrieben hatten für die Maisonette mit viereinhalb Zimmern, Balkon und Garten, standen sie in einem sündhaften Designerladen andächtig vor zwei Exemplaren des gleichen Kosmetikeimers – cremefarben wie seinerzeit im IKEA-Regal und viereinhalb mal so teuer: Sie freuten sich, dass sie zwei Bäder haben würden und dass die Gegenstände des Lebens einen Zweck und eine Farbe haben müssen, mehr aber auch nicht.

Am Tag nach dem Einzug wurde die Hollywoodschaukel geliefert, danach kamen drei Zitronenbäume und einer, der Kumquats trug – immergrün, süß und herb.

So unsagbar langsam packten sie ihre Kartons aus, als wollten sie ihnen das letzte Ausgepacktwerden nicht zu schwer machen. Und umtanzten das erfrischende Durcheinander.

Eva rief durch alle Räume: »Warum hast du diese Hosenträger behalten?«, und Victor rief zurück: »In der Küche?«

In ihrem Arbeitszimmer entdeckte er das alte Paar Bowlingschuhe, unterm Waschbecken seine Examensarbeit; sie stolperte fluchend über die Bücherkiste *Ransmayr Rothmann Stanišić*, er hängte im Garten eine Winterjacke zum Lüften raus, als sie das Küchenfenster öffnete und ihm kommentarlos zwei Sechsersets Fonduegabeln zeigte.

»Die Fonduegabeln, Eva. Deine und meine. Schön.«

»Ja, ich weiß«, sagte sie und lachte, »aber wo ist eigentlich das Raclette?«

So fanden und suchten und ordneten und vermissten sie, und es war eine der schöneren Wochen, weil sie kaum einmal die vier Wände verließen, zwischen denen sie nun wohnen würden. Als sie wegen einer Weltkriegsbombe im Nachbarviertel für mehrere Stunden aus ihrem Haus evakuiert werden sollten, machten sie alle Lichter aus und schlichen gemeinsam in die Badewanne.

»Jetzt leben wir aber gefährlich«, stellte Victor fest und pustete Schaum von seiner Schulter.

»Wir sind über sechzig und baden im Dunkeln. Gefährlicher geht kaum.«

»Stimmt.«

»Kannst du deinen Fuß da wegnehmen?«

»Klar. – Komische Vorstellung, in der Badewanne zu detonieren, oder?«

»Wir detonieren nicht, Victor.«

»Okay.«

Zum Finale ihrer Kartontage widmeten sie sich den immer wieder verschobenen Kisten, auf denen *WOHIN?* stand, und füllten blaue Säcke mit den Dingen, deren Zeit unbemerkt abgelaufen war. In der letzten, untypisch leichten Box entdeckte Victor ein lange vergessenes Tier, in eine weinrote Lieblingsdecke gewickelt.

»Oh.«

»Was ›oh‹?«

Eva kniete mit dem Rücken zu Victor im Türrahmen des Schlafzimmers, verschnürte einen Sack voll leerer Bilderrahmen und drehte sich um.

»Warum«, fragte er, »hab ich dir eigentlich ein Mammut geschenkt?«

»Warum?«

»Na ja, ich meine, warum keinen Hund oder Bären oder so?«

»Woher soll ich das wissen? Vielleicht waren Hunde ausverkauft und Bären zu teuer?«

Sie stützte sich an Victors Schulterblatt ab, um schwindelfrei aufzustehen.

»Nee. Nee, glaub ich nicht …«

»Victor, jetzt tu doch bitte das Stofftier weg.«

»Wie ›weg‹? Du willst das entsorgen? Echt?«

»Entsorgen? Quatsch!« Eva deutete zum Fenster. »Wir … könnten ihm die Freiheit schenken, nach all den Jahren, was meinst du?«

»Hm …« Victor runzelte die Stirn. »Oder wir setzen es erst mal hier auf die Fensterbank.«

Aus dem Erdgeschoss hört Eva jetzt ein ungeduldiges Bellen. Sie schreibt morgen weiter in ihr Manuskript, aktiviert die Sleep-Funktion und steht vom Schreibtisch auf.

»Vic?«, ruft sie Richtung Treppe, »Victor? Es hat gebellt. Bist du da?«

Lady Liberty

21. OKTOBER 2037 – FRANKFURT AIRPORT

Ein neues Haus, ein großes Leben. In weniger als elf Stunden wird sie dort sein. Das Feuer brennt, und um keinen Preis will sie es ausgehen lassen.

Kathy ist so aufgeregt wie an ihrem sechsten Geburtstag vor fünfzig Jahren, als sie alle mit dem Zug nach Essen ins Kino gefahren sind: *Feivel – Der Mauswanderer* und ein Eimer Popcorn – »… ja, den großen bitte, den ganz großen, ich werd heute nämlich sechs Jahre! Sechs!«

Der Boston-Flug wurde noch nicht aufgerufen, sie hat ihre App minütlich gecheckt. Herrje, Sie haben noch Zeit, sagt der Flugplan – herrje, wie viel Zeit hab ich noch, fragt sie sich leise und laut, immer wieder, seit dem letzten Weihnachtsfest.

Sie wird losfliegen, one way, und so einiges hinter sich lassen: die Stadt, das Land, den Mann. Ein paar gute Bekannte und Kollegen. Das Zuhause, in dem Greta groß geworden ist, die Straße, in der sie alle gemeldet waren. Bye-bye.

Ihr Schwiegersohn in spe hat den Businessclass-Flug spendiert: In einer komfortablen Lounge, wo es Ingwer-Gurkenwasser gibt, Sonnenblumenkernlaugenbrezeln und Orangen-Kürbis-Suppe, wartet Kathy auf ihren Flug in das Land mit viel kürzeren Wörtern. Vor dem Panoramaglas landen schwere Maschinen und kurven alle möglichen Fahrzeuge, das Rollfeld ist ein Wimmelbild, und hoffentlich, denkt sie, weiß jeder, wo er hinmuss.

Nicht mehr lange bis Thanksgiving, letzte Woche hat sie extra noch Nataschas Rezept für Cranberrysauce getestet. Aber morgen wird sie erst mal neben ihrer Tochter in dem Baseballstadion sitzen und zusehen, wie Nick seine letzte große Finalserie spielt.

Noch einmal gegen die Washington Nationals gewinnen, hat Greta ihr haspelnd erklärt, und dann die World Series mit einer Parade durch die Straßen von Boston feiern: Das ist Nicks großer Traum, deswegen hat er seinen achtunddreißigjährigen Körper seit dem Frühjahrstraining für eine letzte Profisaison im Fitnessraum gequält, hat einen eigenen Mentalcoach engagiert, um den Bruchteil einer Sekunde, in dem er den Ball treffen muss, vor seinem Auge wie ein Gemälde einzurahmen.

Wenn alles gutgeht, und warum sollte es denn bitte nicht, dann wird Kathy an der Seite ihrer stolzen Piratin live dabei sein, bei einem der größten Momente im Leben dieses Jungen vom benachbarten Balkon, der doch gerade eben noch, vor lächerlichen dreißig Jahren, mit seinem Kaugummi auf ihre Fliegenfalle gezielt hat.

In letzter Zeit hat Kathy sich oft bei dem Gedanken ertappt, dass sie diesen oder jenen Augenblick mit Greta nicht erlebt hätte und in ihrer amerikanischen Seniorenzukunft nicht erleben würde, wenn Ziemers Schutzengel nicht zweimal so gut aufgepasst hätte: Nicht nur in der Prinz-Regent-Straße, nicht nur bei der Heldin mit den kurzen Beinen auf ihrem Fahrrad war er zur Stelle, er hat auch im Jahr darauf die todtraurige Kathy selbst gefunden – *irgendwer* hat sie gefunden, irgendwer hat sie gerettet, es ist ja egal, wer welchen Namen trägt, wer wem ein Paket zustellen oder den Fahrstuhl reparieren wollte an dem Nachmittag, als das Badewannenwasser unter der Wohnungstür hindurch ins Treppenhaus sickerte.

Nun aber ist und bleibt Kathy also am Leben, wird sich

durch nichts davon abbringen lassen, dass die USA zwar gefährlich, aber toll, zwar wahnsinnig, aber farbenfroh sind. Wer als Kind nur bis Essen gekommen ist, darf ja wohl im Alter seinem Sonnenschein hinterherfliegen. Kathy findet, dass sie Glück hat. Dass sie es will und haben darf, im ganz großen Eimer.

Die Lounge ist warm und frei von Hektik. Leise Gespräche, Mäntel rascheln, ein Kaffeeautomat reinigt sich selbst und spielt eine Wartemelodie. Die Suppe ist heißer als gedacht, Kathy stippt das Ende der durchgebrochenen Brezel hinein.

In diesem ruhigen deutschen Augenblick hat sie noch keine Ahnung, dass sie in sieben Jahren mit ihrem Enkel Bälle hin- und herwerfen wird, barfuß im Sand, zwischen den Tannen und Felsen des Acadia-Nationalparks. Und falls sie wieder einmal glauben sollte, dass nichts auf dieser Welt sie trösten kann, dann wird der kleine Charlie sie rufen und nach Marshmallows verlangen.

Erst zwölf Uhr, sie hat noch Zeit. Kathy zieht ihren Trolley heran und greift nach dem Bildband, den sie sich in der Vorfreude auf Boston vorhin gekauft hat: *Erinnerungen an Bochum. Bilder einer Stadt 1936–2036.*

Das uralte Geheimnis

EINE SEKUNDE SPÄTER – KÖLN

Sie schafft das mit dem Schrank nicht allein, klagt sie, und ihr Mann ist nicht da, aber sie braucht doch den Strom, es ist ja dunkel, sie kann weder was sehen noch kochen.

»Und da dachte ich«, sagt Frau Atasoy und schielt an ihrer Nachbarin vorbei in deren Wohnung, »vielleicht ist der junge Mann von neulich wieder da? Ja? Und könnte kurz helfen mit dem blöden Schrank?«

Der blöde Schrank, das ist der schwere Schrank, den Herr Atasoy ja unbedingt mitten in den schmalen Flur und vor den Sicherungskasten stellen musste, wo die Vormieterin seinerzeit nur ein Bild aufgehängt hatte, praktischerweise, der sind wahrscheinlich auch immer wieder mal die Sicherungen rausgesprungen.

»Aber klar doch, Frau Atasoy«, antwortet Polly, die junge Nachbarin mit den leuchtenden Locken, und ruft nach ihrem Freund: »Rico? Kommst du mal?«

Rico kommt, und zwar direkt vom Klo, Frau Atasoy schaut ganz gerührt, als er sie mit einem Handschlag von Seifenduft begrüßt: »'n Abend! Wer brennt, was kann ich machen?«

Schieben kann er, und zwar kräftig, aber Vorsicht mit dem Boden, denn der massive Schrank tut alles, um seinen Platz zu behaupten, aber schließlich wuchtet Rico das Möbelstück unter der Aufsicht von Frau Atasoy mit einem Schulterschub um zwanzig Zentimeter beiseite.

»So«, er öffnet die Klappe des Kastens und leuchtet mit seiner Uhr hinein, hat die drei rausgesprungenen Sicherungen schon wieder reingedrückt, woraufhin das Deckenlicht aufflackert, da fällt ihm ein Blatt Papier vor die Füße.

»Oh, ist das eine Anleitung?«, fragt Frau Atasoy. »Für Stromausfall?«

»Hm«, Rico bückt sich nach dem Zettel, »kann man zwar kaum noch entziffern, aber das waren wohl mal die Kürzel für die Sicherungen. Und hier«, er dreht das Blatt in der Hand und hält inne, sein Blick fällt auf die verblasste, talentarme Zeichnung eines Mammuts und ein paar Zeilen in einer Handschrift, die ihm sehr vertraut ist.

Für unseren Rico – wie oft hat er das in dieser Handschrift gelesen, auf Umschlägen und Paketen – ein paar Sneakers für unseren Rico, als die neue Kollektion rauskam, ein paar aufmunternde Euros für Rico, der seine Zensuren nach oben gebüffelt hatte. Und nun liest er in dieser nur noch zu erahnenden Schrift, die hier rein gar nichts zu suchen hat:

Alles nicht schön, aber alles für dich. Du bist nämlich schön und alles für mich. Dein Großwildjäger.

Und er wird rot, während Frau Atasoy, auf Zehenspitzen, ihm über die Schulter schaut.

»Hat der Elektriker ein Bild gemalt, ja?«

»Das … ähm, tja, das – kann ich …«, stammelt Rico, »ich meine, ich mache mal besser ein Foto, falls das«, er deutet zur Leuchte an der Flurdecke, »falls das da noch mal vorkommt, okay?«

Seine Uhr scannt Vorder- und Rückseite des vergilbten Zettels schneller, als Frau Atasoy nachfragen kann, wozu genau das gut sein soll, dann tippt er auf sein Handgelenk und erläutert, er werde das für Polly kopieren, dann könne sie jederzeit schnell runterkommen und helfen, wenn mal wieder was mit der Stromversorgung sein sollte.

Offensichtlich ist Frau Atasoy froh, dass der junge Mann so hilfsbereit vorausdenkt: »Ach, mit den Nummern und dem Bild muss ich nicht mehr den Schrank schieben? Gut! Danke. Oh, Moment!«

Während Rico das monströse Ding zurück an seinen Platz bewegt, trippelt Frau Atasoy in die Küche, von wo sie gleich darauf mit einem frisch aufgeladenen Paychip zurückkommt.

»Hier. Bisschen Guthaben. Ihr macht doch gerne Bestellungen und so. Da können Sie die Polly schön einladen und große Pizza teilen.«

Sie zwinkert, als habe sie gerade das uralte Geheimnis der romantischen Liebe an die nächste Generation weitergegeben, doch Rico bemerkt es gar nicht, er bedankt sich nur eilig und huscht durch den Türspalt ins Treppenhaus.

Er muss seiner Freundin unbedingt zeigen, was sein Vater vor schätzungsweise hundert Jahren gekritzelt hat. Großwildjäger Tim Fellner, was für ’ne peinliche Nummer, alter Mann.

Anschließend wird Rico es seiner Mama schicken und sie fragen, ob sie so was damals ernsthaft cool fand. Und während er sich wundert, dass sie ihm nicht wie sonst sofort antwortet, wird Polly sagen, als sei es das Normalste überhaupt:

»Vielleicht hat er das gar nicht für deine Mum gemacht. Steht zumindest nicht ›Für Lucia in Liebe‹ drauf oder so was.«

Rico wird grunzen und versuchen, sich seine Eltern als junge Menschen vorzustellen – wie sie gesprochen und gefühlt haben. Er hat sie auf Tausenden von digitalen Bildern gesehen und weiß gar nichts.

Dann wird er sehr laut ausatmen, während sein Blick die Küche absucht, eine unverwechselbare, grimmig gezackte Falte im Gesicht, wie Opa Santos, und mit den ernsten Augen seiner Mutter wird Rico fragen:

»Haben wir noch Melone irgendwo?«

Und das Meer

NOCH EINE SEKUNDE SPÄTER – NEW YORK

Kurz bevor die Maschine aufsetzt, träumt Eva noch, dass sie vier Jahre alt ist und unbedingt ein grünes Fahrrad haben will; dass sie erst mit ihrem Vater auf der Kortumstraße Käsekuchen verkauft für fünf Mark das Stück und, weil das Geld noch nicht reicht, es mit Lotto spielen versuchen muss. Versehentlich hat sie sieben statt sechs Zahlen angekreuzt und gewinnt trotzdem den Jackpot: ein Haus voller Schokolade – doch sie stampft auf und brüllt: Zartbitter kann ich nicht lieben! Dann ist sie plötzlich übergangslos erwachsen, und Victor erwartet sie am Flughafen mit einem Abholschild: *Michelle Obama* hat er draufgeschrieben.

»Sehr lustig«, sagt Eva und umarmt Victor flüchtig.

»Wie war's?«, fragt er, »du siehst müde aus.«

»Und du siehst nicht aus wie der Fahrer der Präsidentin.«

Dann ist sie wach.

Evas amerikanischer Verleger ist tot, sie will sich verabschieden. Jon Bellinger hat immer so bildschöne Mails geschrieben in zeitlos klugem Englisch an seine, wie er beteuerte, Lieblingsautorin auf dem literarischen Festland. All die Jahre hat der immer schon alte Herr Evas Bücher für den amerikanischen Markt übersetzen lassen, er liebte und lobte *Traum mit runden Fenstern* ebenso wie *Nachruf auf die Traurigkeit* und *Das Lächeln von Andy Garcia*, hat ihr die Tür zu Filmproduktionsfirmen geöffnet, hat in Frankfurt schöne schlichte Drinks in dicken Gläsern serviert, eine altmodische Treue gehalten. So ist Bellinger ein Freund geworden, den sie Buchmesse für Buchmesse grandios altern sah, und er hat keinen 11. Juli verstreichen lassen, ohne ihr mit seinem fast versickerten Deutsch aus drei Semestern Humboldt-Uni auf die Mailbox zu singen: »Zum Geburtstag viel Glück«, sechs Stunden zu früh. Mitternacht in Brooklyn.

Es soll eine Trauerfeier geben, Eva und einige andere europäische Autoren sind eingeladen, dem seltenen Buchstabenfossil das letzte Geleit zu geben. Es wird traurig werden. Victor ist zu Hause geblieben. Helena begleitet sie.

Eva hakt sich bei ihrer alten Freundin ein, während sie mit der gemessen schreitenden Menge dem Ausgang des Trinity Cemetery zustreben, und weiht sie in Friedhofslautstärke in ihren Plan ein.

»Boston?«, zischt Helena, »was meinst du mit ›Wir fahren morgen weiter nach Boston‹? Wieso? Ich meine, will ich da hin?«

»*Ich* will da hin«, antwortet Eva, »und du begleitest mich netterweise.«

Sie knöpft ihren schwarzen Blazer auf, die Herbstsonne ist über der großen wolkenkratzenden Stadt herausgekommen und wird noch für einige Stunden auf die frische Erde am Grab von Jon Bellinger hinabscheinen.

»Aber – ich dachte, wir gucken uns ein paar Tage New York an?!«

»Du warst hier doch schon mal.«

»Aber da hatte ich noch 'ne Zahnspange!«

Eva unterdrückt mühsam ein Lachen und erntet von einigen Trauergästen vorwurfsvolle Blicke.

»Hier hat sich kaum was verändert, Helli, ehrlich, ich meine, du kenn-«

»Evi!«

»Okay, ist ja gut, ich erklär's dir.«

Ruckartig zieht sie Helena aus dem schwarzen Pulk zur Seite, wo sie in normaler Lautstärke reden können. Und dann verrät sie, was sie gestern vor dem Abflug noch vage geplant und soeben beim Anblick von Jon Bellingers Urne beschlossen hat. Und warum und für wen sie das tut.

Ihre gute alte Freundin nickt und willigt ein – unter der Bedingung, dass Eva sie einlädt in den absolut besten Lobsterschuppen von Neuengland.

AM NÄCHSTEN TAG IN BOSTON

Das vorentscheidende Meisterschaftsspiel dauert schon zwei Stunden, und es steht immer noch 1:1.

Helena hat diverse Biersorten und einen Jalapeño-Burger probiert, als Nächstes möchte sie ein Meatball-Sandwich und dass endlich mal irgendeiner von den Spielern da unten einen von diesen Homeruns schlägt. Am liebsten natürlich Nick Faber, denn das ist der Einzige, bei dem Helena überhaupt hinschaut, wenn er am Schlagmal steht, ansonsten macht sie ein Foto nach dem anderen: von Eva mit einem großen Bier, Eva mit einer zu großen Mütze von den Boston Red Sox, Eva mit einer roten Plastikpommesschale in der Form eines Baseballhandschuhs, Eva neben einem Eisverkäufer, der wie dieser ehemalige grüne Bundeskanzler aussieht.

»Evi«, mampft Helena, »ich verstehe ja, dass du den Jungen gerne nach Köln zu seinem Erzeuger lotsen möchtest –«

»Einladen. Nicht lotsen.«

»Meinetwegen – eieiei, ist das Zeug schmierig – meinetwegen, aber müssen wir uns deshalb dieses wahnsinnig zähe amerikanische Event angucken? Live und in voller Länge?

Beim Basketball – mhmm, lecker! – beim Basketball hätte ich wenigstens die Regeln verstanden! – Kann ich eine von deinen Servietten?«

»Hier. – Nick spielt nun mal Baseball bei den Red Sox und nicht Basketball bei den Celtics. Und du wärest doch an einem so herrlichen Abend nicht wirklich lieber in der Halle als in diesem schönen alten Sta–«

»Nee! Nee, Eva, am liebsten wäre ich in einem Cocktailladen im Village oder auf der Dachterrasse vom Library Hotel oder irgendwo sonst in New York, aber du woll… – sag mal, ist das Stephen King da vorne?«

»Wo?«

Und dann flutet ein Jubel die Menge, alle springen auf, alle außer Helena und Stephen King, und auf der Leinwand an der gegenüberliegenden Tribüne sehen sie in Großaufnahme, wie Nick ›Fabulous‹ Faber die hohe Flugkurve des soeben geschlagenen Balls verfolgt, seinen Schläger ins Gras fallen lässt und unter johlendem Applaus von über dreißigtausend Fans zur zweiten und dritten Base trabt, um schließlich an der Homebase von seinen Mannschaftskollegen mit Schulter- und Helmklopfen in Empfang genommen zu werden.

»Oh, jetzt steht's fünf zu eins«, stellt Helena fest.

»Ja.« Eva strahlt. »Das war ein Grand Slam!«

Noch einmal zoomt der Kameramann im Innenraum an Nicks stolzstrotzendes Gesicht heran.

Genau wie sein Vater, schießt es durch Evas Kopf, und überhaupt nicht wie sein Vater. Niklas Charles Samuel Faber. Verlorener Sohn, gefeierter Star. Sie winkt einen Mann mit Tablett vorm Bauch heran und bestellt noch zwei Bier.

Am Tag darauf gelingt es Eva, in der Geschäftsstelle des Clubs einen Brief an Nick zu deponieren, ohne für eine aufdringliche Autogrammjägerin gehalten zu werden. Jon Bellingers Sekretärin hatte ihr als Visitenkarte ein Exemplar des Buches über den Red-Sox-Clubpräsidenten mitgegeben, das ihr Verlag herausgebracht hatte. Nach einigem Hin und Her, nach Smalltalk über den »awesome« Grand Slam vom Vorabend und über die »very personal surprise«, die Eva mit ihrem Stiefsohn plane – was ihr erstaunlich leicht über die Lippen ging – und dank einer kleinen Übertreibung, was »Nick's poor old father, back home in Germany« und dessen Gesundheitszustand anbetraf, hat sie also schließlich Tracy vom Front Desk überzeugen können, das Schreiben direkt weiterzuleiten.

Darin steht, dass sie nur kurz in der Stadt sei und Nick nach dem Spiel gern getroffen hätte, aber die Stars seien ja alle so abgeschirmt gewesen, und zwischen den jungen Fans am Stadionausgang habe man sie fast zerquetscht. Und dass er ihr schreiben könne, jederzeit, sie hoffe auf eine Antwort.

Eva bedankt sich bei Tracy und geht und wird warten und hoffen, fast vier Jahre lang.

In der Zwischenzeit hat Helena in einem Café am Yachthafen bei Chai Tea und Martini recherchiert, wo der Lobster hierzulande am besten schmeckt: Sie müssen ein Stück weiter die Küste rauf, mit dem Mietwagen durch den Indian Summer bis nach Maine.

Nachdem sie sich mehrfach das Video angesehen haben, in dem erklärt wird, wie man so ein Tier isst, ohne sich oder andere zu verletzen, ist es ein unvergesslicher Abend mit unfassbar rotem und köstlichem Hummer geworden. In der Nähe des unscheinbaren Fischrestaurants haben sie an der Nordspitze der Saco Bay ein Apartment gefunden, dessen hellblaue Fensterläden sich zum Meer hin öffnen. Drei Tage lang ist der atlantische Wind ihr kühler, wortkarger Gastgeber, und wenn sie jetzt nicht hierhergefahren wären, dann wären sie niemals hier, in keinem Herbst, in gar keinem.

Am Abend vor der Abreise legt Helena sich früh schlafen mit der Biographie über King William. Eva ruft Victor an und redet schnell von den Bäumen im Central Park und der Patina der Freiheitsstatue, und als er gesagt hat, dass er sich auf sie freut, legen sie auf.

Mit Blick auf die zunehmende Dunkelheit über dem Wasser öffnet Eva ihren Screeny, scrollt durch Buchstaben aus vergangener Zeit, und weil sie nicht länger als nötig neben Helena wach liegen möchte, beginnt sie mit einer neuen Geschichte: *Ahorn und Granit* soll sie heißen und von einer Frau handeln, die irgendwann feststellt, dass ihre Eltern einfach nicht sterben – obwohl Jahr um Jahr vergeht und sie längst tot sein müssten –, während die Frau sich mit jedem Kapitel ihrem eigenen Tod immer näher fühlt.

Wie wohl das Ende sein müsste, überlegt Eva, während sie eine lange, dünne Wolke auf deren Weg hoch über dem Strand beobachtet. Wie wohl das Ende sein müsste.

Die ganze Geschichte und so

EINEINHALB JAHRE SPÄTER IN ROM

Es gibt sie noch, diese Messe für Kinderbücher, das fröhliche Reden und so viele lesende Menschen mit schöner Laune, und der April hat weiche Schatten auf Bologna geworfen.

Und wo wir schon mal hier sind, hat Linda Bernikov gedacht und im nächsten Moment laut gesagt, »wo wir schon mal hier sind, mieten wir uns mal schön ein Auto und fahren nach Florenz, Bilder gucken! Und – nach Siena. Und vielleicht sogar noch weiter, so!«

Damit hat sie sich endgültig überzeugt, ganz allein und gar nicht einsam, und jetzt ist sie tatsächlich noch weiter gefahren. Nach vier Stunden hat sie das Meer gesehen und Rom erreicht. Hier war sie schon mal. Aber nicht so richtig.

Zu Hause in Berlin gibt es ein bis zwei Männer, die sich flüchtig kennen, und jeder glaubt, er sei der Einzige, dem Linda die Fotos geschickt hat: am Messestand ein druckfrisches Buch mit ihren Illustrationen (sehr schön geworden), ein Botticelli (auch nicht schlecht), die Piazza del Campo, als die Sonne schon tief stand. Gesendet und gelöscht.

Männer und Momente sind nichts, was Linda gern festhält. Sie hat mit dem Loslassen ganz gute Erfahrungen gemacht. Was ihr bleiben soll, muss sie malen, und so hat sie ein Dutzend Hauptstadt-Italiener, die sich unbeobachtet fühlten, in ihren Block skizziert, bevor sie ihren caffè fertig schlürften und weiterzogen. Und ein paar alte Steine, die nicht weglaufen würden.

Linda denkt an Missverständnisse und Gin Tonics, als sie auf der Piazza Navona steht und das Hostel nicht wiederfindet. Und die Bar, ob es die noch gibt? Sie weiß nicht mehr, wie dieser Barkeeper hieß, sie hat sein Gesicht auf der Netzhaut, er kann ja nicht gealtert sein, aber sein Schnaps war damals so viel wichtiger als sein Name.

Diese Brücke, überlegt Linda, die Brücke wird doch noch da sein. Die schließen doch keine Brücken in Rom.

Wenig später hat sie eher den Eindruck, dass seit 2018 noch einige neue Brücken über den Tiber geschlagen worden sind, und alle sehen sie irgendwie gleich aus. Regina Margherita? Umberto I.? Giuseppe Mazzini? Sie haben wunderbare Namen, sonst nichts. Diese Brücke, über die sie mit Tim Fellner nicht gegangen ist, die wird sie heute nicht finden. Vermutlich nie.

Wenn der wüsste, denkt Linda, wenn der wüsste, wo ich gerade bin.

Ein Nachrichtenton piepst sie aus ihren Erinnerungen, auf ihrem Telefon zieht sie mit einem Schmunzeln das angehängte Foto groß: Ruby und Milan, in sehr weißen Hemden, wie sie sie zu WG-Zeiten nie getragen hätten. Heute wurde ihr Patensohn eingeschult. Der sitzt auf den Schultern seiner Mutter Bernadette mit einer gigantischen Superheldenschultüte. Linda will sie bald wieder mal besuchen, im Sommer vielleicht. Ja, vielleicht, wenn es Sommer wird.

Die ganze Geschichte, so viel Geschichte. Nichts gegen Barcelona oder Mailand, wirklich nicht, aber das hier, das ist doch noch mal ganz was anderes im weitgehend modernisierten Europa.

Tim ist begeistert. Vor allem aber ist er nicht in Vidiago. Das erste Mal seit Anbeginn der Liebe, dass er mit Lucia woanders hingeflogen ist, in ein Land ohne Verwandtschaft und Paella.

Warum Rom, hat Lucia irgendwann gefragt, und Tim hat von alten Päpsten und Palästen gesprochen, von Steinen in der Abendsonne, von *caffè* und Nudeln und Brücken am Fluss. Eigentlich hat Lucia ja gar nichts gegen die Rom-Idee, aber ihre drei notdürftig dressierten Teenagermädels vier Tage allein zu lassen, ob das wirklich eine gute Idee gewesen ist?

Tim wiegelt ab. »Rico hat doch versprochen, er fährt mal vorbei und kontrolliert, ob das Haus noch steht.«

»Hm, ja, stimmt.«

Lucia schnippt sich ein Insekt von den Sommersprossen. »Das Universum wird schon aufpassen, dass nix kaputtgeht.«

Ihr Mann nickt nur und schaut sich suchend um. »Da! Da geht's zum Circus Maximus!«

Neulich hat Tim sich noch mal all die Fotos angesehen von seiner kurzen Reise mit Linda vor zwanzig Jahren: Nicht die Tempel auf dem Forum Romanum wirken heute älter, nur die Menschen auf den alt gewordenen Bildern.

Vielleicht hat ja irgendwann ein oller Römer eines dieser Gebäude zum letzten Mal verlassen und zufällig einen beklemmenden Gedanken daran verschwendet, wie lange ein beliebiger Stein einen Menschen überleben kann. Wer weiß.

Damals, im glühenden Sommer 2018, hatte Linda den Kühlschrank bekommen, den knallroten, knackenden Stromfresser. Und Tim das Bett, das nicht sehr schöne, bezahlbare 140er-Bett. Vor ein paar Jahren, zum Jubiläum, haben sie sich dann noch einmal wiedergesehen im rappelvollen Dudelsack.

»Ich kann nicht glauben«, schrie Tim zu fortgeschrittener Stunde gegen die Musik in Lindas Ohr, »dass wir vor fünfundzwanzig Jahren Abi gemacht haben! Ich meine: fünf-und-zwanzig, hallo?!«

»Ja!«, schrie sie zurück, und: »Hast du mal überlegt … –«

»Hä?« Er hielt ihr sein Ohr fast vor den Mund.

»Ich sagte, hast du mal überlegt, wie's gewesen wäre, wenn wir zusammengeblieben wären? Du und ich?«

»Sorry, Linda, ich hab nix verstanden. Was?«

Linda schüttelte den Kopf und zuckte die Achseln.

Stumm trinkend standen sie voreinander, bis der blutjunge DJ den Übergang vermasselte und eine Drei-Sekunden-Pause vor dem nächsten Song entstand.

»Ich hab nur gesagt«, erklärte da Linda Bernikov und klackte ein letztes Mal mit ihrer Bierflasche gegen Tim Fellners Whiskyglas, »der Kühlschrank, damals, der hat echt lang gehalten.«

An einem Mittwoch vor langer Zeit

APRIL 1987 – BOCHUM

Die Fotos von Frau und Tochter stehen zwischen Locher und Tacker, sie sind einander sehr ähnlich. Als glücklicher Ehemann und stolzer Vater pustet Harald Winter in regelmäßigen Abständen ein Staubkorn oder zwei aus der Ritze des hellen Holzbilderrahmens.

Auf der Plastikleiste seines Wandkalenders hat er vorhin beim Betreten des Büros das rote Quadrat auf die 15 geschoben. Hier ist alles in Ordnung an diesem gut riechenden Aprilvormittag. Der Tag läuft, wie Harald Winter gerne sagt, und wenn er geht, dann geht auch er, denn ein Zuhause wartet auf ihn. Und heute noch dazu ein Kuchen, es ist sein Geburtstag. Käsekuchen.

Auf dem langen hellgrünen Korridor im zweiten Stock sind raue Plastikschalen auf Metallgestelle geschraubt, hier warten, mehr oder weniger geduldig, die Menschen, die ein städtisches Anliegen haben. Am heutigen Tag sind es um kurz vor zwölf nur zwei.

»Du bist vor mir, oder?«, fragt Marie Schiemann den muskulösen jungen Mann auf dem Sitz neben ihr, der mit ernster Miene eine geknickte Klarsichthülle mit Passfotos darin umklammert.

»Wegen Antrag Polizeizeugnis. Für meine Arbeit. Spedition Sawitzki.«

Ricardo Santos hat die Frage nicht genau verstanden, sich

aber mit der Antwort in der noch fremden schweren Sprache sichtlich Mühe gegeben.

»Ach so, nee, ich meinte nicht, warum du hier bist, sondern ob du vor mir dran bist.«

»Dran?«

Marie Schiemann setzt gerade an, noch einmal zu erklären, was sie hat fragen wollen, da tritt aus seinem Dienstzimmer der Sachbearbeiter Harald Winter.

»So, wem ist denn hier noch zu helfen?«

Ricardo Santos steht zackig auf und blickt fragend zu der Frau neben ihm.

»Er braucht ein Führungszeugnis«, erklärt Marie dem Herrn von der Stadt.

»Für eine neue Arbeit«, fügt Ricardo Santos hinzu.

»Da sind Sie ein Stockwerk zu tief«, entgegnet Harald Winter und zeigt an die Decke. »Zimmer Drei Zwo Drei und Drei Fünf Sieben.«

»Du bist hier nicht so richtig … richtig«, übersetzt Marie für Ricardo.

Der hat verstanden, dass er offenbar nicht da ist, wo er sein sollte, sieht Marie so an, als würde er hoffen, dass sie ihn da hinbringt, wo er nicht mehr falsch wäre, und setzt sich zurück in die Plastikschale.

»Und was wäre Ihr Anliegen, Fräulein?« Der Herr von der Stadt schaut freundlich drein an diesem Morgen.

»Ähm, ich möchte nach Amerika, vielleicht und –«

»Oh«, sagt Harald Winter bestens gelaunt, »ich kenne ein gutes Reisebüro, gleich hinterm Bergbaumuseum.«

Marie lächelt gequält. »Ich meine, ich bräuchte einen Pass. Reisepass!«

Der Sachbearbeiter deutet mit dem Zeigefinger seelenruhig auf den Linoleumboden: »Tut mir leid, Sie sind eins zu hoch.«

»Och nöö.«

»Zimmer Eins Zwo Acht.«

Ricardo Santos steht wieder auf.

»Auch falsch?« Er scheint beinahe erleichtert.

»Ja, auch falsch«, antwortet Marie achselzuckend, sagt »Tschüs, danke« zu dem netten Verwaltungsbeamten und bedeutet dem Südländer mit der Klarsichthülle, ihr zum Treppenhaus zu folgen.

Harald Winter wünscht allseits noch einen schönen Tag, schließt leise pfeifend seine Tür und freut sich schon jetzt auf Kaffee und Kuchen. Käsekuchen.

Die Zapfhähne schweigen

29. OKTOBER 2039 – BOCHUM

Der Dudelsack hat dichtgemacht. Seit gestern schweigen Zapfhähne, Fritteusen und die eingestaubte Lautsprecherbox an der Säule neben dem Tresen.

Irgendwann waren es zu wenige Stammgäste, die hier ihren fast volljährigen Kindern das erste Pils spendiert haben, zu wenige Weihnachts- oder Abifeiern, die das tröpfelnde Geschäftsjahr hätten retten können.

Auf dem laminierten Blatt an der Schwingtür stehen untereinander die Wörter ZU und SCHADE.

Ich bin da

25. SEPTEMBER 2040, 23 h 11 – BOSTON

Charlie Faber ruft die Welt. Und zumindest weite Teile von Massachusetts können ihn jetzt schon hören, wie er aus dem Boston Medical Center über die Back Bay und den Fluss hinausschreit, der heißt wie er und sein englischer Urahn: Ich bin da! Diese Welt ist von heute an auch die Welt von Charlie Faber. Ich kann noch nichts sehen, aber ich habe Hunger. Ich komme aus dem warmen Dunkel, und wer seid ihr?

Charlie Faber ruft die Welt und beginnt von vorn.

SECHS

Der Geburtstag

Von Menschen wie Kometen sollte man nichts Übermenschliches erwarten. Wenn sie ihre Runden drehen, wie Emma auf Lummerland, niemandem Böses wollen und ab und an ein freundliches Warnsignal geben, bevor es zu Zusammenstößen kommt, dann leuchten sie hell genug.

EVA WINTER, *NACHRUF AUF DIE TRAURIGKEIT*

Verdammt viel Zeit

18. NOVEMBER 2044 – KÖLN

Wir leben, um zu schaukeln

Ist es das? Nee, das ist es nicht, Eva streicht den halben Satz aus ihrem Manuskript und beginnt neu:

Wir leben

Viel besser. Aber irgendwas fehlt.

Wir leben.

So müsste es gehen. So kann es bleiben. Alles Weitere schreibt sich wie von selbst.

»Hello. Freut mich, mein Junge. – Hallo, Kleiner. Oder soll ich sagen ›Hallo, Großer!‹? – Hi! I am Victor. Na, how are you?«

Er macht eine Pause, um sich zu räuspern und zu strecken.

»Hello! I am your grandpa, you know?«

An seinem achtundsiebzigsten Geburtstag steht Victor Faber vor dem Fenster im Wintergarten, spricht mit jemandem, der noch nicht da ist, und wird von seiner Frau überrascht.

»Victor?«

»Musst du mich so erschrecken?«

»Entschuldige, aber … –«

»Ich dachte, du schreibst.«

»Und ich dachte, du wolltest mit den Hunden raus?«

»Eva! Mein Enkel kommt heute. Aus Amerika!«

»Deswegen müssen die Hunde in die Küche kacken?«

»Haben sie??«

»Noch nicht.«

Leise ächzend lässt Victor die Schultern sinken. »Okay.«

Er beugt sich über den Tisch, zupft von der essbaren Schrift auf dem Kuchen zu seinen Ehren ein Stück ab und geht zur Garderobe, um die Regenjacke zu holen.

»Und du bist gar nicht nervös?« Seine Frage ist eher ein Vorwurf.

»Doch, klar. Aber so schlimm wird's schon nicht.«

»Hab ich mich schon für die Überraschung bedankt? Dass du Nicki eingeladen hast?«

»Fünfmal, Victor. Mindestens.«

»Gut.«

Victor nimmt vom Schlüsselbrett die Leinen und zwei biologisch abbaubare Tüten, Hakuna und Matata warten längst hechelnd an der Wohnungstür.

»Bis später, Evi.«

»Bis später, Grandpa.«

Nick hat sich Zeit gelassen. Verdammt viel Zeit.

Als Eva eines wechselnd bewölkten Tages 2041 eine Antwort auf ihren tausend Tage alten Brief bekam, hätte sie schon keine hohen Wetten mehr darauf abgeschlossen, dass ihr Mann seinen Sohn noch mal live und in Farbe wiedersehen würde.

Doch dann schrieb Nick eine umständliche, bemüht höfliche Mail, entschuldigte sich für die späte Rückmeldung und dankte für ihren Stadionbesuch 2037; erwähnte, dass er seit letztem Jahr mit Greta geborene Ziemer verheiratet sei (davon hatten sie gehört) und dass deren Mutter seit einiger Zeit einen Anbau seines Hauses am Franklin Park bewohne; versuchte zu erklären, warum er mit Gretas Mutter gar kein Problem und zu seinem Vater lieber keinen Kontakt habe, noch nicht.

In diesem ›noch‹ sah Eva ein spaltweit geöffnetes Fenster und im Anhang der Nachricht sah sie den blitzeblauen Himmel dazu: ein Foto von Nick und Greta und dazwischen, in ausgebeulter Latzhose, ein Junge, der sich festhielt mit leicht eingeknickten Beinen. Sie waren zu dritt. Victors Stammbaum wuchs weiter. Neues Leben, einen Klick entfernt und viele Kilometer Luftlinie. Vielleicht also würde noch ein bisschen Zeit vergehen müssen, bis Nick mit seiner jungen Familie die Entfernung zu seinem alten Vater überwand, aber ganz sicher war dieses Windelwunder, das so selbstverständlich in die Kamera lachte, Grund und Anlass genug, um das Schweigen zu brechen, bevor es zu spät wäre.

Eva schrieb sofort zurück und nur das Nötigste: wie Victors Herz schlug, wo sie wohnten, dass sie nur im Januar meist verreist seien. Und dass sie Victor von dieser Mail erst erzählen werde, wenn unumstößlich beschlossen sei, dass Nick mit Frau und Kind zu Besuch käme, ganz bestimmt: Dein Papa ist zu gut und zu alt für vergebliche Vorfreude. Ihr seid willkommen, immer.

WÜRZBURG

Die Trennungskinder haben ordentlich Kilometer gefressen. Von Frankfurt nach Würzburg nach Bochum nach Herten. Dann an die Ladestation und weiter nach Köln. Patchwork kostet Zeit und Strom.

Hoch in der Luft haben Nick und Greta ihrem Sohn noch mal erklärt, dass der Opa Roland der Mann von Grandma Kathy war; sie behalfen sich mit einigen Videos für den Unterschied zwischen richtigem Football und dem Fußball, den der Opa in Germany als Trainer macht.

Charlie hat aufmerksam geguckt und das Tablet mit Fingerabdrücken übersät und wollte, dass Opa Ronald (»Nein: *Roland*, cutie, nicht *Ronald* …«) mit ihm Fußball spielt, sobald sie gelandet wären, das habe er ihm beim Chatten versprochen. Und ob der Opa sich freuen würde, wenn Charlie ihm dafür Baseball beibrächte, wollte er noch wissen, und dann kam Hühnchen mit Reis und Erbsen.

Opa Roland war gar nicht zu Hause, als sie eintrafen, weil er noch ein Einzelgespräch mit einem suspendierten Profi führen musste. Das erklärte ihnen die Frau, die die Tür des Bungalows am Stadtrand öffnete, und sie war nicht die Reinigungskraft. Sie war die aktuelle Freundin, Teammanagerin der Damenmannschaft, die Roland beim transatlantischen Skypen versteckt oder gegenüber seiner Tochter zu erwähnen vergessen haben musste.

Greta war eher amüsiert als sauer. Sollte ihr Vater es sich doch in seinem Würzburg nett machen, wie er es sich vermutlich auch schon in Heidenheim, Braunschweig oder Wetzlar nett gemacht hatte, Leben ist Veränderung. Immer für ein paar optimistische Monate, bestenfalls Jahre, von einem Trainerjob zum nächsten, ein Haus am Stadtrand, eine realistische Pressekonferenz, ein Platz im unteren Tabellenmittelfeld und wieder von vorn.

Die Teammanagerin der Würzburger Damenmannschaft musste Ende vierzig sein und hieß Leonie. Sie drückte Charlie eine Bonbontüte in die Hand und wollte Nick mit Fachwissen über diverse Sportarten beeindrucken. Sie redete nervös, schnell und bot aromatisiertes Wasser an, aber keinen Sitzplatz.

Greta fragte erst höflich nach Damenfußball und dann nach dem Weg zur Gästetoilette.

Neben dem WC stand die Durchgangstür zur Garage offen, und Greta erkannte aus dem Augenwinkel vor der zusammengeklappten Tischtennisplatte ein Damen-, ein Herren- und ein Kinderfahrrad. Grün wie ihres von damals. Ein Flitzer für ein schnelles Mädchen.

Hier wohnt also ein Kind.

Sie war sich ganz, ganz sicher, dass ihr Papa aus Heidenburg oder Würzheim oder wo auch immer er sein zweites Leben gelebt hatte, in einem solchen Patchwork-Fall eine Nachricht abgesetzt hätte – wenn er seine Tochter schon so selten in den USA besuchte und unregelmäßig anrief, seit er viel dicker im deutschen Fußballgeschäft war; bei Rolands letzter Stippvisite konnte Charlie noch nicht mal krabbeln, und das Opagesicht am Chatscreen hat der Kleine auch schon mal mit dem Pitching Coach der Red Sox verwechselt.

Aus einer Halbschwester, denkt Greta, hätte ihr Papa doch kein Geheimnis gemacht. Warum sollte er? Aber wahrscheinlich gehörte diese kleine Radlerin zu Leonie und konnte längst schon allein fahren, bevor sie hier mit eingezogen ist.

Wahrscheinlich, nein, ganz bestimmt hat Papa mit über sechzig keinem Mädchen mehr das Fahrradfahren beigebracht auf Würzburger Feldwegen an Würzburger Feierabenden, nein.

Greta hörte, wie die Haustür geöffnet wurde und eine vertraute Stimme »Hallo?« rief, als wären die letzten zwei Jahrzehnte nur elastisch verformte Zeit gewesen, die wieder ihre ursprüngliche Form angenommen hatte. Noch einmal: »Hallo?«

Hier ist Papa zu Hause, dachte Greta, biss sich auf die Lippen und zog rasch die Toilettentür hinter sich zu.

BOCHUM

Blumenfriedhof.

Blumenfriedhof. Das Wort gefiel Charlie, er versuchte, es ganz oft schnell hintereinander auszusprechen, fing aber immer wieder glucksend an zu lachen.

Sie standen und schwiegen jeweils für eine angemessene Minute an Großelterngräbern, hefteten ihren Blick auf die Lebensdaten von Ludwig und Rita Ziemer, nie mehr grillen im Garten, und von Ursula Faber, die ihren Urenkel Charlie auch nicht kennengelernt hatte. Der fand währenddessen noch ein paar zusammengefegte Kastanien hinter einem Wasserspeicher, aus dem muffiger Novembergeruch aufstieg. Auf dem Weg zurück zum Parkplatz nickten sie im Vorbeigehen den Friedhofsbesuchern zu, die sie nicht kannten: einer Urenkelin von Herrn Spengler, der Witwe von Herrn Rubecke und zuletzt Paulina Wissmann, die wollte zum Grab ihres Sohnes. Sechsundvierzig wäre er heute geworden, aber er starb laut und schnell in seinem Auto, am Westhofener Kreuz vor einer halben Ewigkeit.

An einem sorglosen Nachmittag Ende 2039 – viel Berührung, viel Musik und chinesisches Essen – hatte Nick, als er aus der Dusche kam, ausnahmsweise nicht zuerst ESPN oder einen anderen Sportsender eingeschaltet, und dann blieben sie bei den spektakulären Bildern einer Verfolgungsjagd hängen: eine schlingernde Corvette auf der Flucht vor kaum zu zählenden Streifenwagen, es heulte und kreischte und heulte – Greta rief »Mute!« in den Raum, damit die Sprachsteuerung diesen Höllenlärm augenblicklich auf stumm schaltete.

»Willst du auch Eis?«, fragte Nick durch die nass glänzenden Fransen, die er sich beim Abtrocknen ins Gesicht gerubbelt hatte. »Oder Kaffee?«

Greta schaute vom Bildschirm zu ihrem Verlobten und zurück. Sie sprach wie in Zeitlupe.

»Bis ich ungefähr acht war, hab ich immer ›Umfall‹ statt Unfall gesagt. Und geschrieben auch. Wusstest du das?«

»Nee.«

Ein Frosch kroch auf Zehenspitzen Nicks Hals hinauf. »Hast du nie erzählt.«

»Manchmal träume ich von dem Diktatheft, in dem Frau Wenzel das ganz dick in Rot korrigiert. Sie ist stinksauer, und plötzlich hat sie mein Fahrrad in der Hand und schmeißt es aus dem Fenster, und ich soll hundertmal ›Fahrerflucht‹ an die Tafel schreiben, aber es ist keine Kreide da.«

Nick wartete, er hoffte, in der nächsten Sekunde würde irgendetwas furchtbar Banales passieren, vielleicht würde der Lieferservice noch mal klingeln oder der Rauchmelder anspringen oder seiner Freundin seine wichtige Frage nach Eis oder Kaffee wieder einfallen.

Nichts.

Und das war der Tag, an dem er ihr von seiner Freundschaft mit Pablo Santos erzählte.

An Marie Faber-Schiemanns Baum im Hertener Wald war Nick für einen Moment allein, Greta war mit ihrem Sohn schon wieder im Auto, ihnen war kalt geworden, und Charlie maulte leicht enttäuscht, weil er im Wald einen Abenteuerspielplatz vermutet hatte.

Unter den herbstgelben Pappeln ging Nick die Frage nicht aus dem Kopf, wie oft sein Vater wohl in den letzten dreiundzwanzig Jahren hier vorbeigeschaut haben mochte. Zu Hause sah er jetzt manchmal beim Blick in den Rasierspiegel einen Oberstudienrat, eine mittelalte Version von Victor Faber, einen Amerikaner aus Bochum, der mit einiger Wahrscheinlichkeit schon mehr als die Hälfte seiner Spielzeit auf dem Feld der Sterblichen hinter sich hat. Nick möchte seinen Vater treffen – aber erkennen, wie er selber 2077 aussehen wird, das möchte er lieber nicht.

Seit Maries Tod haben sie ihre Leben gelebt, Vater und Sohn, jeder auf seiner Seite des blauen Ozeans, die Welt ist schließlich groß genug, wenn man mit irgendwem darauf nicht unbedingt zu tun haben will. Sein Vater hatte jetzt eine Frau, die nicht Nicks Mutter ist, und Nick hatte eine Freundin, die er noch mit Schnuller kannte. Aber das war in

Bochum in der Schadowstraße, das war doch in einem ganz anderen Leben.

Der Wald schien reglos an diesem verhangenen Tag. Ein Geräusch machte hier nur der Stiefel, unter dem der Zweig zerknackte, als Nick sich zum Gehen wandte.

KÖLN

Die graue Wollmütze mit den roten Strümpfen darauf rutscht ihm fast von den Ohren. Hoch und höher fliegt Charlie in den grauen Himmel. Die Beine nach vorne gestreckt, die Nase rot im Novemberwind, umklammert er die kühlen Metallketten und will niemals mehr aufhören, noch mal, bitte noch mal, immer weiterschaukeln.

Wenn wir leben, so heißt es an irgendeiner Stelle im letzten Buch von Eva Winter – wenn wir leben, dann um eines Tages der Mensch zu werden, der einen anderen, kleineren anschubst, weil doch auch uns jemand angeschubst hat, fünfzehntausend Tage zuvor. Stark, ruhig und froh. So wie Nick seinem Sohn jetzt den Schwung gibt, den es braucht, um hoch hinauszufliegen.

Die beiden sind an diesem Nachmittag die Einzigen auf dem Spielplatz im Schatten des Stadions, das Charlie so beeindruckend fand, dass er sich wunderte, warum Opa Roland nicht lieber hier Fußball trainiert anstatt in Wurzbörg.

»And where did Mummy go?«, fragt der Kleine keuchend, bevor er wieder abwärtssaust.

»In eine Buchhandlung«, antwortet Nick.

»I don't know what that means.«

Ein Schwall von Heizungsluft und der Duft nach gutem Papier empfangen Greta. Die Bücher und ihre künftigen Besitzer sollen es in der Buchhandlung am Kirchweg offenbar schön warm haben.

Eine Buchhändlerin grüßt mit dem Gesichtsausdruck angenehmer Überraschung, der die Neukundin registriert, während ihr Kollege von einer Rolle Geschenkpapier mit einem Ratsch ein langes Stück abreißt. Er muss ein Schwergewicht von einem Bildband verpacken.

Überhaupt sieht Greta in den Regalen vor allem Bücher, in denen es mehr Bilder als Texte gibt (und die nicht weniger kosten als zu Hause auf der Atlantic Avenue das Flanksteak bei Alfie): auf der linken Seite des kleinen Ladens Bücher für Menschen, die schon selber lesen können und die alt genug sind, Kunst zu mögen oder Gebäude oder Fernreisen; gegenüber die Abteilung Farbenfroh für alle, die es noch vorziehen, sich Geschichten mit schönen Zeichnungen und wenigen Wörtern vorlesen zu lassen und dabei gegebenenfalls einzuschlafen, um am nächsten Abend wieder von vorn zu beginnen.

Zwischen Schaufenster und Kasse liegen auf einem gesonderten Tisch mehrere Exemplare eines Hasenbuches, daneben das passende Plüsch- und Spielzeugsortiment: Der Held dieser Geschichte hat für Greta starke Ähnlichkeit mit Schluffi Schluffinski, doch sie kann sich gar nicht mehr erinnern, wann sie den Stoffhasen wegge–

»Kann ich Ihnen weiterhelfen?« Mit aufeinandergelegten Handflächen steht die Buchhändlerin vor Greta. »Oder schauen Sie erst mal?«

»Ja«, antwortet Greta etwas verschreckt, und wie immer, wenn sie sich bei einer Entscheidung unsicher ist, kratzt sie sich an der alten Narbe hinterm Ohr – und sagt, noch ehe die Frau sich wegdrehen kann:

»Ich suche ein Buch für meinen Sohn, der ist vier.«

Jetzt freut sich die Frau, dass sie etwas empfehlen darf, und zieht mal diesen, mal jenen Titel aus den Reihen der Vorlesebücher: Da gibt es *Mein erster Bio-Bauernhof* und, als zweisprachige Ausgabe in Deutsch und Mandarin, *Meine erste Raumstation*; daneben *Die Tiere vom Silicon Valley*, *Grigori, der Grundschüler*, irgendwas Lustiges mit einem künstlich intelligenten Bademeister und *Aurelia und der Ameisenstaat unter der Domplatte*.

Aus einer etwas staubigen Ecke unter dem Schild *Klassiker* greift die Bücherfrau schließlich eine Geschichte heraus, in der es um ein junges Mammut geht, das den Mut nicht verlieren darf, weil es dann ja nur noch ein Mam wäre. Greta schlägt das Pappbilderbuch auf: Unten auf der ersten Seite lugt ein langer, krummer Stoßzahn um die Ecke.

»Das hier, ist das gut? Ich glaube, das wäre was.«

Charlie ist ganz froh über das stabile Buch mit dem lustigen Tier vorne drauf, denn so hat er für die letzten Kilometer ihrer Fahrt zu Opa Victor etwas, worauf man prima trommeln kann. Dazu singt er das Lied, das Oma Kathy ihm letzte Woche beigebracht hat über den Wind, der nun müde ist, und die bunten Blätter, die schlafen gehen, und zählt jedes gelbe Auto, an dem sie vorbeifahren.

Das Buch mit dem Mammut wird ein Dutzend Mal umziehen und nie vergessen. Es wird den Atlantik überqueren und in einem feuchten Keller nicht verrotten; es wird fleckig sein (Tomatensauce) und angekokelt; fallen gelassen oder in die Ecke geworfen, am Rücken eingerissen, die Seiten geknickt (fast alle) und mit bunten Stiften krakelig verschönert.

5738 Mal auf- und zugeschlagen zu jeder Tages- und Nachtzeit, noch mal lesen, bitte, noch mal. So kann es alt werden, das Buch, ziemlich alt.

Dies ist die Geschichte von Charlie Faber. Und sie beginnt an dem Tag, den Charlies Mutter überlebt hat. Das war ein Mittwoch unserer Zeit.

Ein großes Dankeschön …

… meiner Lektorin Susanne Halbleib für Motivation und Geduld;

… Julia Schade, Steffen Gommel, Siv Bublitz, Petra Gropp und Heike Schmidtke für Vertrauen und Feedback;

… Petra Wittrock und all den erstaunlichen Buchmenschen bei den S. Fischer Verlagen für ihr Engagement (es sind definitiv mehr als sieben richtig tolle Kolleginnen und Kollegen);

… allen, die Bücher auch deswegen mögen, weil man sie bei einem guten Gespräch empfehlen, selbst mit zwei linken Händen noch halbwegs ansehnlich verpacken und jederzeit mit Herz und Verstand verschenken kann;

… meiner Frau fürs Zuhören, die Vorschläge und die Liebe.

Köln, am letzten Tag des Jahres 2019

Liebe Leserin, lieber Leser,

wenn Ihnen »Sieben Richtige« gefallen hat und Sie erfahren möchten, wann mein nächster Roman erscheint, dann besuchen Sie meine Homepage, Instagram- oder Facebook-Seite und schreiben Sie gern eine E-Mail an

news.volkerjarck@fischerverlage.de

Vielen Dank für Ihre Lesezeit,
herzlich

Ihr Volker Jarck